黑夜温柔 著

城市杯具

吉林出版集团有限责任公司

图书在版编目(CIP)数据

城市杯具 / 黑夜温柔 著. – 长春：吉林出版集团有限责任

公司，2010. 3

　　ISBN 978-7-5463-2313-8

　　Ⅰ.①城…　Ⅱ.①黑…　Ⅲ.①长篇小说—中国—当代

Ⅳ. ①I247. 5

中国版本图书馆 CIP 数据核字〔2010〕第 028168 号

城市杯具

著　　者：	黑夜温柔
策　　划：	聚波鹰
责任编辑：	周海莉
装帧设计：	点阵视觉
出　　版：	吉林出版集团有限责任公司
地　　址：	长春市人民大街 4646 号(130021)
印　　刷：	北京大河印务有限公司
开　　本：	787mm×960mm　1/16
印　　张：	15
版　　次：	2010 年 3 月第 1 版
印　　次：	2010 年 3 月第 1 次印刷
发　　行：	北京吉版图书有限责任公司
电　　话：	010-63106240(发行部)
地　　址：	北京市宣武区椿树园 15-18 栋底商 A222 号(100052)
书　　号：	ISBN 978-7-5463-2313-8
定　　价：	24. 80 元

{contents}

目录.1

{contents}

目录.2

01.怀揣梦想的自己

午夜 12 点,就连灰姑娘也已光着脚丫跑回了家。

全公司又只剩下米亚一个人,桌子上放着刚刚吃到一半的泡面,微弱的台灯映得她一脸倦容更加憔悴,她点开闺密李纯的头像,一瞬间感觉委屈排山倒海。

大学时,她和李纯臭味相投,彼此很合眼缘。班级里那么多女生矫揉造作,物质又虚荣,一到周末有点姿色的便跑出去和太子党、暴发户泡 PUB,唯独李纯总是静悄悄地跑到舞蹈室反复练习舞步。从第一次透过明亮玻璃窗看到李纯对着大镜子跳爵士舞,米亚就知道这妞跟自己肯定有戏。

越是交往就越是喜欢,米亚觉得这个瓜子脸大眼睛、身体柔软修长的女孩身上,有股特别吸引人的劲儿,有着某种固执的力量,属于一条道拼死跑到黑的那种。李纯是金牛座,米亚是摩羯,她们都是星座狂热分子,这两个星座做闺密简直再合适不过,俩人儿就在一个下午合了一段双人舞后,一拍即合,从此无话不说。

李纯的家乡木棉是一个风景特别好的小镇,距大连有四个小时的车程。虽然考上的只是艺术院校,文化课分数很低,但在当地还是风风光光火了一把。

临走前,邻居家的王阿姨塞给她一张纸条,是他们家独生女敏芝的联系方式,敏芝前些年在大连读完大学,跑到一家旅行社当起了导游,王阿姨逢人便说她们家的敏芝在大城市里混得多好,让李纯到了就给她打电话,相互有个照应。李纯和敏芝小时候关系还好,自从敏芝上了大学后,本来就差上五六岁的两个人，越发觉得有了代沟，所以她只是礼貌性地把电话号码留了下来。

敏芝在那个城市里一直独居，彻头彻尾的大龄女青年，混得久了，不免也沾染上了些世俗气息，倒是她的好朋友陆染和李纯很是投缘，陆染大李纯七岁，也是木棉人，跟敏芝在一个旅行社，样子干练又亲和，一来二去，两个人总是腻在一起，不知不觉间便成了死党。

李纯上了大学后，不是没人暗示过她拿自己的青春换取一些什么，但就像米亚感觉到的那样，她身上就是有股一条道跑到黑的劲儿，不是自己最想要的方式换来的东西，看都懒得看一眼。

大学四年，太子党排在身后无数，李纯却唯独钟爱穆小白。

穆小白跟李纯同年，严格算起来应该比她小四个月，老家在湖南乡下，学费全靠奖学金，生活费每个月加起来也不到500块，但小白能请她在市中心那家最好的店里吃火锅。

冬夜里两个人肩膀靠着肩膀，同坐一侧，将白菜茼蒿西红柿一点点放进锅里，那咕嘟咕嘟的声音，李纯听出了幸福相依的味道，她认定这将是自己一生都不会离弃的人。

毕业以后，米亚一心奔京城，她总觉得只有北京才是中国艺术家栖身之地，只有站在首都才能实现自我价值。

离校没几天，她小包一夹带几套换洗的衣服买了张火车票就去了北京，去了之后才想到自己身上只有1000块钱。人头攒动的火车站，第一次来北京的赵米亚感觉自己瞬间变成了一只蚂蚁，那种怀揣着艺术家之梦的昂扬斗志，瞬间就被打落了一半。她只好挺了挺胸，对自己大喊一声：米亚，你就要红了！然后大踏步继续向前走了出去。

不愧是首都，以前觉得吃顿KFC都是特别败家可耻的事儿，到了首都才知道这是最便宜的消费之一，住了几天50块一床的小旅店，啃了几天奢侈的汉堡,她的身体终于从云上落到了地上,咣当一声砸醒了自己那虚无缥缈的艺术家之梦。

就她身上那点钱,连地下室都住不起,现实的处境是,她再找不到一份能养活自己、养活梦想的工作,就得再买张坐票滚回老家,接受父母早就安排好的相亲会,搞不好自己的后半生就要嫁个土财主,再生几个小土财主出来!

赵米亚站在西单街头,脑海里浮现出这样一幅画面:土财主左手拿着大烟袋,右手摸着跪在地上正为他捶腿的自己,屋前四五个孩子正在追逐着跑来跑去,而自己肚子里的那个已经有五个月大了……

啊!

她崩溃地大喊起来,周围的时尚男女见怪不怪似的看了她一眼,又继续向前走去。

她拼命摇头,庆幸刚才的画面仅仅是自己幻想出来的场景,不行不行,为了过上那种不任人摆布的人生,自己必须找到工作变富婆,直追富人排行榜,争取上天堂之前好歹混个榜上有名!

西单真好,要什么有什么,三两个女孩站在手机美饰前,一色穿着超短裙,雪地靴,戴着鸭舌帽,露出漂亮匀称的双腿。

这年头流行 Blingbling,手机相机上全都贴得亮闪闪璀璨璨。

米亚不是不喜欢,读书的时候就总站在柜台前这看看那看看,可是打扮一次手机就要几十块,她和李纯都是舍不得这个钱的,大部分时间,两个人逛街都只是过过眼瘾,一人一只火烧,天南海北哪儿都敢去,反正青春无敌,她们俩的座右铭恨不得刻到脑门儿上:手拿菜刀砍电线,一路火花带闪电。

怪不得前辈们都说一毕业就失业,米亚算是彻底体会到了个中滋味,去了几家公司面试,毕业证都没来得及掏,人家就以没有工作经验、回去等消息之类把她打发了。就算回家乡找一份小学舞蹈老师的工作,没有个三万五万想都别想,何况在北京这地界!

她去了几间舞蹈教室，人家均以她没有教练资格证书一口回绝，直到这时候她才醒悟，就算在一间小小的舞蹈教室谋份舞蹈教练当当，前期培训费用也得两三万。最后她实在没办法了，听同学说后海有很多酒吧，便打算过去碰碰运气。

　　从走进烟色那一刻起，那个男人的目光落在米亚身上就再也没离开过。

　　她感觉周身好像爬上了无数只蚂蚁，躁热难奈，但还是硬着头皮在迷幻乐中穿梭着。偶尔抬起头，二楼香艳的大帷幔后，他的目光便会赤裸裸地像聚光灯般折射过来，照得她无处可藏。

　　后台，一群裸露着后背正在换衣服的女孩叽叽喳喳正在用京腔说着什么，米亚能从里面听出几句粗口，一个个子高挑、有着范冰冰一样妖娆面孔的女孩边转身，边用手扣着文胸扣子，目光上上下下打量起她来，眼神里充满着不友好。

　　旁边的人大声催促她，蒋美颜，你快点，就等你了。她懒懒地答腔，却杀伤力十足，虽然化着浓妆，但看年纪也不过二十出头的样子。

　　一行人踢踢踏踏跑了出去，米亚躲在后台幕布后，看到刚才那个叫蒋美颜的女孩站在领舞的位置，四肢灵活有力，身材好得不像话，转身的时候看见她，目光里全都是挑衅。米亚觉得血往上涌，问了服务生后，直奔二楼洗手间想清醒一下。刚走到楼梯口，那个男人的目光就迎了上来。

　　她站在那里犹豫了，现在往回走逃避痕迹也太明显了，没准这老男人背景复杂是黑社会大哥之类，再叫出几百小弟把自己砍成番茄酱！她的右脚在左腿裤子上蹭了两下，还是决定往前走，迅速跑到洗手台，捧起水来将自己狠狠冲刷了一下。

　　一转身，那男人正含着笑看着自己。

　　嘈杂的音乐还在响，这是烟色唯一安静一些的地方，男人开门见山，从上衣口袋里缓缓掏出一张名片，姑娘，我看你半天了，觉得你形象气质特好,有兴趣拍戏、做模特吗?

米亚有点傻眼,刚才在楼梯上她几乎在一分钟内设想了无数个老男人跟自己搭讪的版本,也做好了各种虎口脱险的准备,可他现在唱的是哪一出啊?

他还笑眯眯地站在那儿,看起来并不像一个坏人,刚才说话的声音和语速,都让人感觉十分舒服,应该是接受过良好的教育。

他正在等面前这位"气质超好、形象一级棒"的姑娘给自己一个答复。

米亚接过名片,刚要搭腔,服务生走了过来,说经理已经在办公室等她面试了,让她快点过去。那张名片被她随手揣进牛仔裤的后袋里,临走时她略带歉意地冲男人点了点头,便赶紧跟着服务生跑下楼去了。

02.这就是生活吗

已经是第 11 天了。

李纯和小白顶着火辣辣的太阳,徘徊在城市里的各个小巷。中介他们是打死也不会去的,看一间房 30 块就没了,不管你看没看中,钱都得入人家口袋。一不小心看中了,好嘛,200 大元就这么贡献给中介事业,穆小白半个月的生活费打了水漂。

李纯不想麻烦陆染,更多的是,她不想面对陆染的老公周傲。每次一听说周傲和陆染吵架,无论谁对谁错,李纯都会在内心里对他多出一分敌意。她很少去陆染家里做客,不想周傲觉得自己事儿多,那无疑是在给陆染找不自在。

毕业大半个月后,好歹找到了份工作,一个房地产公司的广告文案,是一个暗恋她多年的学长帮她介绍的，为此小白一直耿耿于怀。可李纯管不了那么多了，现阶段最重要的就是找到工作和房子，在这个城市里和小白能有一个安身之所。

大学时，李纯最头疼的就是和小白约会时无处可去，夏天还好，两个人能沿着马路边手牵手来回走，可一到冬天，这种方式就行不通了，无数次，他们站在24小时自助银行的橱窗里，互相哈着气为对方暖手。

在寒冷之中，李纯无数次幻想过他们以后的家，就像卖火柴的小女孩幻想出的美丽世界：他们会有一套大大的房子，整面整面的落地窗，李纯是这个家的女主人，每天她都会用不同的食物温暖小白的胃。清晨，穆小白会从背后拥住她的身体，那应该是幸福到死的甜蜜感觉，他们就这样一日一日守候着对方，直到死去为止。

想到这场景，李纯就充满了动力，拉着小白一栋楼一栋楼地跑着看，遇见张贴小广告的就拼命地打电话，终于在第11天的下午，他们在市中心某个旧公寓的13楼租到了既便宜、又离李纯上班地方很近的房子。

一进屋，小白拉着李纯给了她一个眼色，示意她房子太旧了。李纯打了一下他的手，若无其事地跟着房东进了厨房。

房东还在絮叨着：别看这房子旧了点但这是市中心，你们小两口上班方便不说而且离商场、超市都近，这房子很多人都看中了，我就是觉得他们不合眼缘，又没有正当职业，租给你们我放心，600块一个月这价格保证你们找不到了。

小白环顾这间只有三十几平的小屋，老旧的墙皮脱落一地，角落里一张破旧的折叠铁床立在那儿，地板有几处已经被泡烂，除了一台旧冰箱是房东愿意留下来的，几乎再也找不到任何家用电器。转过身看见房东正在为李纯试厨房的灯，那盏灯咯吱了半天终于亮了一下，很快又灭了。房东尴尬地说找个时间会给他们换新的，小白刚要开口就听见李纯说，不用，这房子我们租了，什么都不用你管，抵押金就不要收了，我们刚毕业拿不出那么多钱,你看如果行的话现在我们就签字。

小白张大嘴巴立在那儿,看来李纯是动真格的了,前几天看的好几间都比这个好,李纯不是不喜欢,但现在他们两个月收入加起来还不到两千,月租金一千的房子根本承受不起。小白忽然觉得自己很没用,如果自己不执意考研,李纯就不必这么辛苦。李纯还固执地站在那里跟房东讨价还价,小白看着她的侧脸忽然觉得很心酸。

那一瞬间挫败和无助感袭击了他,他知道自己选择考研不仅仅像他说的那样,为了能给李纯幸福,有一部分缘自他内心的胆小懦弱。他还不到22岁,真的还没做好扛起重任辛苦营生的准备。无数次挣扎的夜里,他只能坐起身体拼命地抓着头发。

他对自己说,再过三年,等自己能像一个真正男人那样的时候,他一定会让李纯成为这个世界上最幸福的女人。

米亚甚至回忆不起,那天自己是怎么哭着从烟色跑出来的了。

她只觉得天旋地转,22年来第一次感觉尊严被人狠狠践踏在脚底,动也动弹不了。

负责人轻蔑地打量着她,从上到下,再从下到上,然后和身边的保安小声地交头接耳,她感觉那面孔泛着狰狞的光,那张还在张合的嘴仿佛一不小心就会将自己整个人吞噬进去。

她摆弄着那件近乎于透明的衣服,良久不知道怎么是好,负责人说来这里跳舞的全是辣妹,飞机场是不受欢迎的,要她穿上衣服验验货,如果身材合格培训一个月上岗。

她仔细思量着那几句话,几秒钟之内有好几次打算将衣服狠狠丢下,然后摔门而去。

可是她想起自己的处境,就这么回家实在是不甘心,她想起自己来北京之前信誓旦旦地对李纯说过,等哥们在京城站稳脚跟,八抬大轿请你去发展,然后两个人相拥着笑成一团。

就在那间狭小的办公室里,米亚半推半就地将身上的衣服一件件脱下,只剩下纯白色的内衣。

中途,负责人的电话响了,他接起来小声说了几句。再放下电话时,在她的身体上扫了两眼。那个面目丑恶的男人缓缓地点起一支烟,在吞云吐雾中戏谑般地说,想不到还挺有料的,明天过来上班儿吧,培训期间先住员工宿舍,正式登台后一天100块,小费算你的。

她走出门口,感觉自己一忍再忍的眼泪终于喷涌而出,这他妈的算什么,为了混口饭吃居然沦落到当众脱衣服?

自己不是最不屑这些吗?大学时隔壁寝室有两个女孩坐了半年台没少赚,当时自己不是跟李纯说,这种来钱道儿最丢份儿吗?现在的她,正在用自己最不耻的行为狠狠地打自己的嘴巴。

阳光还是挺好的,身边经过几个看起来无忧无虑的女孩儿,多像曾经的自己啊。来北京这么多天,她第一次感觉如此无助,如此想家,想李纯,想那些已经逝去而不会再回来的青春岁月。

陆染越来越觉得和周傲无话可说了。

自从三年前生下周小傲之后,周傲几乎不再亲近她的身体,睡觉时总用冰冷的背影对着她,像一个无言的句号。

开始的时候陆染还有些情绪,总是从后面揽住他的腰,挑逗他的身体试图让他的欲望燃烧,可几次下来,周傲像个木头人一样,既无回应,也不拒绝,这让陆染的自尊心大受挫折。

最正常不过的抚慰,到他这里倒成了乞讨,她感觉自己变成了一个无耻的、欲求不满的风尘女子,这种感觉让她起初很委屈,然后就变成了愤怒。

生完周小傲,她的身体开始发胖,不到三十岁的年纪看起来却比同龄人大了三四岁。周傲每天早出晚归,家务活一手不伸,陆染每天早上六点起来，做早饭，收拾房间，忙完一系列琐事之后，把周小傲"寄存"到幼儿园，然后赶到旅行社开始一天的工作，旅行社规模不大，加她和敏芝一共四个导游，带团，地陪，接待，几乎全要靠他们四人一手包办。陆染学历低，但记忆力十分好，两年前把导游证考下来，孩子刚满一岁，就赶紧回归社会找工作，多一分一秒也不敢耽搁。如果时间真和金钱划等号，一分钟等于一块钱的话，陆染最大的梦想就是让那一块钱变成美金。

淡季的时候，下班还能早一些，一到旅游旺季，恨不得变出三头六臂。当初想法很简单，觉得当导游好哇，能和敏芝在一起，免费吃免费住还能免费玩，混钱潇洒两不误，美差美差。真进入角色后才知道，人家坐着你站着，人家吃着你看着，人家玩着你说着。一条旅游线，一年去好几次，去得直想吐。

想想真滑稽，自己一年到头都混不上几个休息日，整天却在为别人设计着旅行方案。有一次和敏芝陪李纯打电动，路过娃娃机，透过玻璃看到自己身形臃肿，面容憔悴，睫毛膏晕开了。她忽然觉得，城市不就是个巨大的娃娃机吗？外面的人想进来，里面的人想出去，谁看谁都挺好。小地方的人向往大城市，大城市的人又觉得田园生活方式很时尚，争着抢着到郊区买一亩地，住度假村，人家管这叫回归自然。

身边也有人一心往更大城市奔的，那人是自己高中同学，俩人曾朦胧过一段时光后来不了了之，偶尔打打电话聊下近况，此男在北京做IT，至今连房子都没买上，聊到房子是因为那时候陆染刚和周傲买了房，两个人因为房子差点没吹，陆染说大连房价上涨的速度就跟着了电火一样，IT男说你就知足吧，在北京四环外的房子都均价一万了。他和老婆一直住在民房里，包括后来怀孕，只有临产到坐月子那段时间，IT男实在心疼老婆孩子，便在楼房里租了一室。IT男在电话里笑呵呵地说，都好几年没住过楼房了。

陆染听得心里一酸。

这是他们这些外来者心照不宣的痛楚，一踩就疼。

也不是没想过离开,有时候崩溃到极限,心里想着去他的爱怎样怎样吧,恨不得刨出个地缝一钻了之,可怎么逃,能逃到哪儿去?

只能张大嘴巴吸几口掺和着汽车尾气的空气,然后告诉自己,要么赶紧醒醒,要么洗洗睡吧。

这,他妈的就是生活。

03.甜蜜与苦涩

每次陆染回老家,陆妈妈都感觉很揪心,总是为她熬排骨汤,一边盛汤给她一边心疼地说,瞧瞧你又瘦了,脸色蜡黄蜡黄的。

陆染嘴上从不叫苦,和周傲闹得最凶的时候,两个人大打出手,那天周傲喝得有点高,一失手推了陆染一把,正好撞到电视柜上,瞬间陆染的额头全都是血,伤口养了半个多月,陆染怕李纯和敏芝发现,硬是跑到理发店剪了个齐刘海,笑嘻嘻地跟问起来的人说这样显年轻。

22岁跟周傲谈恋爱,当时怎么看怎么觉得他身上有一股令人捉摸不透的气质,一笑起来嘴角上扬,看上去坏坏的。一晃三年就过去了,小镇民风闭塞,陆染随波逐流,总觉得一个25岁的姑娘还没嫁出去是件特别丢脸的事。她急着嫁了,周傲却不紧不慢,反正自己是个男人,家又在城市里,没有陆染的社会压力,晚几年结婚也无所谓。

陆染常常觉得自己是在赶鸭子上架的氛围中匆忙把自己嫁掉的。当时带周傲回父母家,陆妈妈看出了一些端倪,将陆染带进妹妹的房间里小声表达了自己的看法,她老人家觉得陆染带回来的这个人,缺乏上进心,不是个过日子的好材料。仗着家里老子在法院还是个不大不小的官,谋了份临时工当当,到现在编制问题都没解决。

陆妈妈那个年代的人信什么啊,人品能力铁饭碗,没有这三要素的男人在她们眼里那就是完蛋。

陆染一句话都听不进去,被爱情冲得晕头转向。周傲的痞性从那个时候就爆发了,他看出了陆染家里反对的意味,话都不说一句拉起陆染就夺门而出,跑到沈阳投靠自己兄弟去了。

那一个月陆染感觉自己像在云端,幸福极了,这不就是传说中的私奔吗?她和周傲每天睡在周傲的兄弟家,睡到中午才醒,两个人相拥着亲吻,恨不得从头吻到脚,到了晚上一群哥们坐在露台上吃烧烤,又是唱歌又是跳舞,一瓶一瓶地喝啤酒,醉生梦死地过着。

陆家再也坚持不住了,在明晃晃的抵抗中渐渐败下阵来。

陆染终于如愿以偿,在 26 岁到来之前得到了自己想要的结果。她出嫁那天,陆妈妈一直摇头一直叹气,双方父母和新人的合照上,陆妈妈哭丧着一张脸,好像斗败的孔雀没了光彩。

穆小白震惊地看着面前的一切,拼命地晃了晃头,又揉揉眼睛,难以置信自己所见到的一切。

床靠在明亮的小窗下,粉色碎花小床单的尾端打着褶皱,将破旧的铁床完全包裹起来。窗台上的栀子花开得正好,冰箱上各式各样的情侣便条贴,两只可爱的小猪端坐在冰箱上,正笑眯眯地望着他。床对面的柜子上多了一台 21 寸的旧电视机,墙壁显然粉刷过了,那些老旧的墙皮一扫而空,穆小白用手指小心翼翼地摸了两下,又看到正中间摆放着一只小小的圆桌和两把塑料椅子,它们全都穿着手工缝制的新衣。厨房里的水果篮里放着自己最喜欢吃的芒果,穆小白想起每次李纯买芒果时总是舍不得多买,两只加起来就要十几块钱,李纯总是细心地将芒果剥好,用双手捧着下巴看着小白吃。

小白吃几口将芒果递到李纯嘴边，她总是一边摇头一边吞着口水说，你还是自己吃吧，这味道那么奇怪，我可吃不惯。

芒果就在两人半推半就下全进到了小白的嘴巴里。

李纯却比自己吃了还高兴。

本来说好一人一只，但到了第二天李纯总会像变戏法一样从背后掏出另一只来，笑着送到小白面前。

而现在那只黄色的水果篮里，放着整整六只芒果，它们发出金灿灿的光芒，晃得小白两眼生疼。

今天是穆小白 22 岁生日。

他只记得几天前李纯说要送他一份特别的生日礼物，要给他一个惊喜，让他先去学长那边住几天。

他不知道李纯是怎样在几天之内背着自己忙完这项巨大工程的，他仿佛看见了李纯瘦弱单薄的背影，仿佛看见了她艰难地举着滚刷，无数次放下酸痛的手臂，又无数次抬起。

这几天，李纯花光了所有的积蓄，先是去旧货市场买了一张大床垫子，又以 100 块钱的价格买下了这台旧电视，小白是个球迷，最喜欢湖人，一看到科比出场就双眼发直，有了电视机小白再看球的时候就不用去本市的同学家了。

为了节省开支，李纯在零上三十多度的天气里坚持着没有雇车，硬是拖着床垫子走了将近三公里，太阳丝毫不体恤这个瘦弱的小姑娘，几次差点将她烤得昏倒。

一路上很多人看她，她才管不了那目光里是否带着同情，不解，疑惑，或是嘲弄。

她只知道一切都会好的，她和穆小白的日子总有一天会彻底亮起来，她走在路上充满力量，嘴里还哼着歌，浑身被汗水浸得通透。

她一点点地构建起这个只属于她和穆小白两个人的小天堂，每完成一项她的心就像小鸟一样快乐地飞了起来。她甚至能想到穆小白拿着钥匙打开家门那一刻张大嘴巴的傻样子，对，她就是要他一脸呆滞地迷失在这巨大的幸福里。

米亚又失眠了。

以前住在小旅馆里总是困得要死，夜夜惊慌着怕丢东西，虽然她的包里根本没什么值钱货。

她想象力从小就丰富得要命，天马行空什么都敢想，摩羯座特有的被害妄想症在她身上体现得淋漓尽致，她总是担心歹徒破门而入抢财抢人又劫色，或者恐怖分子将她劫持到陌生城市毁尸灭迹，外星人忽然降临将自己抓去做实验也不是没可能的。总之越想越害怕，多少个夜里就在既害怕又渴眠的状态中纠结得要死。

现在终于有了落脚的地方，她却睡不着了，因为她对面床上躺着的人，正是蒋美颜。

米亚心想这姑娘不是我的仇家派来玩我的吧，好像处处和自己过不去的样子。

她从来没想到会由这个心高气傲的姑娘来做自己"师傅"，也没想到员工宿舍早已住满，负责人无奈之下只能将自己安插到蒋美颜的房间。习惯了一个人的蒋美颜对于入侵者多少带点情绪，这可以理解，但这情绪泛滥的时间也有点太长了吧，今天在练舞的时候她处处刁难，好不容易到了休息时间，一进屋便看见贴在房门上的十不准，米亚被她气得差点当场身亡。

这大小姐好像天生具有刁难人的本领，从其他舞蹈员那里也听到过一些关于她的事情。

单亲家庭，十几岁就靠自己混世，365 行干过 364 行。

前两年遇见个有钱的主儿，离开后海这一片儿酒吧的时候风光过一阵子，听说那台商开始对她不错，去恒隆几万几万地刷，可很快就过了新鲜期,台商毕竟是靠自己白手起家的,花钱不再那么大方了。

当蒋美颜发现自己要个GUCCI的基本款他都闪烁其词的时候,开始慌着找下家,勾引台商的合作伙伴被他发现了,加上跟大奶相处不好,两人正面交锋过几次,台商的脑袋都大了,索性给了她点钱将她打发了。

人就是这样,一旦过惯了好日子在云上飘着,再降低生活品位就很难了。

台商给的那些钱很快就被蒋美颜挥霍一空。

她有几个小姐妹都没正当职业,靠着自己年轻漂亮经常出去"A"男人的钱,蒋美颜也学着她们的样子提着LV包装袋在新光天地里乱晃,包装袋里装着自己用过的包,伪装成新买的样子。

远远看上去,蒋美颜鹤立鸡群,漫不经心地提拉着袋子,仿佛生活优越的白雪公主。幸运的时候遇见愿意带她出去吃饭的人,红酒牛排随意地点,但更多时候,只能在一些不入流的小快餐店里混个温饱。

从小蒋妈妈就告诉她,男人是靠不住的,既然这样,为什么不找个有钱的呢?

嫁个有钱人,将他们的钱变成自己的钱,一直是蒋美颜的人生目标。

她才不在乎对方是否长得帅,年龄是不是足够做自己老爸,就算秃顶也无所谓。她一直觉得做人不能太贪婪,千百条路只能盯住一条,亦舒说的那句话绝对有道理——自己若想要很多很多钱,那就别指望还有很多很多爱。

但暴发户也不都是傻子,蒋美颜最后还是不得不回到后海,她需要一种稳定的生活,在这种稳定的生活下结交能带给她优质生活的男人,自己已经22岁了,只剩下几年好时光,她带着最后的赌本来到烟色,并在短短时间里成了这里的头牌。

04.认清现实

陆妈妈曾经很忙，所以妹妹陆清经常由陆染带，姐妹俩特亲。陆染宝贝妹妹像宝贝自己的孩子一样，学校发的课间小食物从来就不舍得吃上一口，有什么好东西肯定都留给妹妹，心疼陆清功课多，总是熬夜写完自己的作业，再在陆清的作业本上写好那些数学题。

陆染从小心灵手巧，自己穿旧的衣服改一改，加上点蕾丝给妹妹做成漂亮的花裙子。那个年代家家基本差不多，在木棉能穿得起新衣服的孩子寥寥无几，但陆清的衣服看起来那么与众不同。

用现在的话讲，陆染在当时绝对是个文艺女青年，她站在人群里总是会微微发光，看起来从容又淡定。她唱歌好，总是喜欢唱带点小忧郁的情歌，林忆莲的深情总是被她演绎得淋漓尽致。有一次，她带着比自己小七岁的妹妹，在 22 岁那年的街头卡拉 OK 唱了一首《爱的代价》：

还记得年少时的梦吗

像朵永远不凋零的花

陪我经过那风吹雨打

看世事无常

看沧桑变化

那些为爱所付出的代价

是永远都难忘的啊

所有真心的痴心的话

永在我心中

虽然已没有他……

身后不知不觉围上来很多人，零星的掌声后来就越来越烈。陆染从来没想过，那个有着好月光的夜晚会彻底将自己的人生颠覆，人群中有一张面孔已经被她彻底吸引，那就是大学刚刚毕业，来木棉探望同学的周傲。

夜深了，人们揉着惺忪的睡眼一哄而散，陆染和周傲的眼神隔着几米之遥碰撞在一起。

周傲像个公子哥儿，玩世不恭地朝陆染和陆清走过来，笔直瘦长的腿有节奏地打着节拍。那个夜晚，他们三个坐在天意大排档，外面星光闪闪，陆清坐在姐姐旁边，周傲坐在他们对面，锅里沸腾着的食物是什么已经不重要了，陆染甚至回忆不起来那天周傲到底跟自己说了些什么。

她只记得自己被一种叫做爱情的东西抓住了魂魄，她就是在那样美好的氛围里坚持着信仰：爱情是世界上最美好的东西。

午夜 11 点整，烟色二楼的卡包坐着一位穿卡其色西装的男士，他面前的女人梳着时下流行的 BOBO 头，上身着简单的白 T 恤，一条包臀牛仔裙显得身材凹凸有致。

女人从包里拿出几张照片，依次摆在桌子上。

男人一张张端详着，最终将目光锁在一张照片上。女人用纤细的手指将它缓慢夹起来，照片中的女孩有着清瘦的身材，短发齐耳，目光清澈，又透着一丝不经意的慵懒。女人慢慢吐出一口烟，在雾气升腾中冲男人点了点头。

男人会心一笑，将目光投到舞台中央，那一群青春靓丽的尤物正在台上翩翩起舞，最左边的那个，正是一个多月前与自己有过一面之缘的赵米亚。他开始细细地端详起她来，脸蛋圆润多肉，黑眼珠恰到好处地连接着上下眼睑，鼻头大而圆滑，下嘴唇粉红肉厚，那张脸，看似普通，却是自己寻觅良久的。

男人本名叫苏俊，曾经是京城红极一时的经纪人，风光过一阵子。后来旗下苦心经营的艺人为情所困，从十几层的高楼阳台笔直坠落，他的事业也随之陷入低谷。命理大师一语道破玄机，只要遇见命中注定的旺夫女，为他诞下一名男婴，他的事业定能起死回生，如日中天。

这世界上的大部分人都有自己的信仰，除去宗教，年轻一代信星座，并信得一丝不苟，每天都要追看星座运程，力求专业，还得结合起上升星座，太阳星座，月亮星座。也有一部分人十分追捧塔罗牌。年纪稍微大一些的，就信手相，信八卦，信周易。

都希望借助什么拨开迷雾，看到前方光景，大抵都有一颗对未来迷茫的心。

而苏俊，信命，他总觉得一切早已注定，命运自有玄机。对那位命理大师的话，一向深信不疑。

那个晚上，他一个人在烟色二楼喝闷酒，手里拿着大师给的相术对照图，发现跌跌撞撞跑进来的那个女孩居然近乎全部符合。但她究竟是不是命理大师所说的、命中注定能让自己起死回生的人，现在还无法妄下定论。

男人想泡妞，就必须有资本，这资本无非就是身份地位金钱权力。

亮出自己的身份仅仅是一种惯性模式，也是吸引年轻女孩的有力砝码。

只是他没想到的是，那个来自外地的平凡女孩在听了自己那样一番赞美之后，居然无动于衷。他只好以烟色合伙人之一的身份，交代下属一定留住那个女孩，他甚至都想好了她将电话打过来时，自己简短并温存的开场白，足够让她跌进自己早已布置好的爱情陷阱。

她绝对算不上漂亮，身材也和站在她身边充满媚惑气息的蒋美颜有着天壤之别，但她身上有一股令人充满希望的正义气息，他愿意花些时间用事实来验证她是不是自己要找的人，这笔生意稳赚不赔，就算不赚，至少也能保本。何况，像他这样的男人，一纸婚约，一个孩子，又能锁得住什么呢？

坐在他对面的女人叫季晴,几年前还是自己的胯下之物,现在却已坐上了新星经纪公司的第二把交椅。

最近这两年选秀节目跟着了火一样,一股脑地往外涌,有钱的砸钱,没钱的借钱砸,为了冲进前几名被包装成时代新宠,什么招都用上了,高层打点完,全国各地想尽办法拉选票,就连粉丝团也得按天支付佣金,漏掉哪一环都不行。

季晴当年一脸青涩,跟苏俊上完床之后小声贴在他耳边问,能不能帮自己找份差事,只要能留在北京干什么都行。

苏俊那时正春风得意,眼皮都没抬一下,拍拍季晴裸露在外的香肩,顺势将她压到身底下,没过几天就把她安排进了新星做明星助理。没想到这小妮子够心狠手辣,踩着无数男人的身体当跳板,苏俊心想真是人不可貌相,海水也 TMD 好凉。

他将一只方方正正的布包推过去,又冲着季晴诙媚地笑了笑,今时不同往日了,他知道自己在赌,拿 20 万换一个新人,值不值就看自己的造化了。

深秋清早的玻璃窗上总是会罩上一层软绵绵的雾气,李纯在这个月被冻醒了好几次,哆嗦着身体闭着眼睛寻找穆小白,彻底醒来时才发现小白早已经去了图书馆。

她穿着穆小白大大的套头毛衣,在床上伸个懒腰,拉开窗帘用手指一遍一遍划拉着他的名字。这是属于她们俩儿的爱情暗号,每次窗户上一有雾气,李纯就会在上面给小白留几句悄悄话,等到下一次雾气再覆盖的时候,那些温柔的字迹就会像魔法书一样跳进小白的眼睛。

复习已进入最后阶段,小白每天早上五点起床,花半个小时给李纯煮早饭,然后穿上厚厚的外套背着大书包去图书馆,冗长的英文单词混合着难懂的语法,常常一复习就是七八个小时。

自从进了那家房地产公司,李纯才终于搞清楚,为什么街上会有那么多开宝马 X5 的所谓有钱人。

资本家也太黑了，八点半开始上班，中午只给你一个小时午休，睡也睡不了，去趟沃尔玛来回坐车的时间都不够，来面试的时候说得好好的，四点半准时下班，一般没大事的时候不加班，等正式来到这儿，李纯才终于明白，这公司压根就没小事，全都是大事儿！

最可恨的是，老板就是开着 X5 的有钱人，人高马大，又姓马，大家都在背后偷偷叫他"马大爷"，他总是下午五点多开着小车儿晃悠去了，到了晚上九点晃回公司看看到底有谁没加班，谁先走了他肯定会记在一进门的大白板上，第二天开早会热血沸腾地批评上十分钟，那兴奋劲儿就甭提了。

05.我的择偶条件

李纯所在的公司大部分成员都是 70、80 后，而 80 后的这些，从 81 年到 86 年不等，男生清一色光棍，女生清一色未婚，每年都有一批人加入剩男剩女的行列。用对面桌大眼美女景佳的话说，这叫剩得光荣，剩得伟大。照这个趋势逐年上涨，大部队会越来越多，到时候还指不定谁是被"剩"下的呢。

这不仅是她们公司的现状，更是城市年轻人的真实心声：女的恨嫁，个个都想找有房有车、跟自己年龄相当、志趣相投的未婚男青年，注意，是未婚；男的恐婚，谈恋爱的时候感觉女朋友个个善解人意知书达理，一旦论及婚嫁谈钱色变，几次下来就成了伤心太平洋，很受伤。为了避免自己走上歧途，变成死海，只恋爱不结婚，成了广大男同胞的潜在心声。

景佳虽然只比自己大两岁，可在相亲这条路上，绝对算得上鼻祖。起初她也抵抗,装死,但在老妈无数次威逼利诱下,她终于认清事实,知道抵抗没用,装死无效,只好乖乖就范。"相龄"三年,阅男无数,她有一个24开本的相亲专用备忘录,里面详细记录了每一位相亲对象的年龄,身高,职业,薪水,学历,家庭成员,优点,缺点,以及具体的失败原因分析,个别男士,还附有两寸免冠照片。

李纯无数次在心里感叹,真是世界之大,无奇不有。

按景佳自己的话讲:我的要求也不高呀,只要对方在大连能买一套100平的房子,按揭还是一次性付款都无所谓,反正以后他月供。车也不用太好,十几万的就知足了,无非就是个代步工具嘛,上到比自己大五岁,下到比自己小三岁,都是可以接受的。反正自己还没达到李嘉欣那段位,对方的相貌也不必赛过金城武,头发茂密不稀少,至少不能谢顶,身高要求也不苛刻,178CM及格,月薪只要是自己的两倍左右就行,又没过万,按道理来说,不应该这么难找啊。

李纯大跌眼镜:你这条件还不高啊?我来给你算一笔明账,首先你要找的是未婚、30岁以下的男性,去掉178CM以下的,再去掉头发稀少的,抛掉五官不端正的,拟定人选十万。现在,咱们再按你的要求,去掉没车的,估计只剩下七万。再去掉买不起100平左右房子的,还剩下四万男同胞。以你现在的月薪,税后四千来计算,你未来的白马王子至少要赚到每月八千。那四万男同胞,几乎全军覆没,只剩三千个了。这三千个所剩不多的男同胞,必然是各行精英,人一优秀肯定也会挑剔啊,这事也不是你单方面就能说了算的,再抛掉一部分认为你与他们的要求不符的,姐姐,就只有500人了。

景佳抱着肩膀,傻傻地看着李纯:我听明白了,如果我想按照自己的条件成功出嫁,难度不亚于一夜暴富,中个几百万,可我实在不甘心降低自己的生活标准委曲求全啊!

景佳是标准的物质妞儿,每次奔赴在相亲的路上,都是斗志昂扬地去,垂头丧气地回。上了一天班,常常还得坐上公车从城市这边赶到城市那边去见不同的约会对象。这些对象有网上认识的,有老妈托人介绍的,有热心同事撮合的,也有主动自我推销的。

开始她打车去,后来发现这计划外成本实在太高了。遇见绅士一点的,无论成不成,都能在星巴克请上一杯咖啡,吃顿PIZZA什么的。但景佳也遇见过无耻的,四十几块的单,人家借故说上趟洗手间,把她一个人晾那儿就跑了。

慢慢地,景佳变得聪明起来,约地方一律选那种必须先买单的地儿,能步行就步行,太远的地方就坐公车,如果当天有约会,早上只打个粉底就出门,临下班前再化妆,这样可以节省一次彩妆开支,要知道,她用的那些瓶瓶罐罐,随便挑出来一个都要几百块啊。

李纯劝她把择偶条件改一改,就是月薪那项,没必要非得要求达到八千块嘛。景佳振振有辞:我前段时间在网上看到一个计算公式,你等我找出来给你念一念啊。

李纯洗耳恭听。

景佳打开收藏夹,点开网页,一板一眼地说:假如我的收入是4000元,未来夫君的收入是7000元,万事孝为先吧,先把赡养父母的那部分去掉,就按照30%来计算,我的收入就变成了4000-4000×0.3=2800元,他的就变成7000-7000×0.3=4900元。我们两个加起来是7700元,对吧。其次,以后还得要小孩吧,根据一份名为《孩子的经济成本:转型期的结构变化和优化》的调研报告,中国家庭平均每年在孩子身上要花三万,每个月就是2500元。再去掉这一部分,就只剩5200元。按照夫妻财产共有的原则,见面分一半,每个人剩下2600元。事实摆在眼前,假如我和这位月薪7000元的男人结了婚,那就意味着我的收入要比婚前减少200元。

李纯目瞪口呆:天啊,如果真按照这个公式计算的话,我和穆小白结婚以后,我的工资岂不是得变成负数?

景佳一脸得意：你以为呢，这个公式表明，只有当我未来老公的薪水达到 8000 块的时候，他才能让我保持婚前的物质生活，也仅仅才多出 150 块而已。所以，前面的那几项我都可以考虑放宽政策，唯独这一条，打死也不能降！

这是景佳的爱情观，准确地说，应该叫做婚恋观。但李纯却不这么认为，自己要的本来就和景佳不一样，她甚至很庆幸因为拥有穆小白，自己才能幸免奔赴相亲之路。

正傻傻地笑着，米亚忽然发了一个笑脸过来，接着跟了无数惊叹号。

纯纯，你好不好，我想死你了！

李纯揉着头发，刚要回消息给她。

马大爷阴沉着一张脸站在身后，大声警告她，工作时间，不要闲聊。

天！这资本家也忒狠了点，现在明明已经是北京时间 22 点整了嘛。

保安室里，两个看起来二十出头的男孩正在交谈着什么，不时爆发出欢快的笑声。

坐在边上的那位开口说，哎，你说咱们谭经理什么狗屁品位，赵米亚那种姿色的他也留，挤吧挤吧能有个 B 罩杯？脸大腿粗，一看就是芙蓉阿姨她家亲戚。

站在他面前的男孩哈哈笑了两声，随即道：你丫说话也不知道给自己留点口德，不知道现在放眼全世界，"纯平"是主流吗？个个胸前顶俩大球，看久了都审美疲劳了，这是在调剂口味呢，听说人家可是正规舞蹈专业出来的，那下腰练的，有两下子。

你懂个屁！这是有内幕的，我听小郭说赵米亚是苏总亲点的，我看啊不是苏总家亲戚就是苏总的小三。

天，这苏总的品味也太雷人了吧，看他相貌堂堂一表人才的，怎么这么想不开啊!

两个男生笑成一团,虚掩的门外,蒋美颜紧紧地贴在墙壁上。

本来她打算过来随便叫上一个小保安,帮自己换一下灯泡,没想到刚走到门口,却听到这一段意外收获。

苏俊平时来烟色的时间并不多,有时候两三个月才露一次面,自从精心培养的艺人发生不幸之后,苏俊沉了大半年时间,既不出门也不看任何新闻报道,只把自己关在家里,天天与伏特加为伍。

直到前段时间在那档选秀比赛上看到基乐乐的身影,他为之一震,从比赛开始就详细调查了她的全部资料:基乐乐,22 岁,现就读于北京外国语学院法语系,因外型中性,比赛全程亲自吹萨克斯伴奏,有萨克斯王子之称,老家湖南,家境虽普通但愿意付出全部孤注一掷。

从基乐乐参加比赛到夺得季军,光是支付给新星的费用就已经高达 30 万,新星承诺将在三年内主推她,先开展大陆市场,时机成熟后会安排她到日本、法国培训发展。

苏俊知道自己的机会来了,这个选秀活动是季晴公司一手操办的,如果没有他也不可能有季晴的一切,就算不看在他的面子上,那个小狐狸也会看在钱的面子上。加盟新星,成为基乐乐的经纪人,是苏俊为自己设计的崭新之路。

而此时此刻,蒋美颜也已为自己打好了如意算盘,两个月内苏俊跑来烟色两次,从他灼热的眼神中,聪明的她不是感觉不到一些什么。圈内盛传苏俊不近女色,和之前自己旗下的一名男歌手关系暧昧。事实证明这些只是谣传,可越是这样,她越是生气,熊熊怒火在她的胸口燃烧起来,论长相论姿色她哪一点也不会输给赵米亚,还真是应了那句萝卜青菜各有所爱!

现在烟色发展越来越好,蒋美颜再也不想过满后海串场的日子了,如果想稳固在这里,那就必须找到强大的后山,米亚那小妮子表面看上去傻乎乎的,没想到这么有心计。

蒋美颜忽然很后悔自己过去曾对她吆五喝六，看来想在外面混，还真是谁都不能得罪，说不定哪只土鸡稍不留神就飞上枝头成了神鸟，她忽然想起自己前两天逛街新买的 ONLY 短裤，也许赵米亚穿上会很合适。

06.安全感

陆染时常有天塌了，自己也只能拿头死命去顶的感觉。以前总觉得天塌了也没事儿，有爸爸妈妈在那儿顶着，自己海拔不够砸也不能可着自己砸啊。可现在眼看着父母一天天老去，小傲张开眼睛就妈妈妈妈地喊，周傲成天神龙见首不见尾，半夜能闻到点人味儿，还是掺了高浓度酒精的。

没结婚之前陆染也愿意玩上几把，小地方生活节奏慢，消费水平也低，没事儿的时候扯一扯麻将，日子过得也挺清闲。那时候周傲来木棉看她，两个人常泡麻将馆，陆染怎么看他出牌的手势怎么觉得有范儿，就跟香港那些电影里的赌神一样，尤其小烟儿一叼，就更有那个神韵了。陆染那拨儿女孩，从小就对大侠、赌神有一种说不出来的崇拜，就跟现在 80 后喜欢古惑仔一样。

那时候，陆染特别看不上家门口那些既没知识又碎嘴巴的家庭妇女，一天到晚没什么事，天儿一热就搬个小板凳坐在门口剥葱剥大蒜，顺便拉些家常。

还能说些什么，无非就是张家长李家短的，谁谁闺女嫁个多有钱的人，在北京住上多牛的别墅，说得神五神六的，就好像他们亲眼看见了那别墅的样子，恨不得人家家里有几个房间，厕所什么样的都给你描绘出来。

陆妈妈从不在此列，大部分时间，她都架着老花镜躲在屋子里看佛经。

楼跟楼挨得紧凑，有时候陆染回娘家，免不了就得听到一些闲言碎语。

呀，这不是老陆家的小染吗，回家看父母哟，瞧人家那俩闺女长得，一个比一个水灵！

人刚一过去，脸就变了，几个脑袋凑到一起嘀咕起来：这人啊真是奔什么得不到什么，你们听说了吗，老周下台了，周傲编制到现在都没解决哪，大城市哪儿好啦，两口子生活都成问题，都快三十岁的人了，还老从娘家拿东西，要说生女儿就是赔钱的货，生个好样儿的还行，摊上这样的，哎！

谁说不是，你看咱们楼上那小玲嫁得多好啊，当天那个场面，光车就能有好几十台吧，我这辈子都没看过那么多好车，在楼下排了一队，就等着接新娘子，你说人活这一辈子就嫁这么一回，风风光光的多好，看人家活得，光财礼钱就拍了 100 万，公公当场就承诺了，只要一结婚就拿钱给两口子投资做买卖，你看人家那姑娘多有本事，这些年吃喝拉撒的一次全给赚回来了……

陆染听得咬牙切齿，又不好发作，再怎么说这也是在自己父母家门口，只能假装什么也没听见加快脚步上楼躲进家门。

夏天家家户户都开着窗子，家里又是二楼，陆妈妈听得一清二楚。陆染一进门，她就把佛经放到桌子上，边往厨房走边晃着头说：你别听她们的，小玲她妈上午还来过咱们家，今天检查结果出来了，这胎是个女孩，亲家那边立马放话了，说条件好，要二胎，二胎生不出男孩，就三四五六七，一直生到男孩为止，你听听，这叫人话吗，好好的闺女养那么大，嫁到人家家里吃那个苦去，妈可舍不得。

陆染将刚才顺路买的韭菜放在厨房的桌子上，一边择一边接话：不是说暂时以事业为主，不要孩子吗，怎么成这样啦？

陆妈妈从篮子里拿了几个鸡蛋，打在碗里，叹了口气：好好的姑娘，没结婚前多秀气，前几天在路上遇见，现在胖的呀，嫁到有钱人家里说话都没底气，多有钱啊，那都是人家的，再说了，我们这辈的有钱人哪个不是白手起家的?那创业钱都是从牙缝儿里省出来的,现在是发达了,但艰苦朴素的习惯保持了几十年,哪能一下子就变了?就想等现成儿的,你看看那电视里的女明星哪个不是天天被揍得鼻青脸肿啊?别听她们的,你和周傲怎么回事,别人不知道妈还不知道吗,别跟她们一般见识。

陆染心里一热,自己都快三十岁的人了,还总像小时候一样动不动就靠在妈妈的怀里,无论在婆家受了多大的委屈,只要一贴近这怀抱,陆染就觉得无比安全起来。

这一天,公司安排防火知识讲座。全体工作人员都强撑着眼皮,围坐几排。

景佳搬着凳子凑到李纯身边,两个人有说有笑,不一会,讲师来了,一进门就对大家说:能不能倒杯水给我,我这嗓子都快冒烟了。马大爷一眼就扫到了离自己最近的景佳,使个眼色,景佳赶紧起身接水去了,心里暗暗地想:你可真是勤俭持家,连个秘书都舍不得请,平时公司这些年轻漂亮的女孩,个个身兼数职,文案设计交际花,茶水小妹加打杂。表面却笑嘻嘻地将水递到讲师手里。

讲师刚开始说的是什么,李纯和景佳完全没听进去,两个人交头接耳,在聊周杰伦的八卦。直到他忽然从文件夹里抽出一堆图片,张张惨不忍睹,两个人才收了声,细细地听了起来:大家看我手里的这张图片,由于书房仓库管理员一时疏忽,将熄灭的烟头随手扔到了地上,结果并未熄灭的烟头将旁边的包装箱点燃,火势开始大面积蔓延,等接到报案赶到现场时,两层库房已经燃烧成灰烬,大家千万不能掉以轻心,一根燃烧的烟温度在200度左右,200度啊,大家想象一下,如果在办公室里吸完烟后没有将烟彻底熄灭……

正在吸烟的男生吓得一下子蹿了起来,以百米冲刺的架势跑进了卫生间,将烟头冲进座便。

讲师又继续说:大家再看这一张,主人公李某因为着急上班,中午做完饭后忘记将煤气阀门关好,下午李某只有八岁的儿子放学回家,将门打开,虽然闻到了一股奇怪的味道,但家长从来没对孩子进行过有关教育,他随手将屋内的灯打开,瞬间,屋内燃爆,火势汹涌;还有这一张,张某家的煤气塑料管从入住以来就没更换过,由于使用年限过长,发生了自燃自爆现象,大家可以清晰地看到,被送到医院经过奋力救治的张某,整张脸五官纠结已经辨认不清,这还是经过数次整容手术之后的效果,所以,各位家里的煤气……

已经有很多人坐不住了,纷纷议论起来,景佳和李纯也相视一眼,面露惧色。

还有,很多公司的员工都有直接关电脑的习惯,从开始菜单里直接选择关机,但关机之后呢,显示器还在亮着,这是非常危险的……再者,咱们家里平时不用的电源,一定要切断,很多人都有电器不用、但仍然插着电源的习惯,久而久之……

李纯听到这里,见大家都在认真地听,马大爷更是连连点头,态度像个认真的小学生,周围不断有这样的声音传出:"天,还让不让人活了?""围追堵截,彻底断了所有活路。"她便凑到景佳耳边,小声说:哥们,这位仁兄肯定是摩羯座的。

景佳一脸疑惑:你怎么知道?

李纯神秘地说:一看他就有典型的被害妄想症,得钱治了。

这年头,口说无凭,用图片说话就让人信服多了,但李纯还是充满怀疑,世界之大无奇不有,没准都是 PS 的。

讲师将手里的图片配合事件一一介绍完,将它们重新放回文件夹,又打开随身携带的工作箱,掏出一个体积不大的绿色瓶子,头头是道地介绍道:不知道大家有没有注意安全出口的习惯,我建议大家,无论是去商场,去超市,还是去电影院等等一系列的公共场合,一定要养成先观察安全出口的习惯,再找一下灭火器的位置……大家看我手里的这瓶,这种灭火器体积很小,呈液体,一般用于火车上,无论是放在家里,还是随身携带,车载都很方便……

李纯和景佳对视一眼,两人忽然间恍然大悟,将头凑到一起:原来丫今天是来卖灭火器的。

米亚怎么看,怎么觉得最近蒋美颜怪怪的。

以前开门总甩得山响,现在出门前还会留给她一个甜美笑容。上星期买的那条短裤,明明回来的时候在镜子前照来照去,宝贝得很,现在没过几天居然转送给了自己。

赵米亚拿着那条短裤,觉得之前是自己错怪了她,都是外地来的,独自在大城市打拼的女孩,人再坏能有多坏?

赵米亚最大的问题就是永远都摆不清楚自己位置,对于自己的斤两一直都很模糊。上学时,别人一句客套话赞她句美女,她就会觉得自己真的是西施转世貂蝉再现。她坐在床上,还在懊恼着自己搞丢了那张名片,隐隐约约还能想起那个递名片给她的男人,高鼻子,中等身材,大概三十几岁的样子,虽然面目有些模糊了,但她永远都不会忘记他对自己说过的那几句话:你形象气质很好,有兴趣拍戏做模特吗?

虽然自己的身高不过一米六五,但现在不是很流行平模吗?瑞丽上的那些女孩,很少有超过一米七的吧。她隐约记得,那天她瞄了一眼名片,好像是某某经纪公司的。

天,自己就这么错过了做明星的机会!

昨天她给李纯打了个长途,在电话里还抱怨了几句这事儿,李纯半开玩笑半认真地说,你小子,小心遇到骗子,骗财骗色骗完再把你卖了!

赵米亚咯咯一笑:多大个事啊,我还以为抢我鸡蛋呢!

这段子是上学时候两个人用来互相挤兑的保留曲目,80后耳熟能详的黄段子之一。

又问了问李纯和小白的进展,才恋恋不舍地挂了电话。虽然现在正式上台了,也能有两千多的收入,但去掉每个月寄给家里的一千,自己吃饭,买化妆品,偶尔跟小姐妹逛逛西单,看到好看的小上衣也会犒劳一下自己,不买牌子不用贵的,一个月到头也剩不了什么。

07.最完美最华丽的一跳

赵米亚一直都理解不了李纯,觉得她过得太傻了,生活方式一点都不像这个时代的女孩儿,一条牛仔裤,一双匡威鞋从春天穿到冬天,对物质的要求近乎于零。

守着穆小白那个穷鬼三年多,一直处于倒贴加负资产状态,好不容易熬到工作了,赚的钱又得养家糊口交房租。穆小白可倒好,大三的时候就做好了考研的打算,考不上还好说,这要是一不小心考上了又是三年。她真心为这个傻心眼儿的闺密担心起来,大好青春全都吊死在那个光秃秃的三无小青年身上,何时是头呢?

有时候人多,李妈妈也会在李爸爸和其他亲戚耳边叨咕几句:我就觉得小白那孩子不错,人又好又上进,关键是没有任何恶习,不抽烟不喝酒不赌博什么的。

李纯的表姐就听不下去:光上进有什么用啊,照他家那条件,李纯入土为安之前都未必能攒出一套房子钱来。全款交不上也就罢了,首付都成问题,现在大城市生活压力多大啊,家里帮衬不上,靠他们两个得奋斗到哪百辈子?

李爸爸把报纸压低一点,露出两只眼睛盯着她们,插话道:现在这社会诱惑太多了,过去那一套行不通喽,我和你姑姑那时候找对象简单,全都是国有企业,家家户户条件都差不多,谁都不比谁富裕到哪儿去,女方就看看这小伙子人品好不好,未来能不能有大发展,男方就看看这姑娘孝顺不孝顺,能不能操持家务,那时候人想法多简单,半夜睡觉都不锁门,穷啊,小偷进来偷得出东西才算啊。

表姐点点头,很赞成他的逻辑:这些80后,有几个跟李纯这么傻的?人家开口都是房子车子票子,面不红心不跳一点都不害臊的,没车没票子,那你好歹也得有套房子吧,要不住哪儿啊?咱家纯纯可好啦,房子都不要,小头发一摇说,租呗!

李爸爸坐在那儿笑起来,点了根烟接着说:我看纯纯这想法没什么不好,我跟你姑姑结婚的时候有什么啊,买了台永久牌自行车,一块手表,房子都是租的,有个落脚的地方就不错了,我家缝了四床被褥,结婚证一领两个人就算合法登记了,结婚不就是在一起过日子嘛,先结婚再培养感情,过了几十年,感情不也挺好?哪像你们现在年轻人,还自由恋爱,恋好了还不一定结婚,恋不好就继续找别人恋,一失恋就搞得苦大仇深,我看啊,就是现在生活好了把你们狂的!

李妈妈把话接过来:也不能这么说,中国解放才多少年,时代在发展,进步得太快了,这帮年轻人不容易,追着时代跑都未必能跟得上,咱们那时候是太穷,现在可下日子好过点,事儿又多了,现在孩子压力多大啊,工作工作不包分配,房价房价贵得离谱,物价又跟着飞涨,咱家纯纯算好的了,从来不跟人攀比,小白家里条件虽说是差一点,但孩子上进错不了,干什么都能吃碗饭。

李妈妈和李爸爸算是晚婚,生了李纯后家里开支陡然增大,三张嘴在那儿等着吃饭,两口子加起来一个月死工资还不到一千,孩子不能不上学吧,上学就得交学费,那时候哪有九年义务教育,学费杂费书本费,哪一项也跑不了,水电煤气能不用吗?柴米油盐更是生活必需品,去掉这些日常开销,连给李纯买衣服的钱都紧紧巴巴,还好李纯从小就比较乖,穿表姐的旧衣服也没有怨言,加上学习成绩又好,少女时代也过得有滋有味。

穆小白觉得自己灰暗的人生中,李纯是唯一的一点光亮。

老家的房子又得修了,冬天还好过一点,一到梅雨季节,雨水顺着房檐淅淅沥沥没完没了,全家能用的盆都得用上,听起来就像一场山寨版的贝多芬协奏曲。

父母都是农民,一年到头就靠几亩地活着,每个月寄给小白的那500块钱生活费,是勉强从近乎瘫痪的哥哥的药钱里紧缩的,家里的饭桌上常年见不到肉,养着的鸡啊鸭啊怎么舍得杀掉吃呢?全指着它们下蛋,赶集的时候好拿到镇子上去卖。

穆小白在遇见李纯之前,走路一直都习惯低着头,因为自卑。

可第一次见面,李纯就对他说:我觉得你跟别人不一样,你人特低调,又积极又上进。

那时候,李纯就已经对穆小白很了解了,从同学嘴里总能听见这个理科状元的"光辉事迹",李纯从小就特别羡慕理科好的人,就是因为自己偏科太厉害,文化课分数低,才不得不走上这条载歌载舞的艺术之路。要知道,小白是以理科成绩第一打进理工内部的,同学都以小白为荣,为他塑造了一个十分光辉伟岸的形象,听得多了,李纯渐渐对穆小白好奇起来。

赵米亚因为小白没少挤兑她,说她典型的良家妇女,走的绝对是晚恋晚婚晚育路线,现在这年代,像李纯这样的女孩就该被送进博物馆圈养起来,逢年过节就得组织大票人马进去参观,一张门票至少五块,赵米亚就负责收费,这买卖绝对一本万利。

每每听到这儿,李纯总会跳起来打她,两个人在舞蹈室里互相追着跑。

但李纯也有特别极端的一面,拿大家的话讲,她就是个女版马克思。

她总是对一切产生疑问,比如钱存在银行,她就会想万一有一天银行倒闭了怎么办,钱放在银行肯定不安全;新闻上讲的不一定都是真的吧,就不会是炒作吗?她不相信广告宣传的产品真有那么神奇,自然对很多东西就有了免疫力。

她怀疑一切,却唯独相信穆小白。

每当她和小白站在大街上,她的眼睛里就只能看到他,周围的一切花草树木,马路行人,全部都变成了空白。她看不见巨大的广告 LOGO,看不见商场里五光十色让人迷失的物质欲。她只看见他站在那里,眉目清晰,眼睛在笑;只听见他说的话,字字动听,句句都美;她只感觉到他的指尖,真实有力,温暖可靠。

那种感觉她形容不好,任何人也体会不到,她一直都那么清醒地明白自己需要的到底是什么,她也一直坚定地认为,人只能选择一条最适合自己的路走下去。

其他路上的风景,纵使再好,她都懒得抬起眼皮,她只想在自己选择的道路上,静静地走下去,直到时光静止,直到停止呼吸。

景佳老是不理解她,为什么总有那么多事可忙:我最怕回家,一回家吃完饭就没什么事可做了,上网也无聊,再说白天都对着电脑一天了,对皮肤不好,但又不甘心就那么睡了,大好青春,岂能就这么白白浪费,纠结啊纠结。

李纯答:你进屋就能吃饭,衣服脏了脱下来洗衣机给洗,洗碗有你老妈,家务也不用你收拾,我每天七点起床,洗脸,化妆,穿衣服,八点准时出门搭公车,八点二十到公司打卡,开电脑准备一天的工作内容,九点开早会,听马大爷训完人就九点半了,工作一天,通常还要在公司加班到晚上九点,就算大家都不加班的时候,我也得加,因为我住的地方没有电脑,就咱们公司那工作量,少加一天都做不完,这样算下来,到家基本就十点了,洗完碗槽的脏碗盘,再把已经快要泡烂的衣服洗干净,擦个地板,顺便把自己也洗一下,十二点了……我最近失眠得厉害,肩膀老是疼,一躺床上就胡思

乱想,心里总是很担忧,现在你知道我的时间都去哪儿了吧……

景佳睁大眼睛:我说李纯,你这简直过得是炼狱般的生活呀!你知道吗,我忽然对你肃然起敬,我谨代表我和我的电脑,QQ,手机,MP3向你表示崇高的敬意,起立,敬礼!景佳把桌子上的手机和 MP3 摆放整齐,站起来冲李纯边敬礼边傻傻地笑。

每每一有不开心,景佳总是会凑到她的身边,小声说:有什么不开心的事,说出来让大家开心一下?李纯本来还哭丧着的一张脸,听她这么一说,立刻就变成了哭笑不得。

一切都是从结婚以后发生改变的。

结婚前两个人的钱根本就不放在一起花,一个月能见上三四次面,出去吃个饭什么的,周傲买起单来眼睛都不眨一下。平时各回各家各找各妈,彼此有什么缺点毛病问题都不大,哪有舌头不碰牙的,睡一觉事儿也就过去了。陆染问他,我去你的城市没工作怎么办?周傲一拍胸脯,没事,我养你!陆染把心放下来,一点点地沦陷了。

直到彻底和这个男人生活在同一屋檐下之前,陆染都不知道周傲的月收入到底是多少,也根本就没弄明白过日子是怎么一回事儿。

陆染从小就特别上进,陆妈妈对姐妹俩的学业抓得也比较紧,陆染写得一手好文字,经常在校刊上发表,从小学到初中,从来就没出过全校前三名。人不怕不上进,就怕太上进,她就这么被架在优等生的位置上下不来了,每天晚上睡不着,担心自己万一哪次考试出了前三名。

就在这种高压的生活下升上了高中,第一次月考连前十都没进去,越是担心越是发挥失常,第二次考试又往后倒退了好几名。到最后完全乱了阵脚,看见书本就害怕,整天坐在家里从英语到政治把书本撕了个遍。

陆清也过了好一段撕了黏了又被陆染撕烂的日子。

后来陆染就崩溃了,好罐破摔,陆妈妈一看这孩子是真的不能再学下去了,再学下去保不准就得精神失常。人生的路还长着呢,自己怎么也不能看着姑娘往绝路上走,于是也就同意陆染辍学了。

在家调养了一段时间,又去陆妈妈的饭店里忙了两年,那时候家里的环境渐渐好了起来,陆妈妈拿了点钱给陆染让她做生意,也许是陆染天生优秀干什么像什么,去义乌上了批小商品,回来开了个小店,日子竟然渐渐好了起来。可就在这个时候,她认识了周傲,很快就被爱情冲得晕头转向,小店开始三天打鱼两天晒网,无心经营,没过多久就吃不消了,无奈只好盘了出去。

结婚以后,陆染一直就在吃老本儿,周傲呢,生活跟以前一样,赚多少花多少,麻将照打小酒照喝。陆染直到这个时候才发现,自己嫁的这个男人不会做家务,甚至连袜子都不会洗。生活中的每一样用品都是需要花钱来买的,小到一条毛巾,大到一件家具,可笑的是,陆染从来都没有想过这些,傻乎乎地认为婚姻是爱情的归宿,自己进行了自己最华丽最完美的纵身一跳。

直到跳进去之后才发现,这分明就是一个陷阱,而自己就是那个掉进陷阱里被摔扁了的大傻帽。

还没等陆染对周傲发表意见,周傲就不满意了:我们总不能天天在外面吃饭,多浪费,你得学着在家里烧几个我喜欢吃的菜啊。

总这么在家待着也不是个事,你还是想办法做点什么吧!

老婆,把我的袜子洗一下!

哎,我的衬衫你给我放到哪儿了?

我妈让你穿衣服别那么暴露,你倒是听见没有?

陆染终于明白,前辈们的话不是闹着玩的,婚姻是爱情的坟墓,多少人却争着抢着往里进!

她只能拿前辈说过的另一句话安慰自己:进坟墓,是怕以后死无葬身之地!

08.赌好了平步青云

还没陆清的时候，因为家境，陆妈妈就做过很多小本儿生意。

陆妈妈有一次去省城参加研讨会，批回来一大包白线裤，放在家里叫邻居过来看，线裤雪白雪白的，卖得又不贵，女人无论在哪个时代都根本抵不住物质的诱惑，家里有几个闲钱的就买了两条回去，一传十，十传百，那包线裤很快就卖光了。

陆爸爸很不乐意，觉得陆妈妈的这种做法十分丢人，那时候的人哪像现在人这么活泛，非本职工作赚来的钱都觉得特不光彩。陆爸爸当时在党委做会计，陆妈妈就想到了一条生财之路，在家里天天发面做包子，通过陆爸爸同事的关系，跑到他们单位食堂，把包子全都批了出去。

说来也赶巧，陆妈妈有一次刚好从食堂出来，陆爸爸那天中午本来要陪领导出去吃饭，领导临时有事没去成，早饭没吃，十点多肚子就咕咕叫了起来，刚走到食堂门口就遇见陆妈妈，身上还背着自己做的保温箱。

"严刑逼供"下陆妈妈只好全都招了，两个人差点没在食堂门口动起手来。

刚一进家门，两个人就控制不住大吵起来。

陆爸爸黑着一张脸往屋里走，扫了一眼正在写作业的两姐妹，转过身对陆妈妈大嚷：你行啊你，你可真有本事啊你，做买卖都做到我们单位去了，你怎么不动动脑子啊你，领导知道了会怎么看我，怎么想我，你怎么不钻到钱眼里啊你？

陆妈妈也不示弱：你倒好意思说起我来了？结婚这么多年，你往家里拿过多少钱，我们不吃不喝了，还是陆染陆清都别念书了?靠那点死工资我们一家四口都饿死得了，你要是有本事就多赚点，有本事拿钱回家来啊，至于让自己老婆出去低声下气，抛头露面?

陆爸爸青筋暴起，只觉得气往上涌，挽起衬衣袖子就要动手。

陆妈妈向前迎了两步:你打啊，有本事你就打死我，你打不死我，我明天还到你们单位送包子去!

陆清吓呆了，靠着陆染大哭起来，陆染一边安抚妹妹，一边小声地冲父母说:你们别吵了，还让不让人学习了?

陆爸爸低下头扫了一眼炕上的两姐妹，此事才算告一段落。

记忆中，陆妈妈从来都没掉过一滴眼泪。

陆爸爸年轻的时候应酬很多，经常跟着单位领导出去吃饭，又爱打点小麻将，回家很晚。陆妈妈一个人操持家务，带着两姐妹复习功课，冬天青菜贵，为了节省开支，家家户户都储了很多大白菜，土豆，陆妈妈怕她们吃着单调，就想着法子变花样，土豆丝土豆条土豆块，炒土豆酱土豆炖土豆。

这些都吃遍了吃烦了，便将土豆、地瓜整个洗好擦干净，丢进炉子里烤，天天过得跟新年一样。

陆染觉得妈妈有担当，很刚强，从不叫苦不叫累，搁现在肯定是个女强人。长大后，陆染越来越像妈妈，在她心里，陆妈妈就是她的偶像，楷模，动不动就给李纯讲陆妈妈的光辉事迹，李纯听完，又绘声绘色地讲给小白和米亚。

可那辈人傻就傻在这点上了，无论自己过得多坎坷，打死也是不肯离婚的，就像陆妈妈总念叨的那样:是命，把孩子拉扯大，就算任务完成，人活着不都是这么过来的吗?

从小，她就是这么教育姐妹俩的。陆染性格温和，唯一做过一件为自己拿主意的事，就是跟周傲私奔，可骨子里还很传统，不敢跟大方向扭着干。但妹妹陆清，从小就比自己有主见，想要什么不要什么一直很清醒，她不想做的事，就是八匹马去拉，也不会改变主意。高中一毕业她就跑到了上海学美发，陆妈妈都快磨破了嘴皮子，也没能让她走上"正途"。她这性格搁旧社会，不是江姐也是刘胡兰，最适合干革命。

包子不能送了，孩子一天天长大，用钱的地方越来越多，陆妈妈一狠心一咬牙，提前办了病退。

反正自己做菜手艺好，从娘家那里借了两千块本金，盘下了个小店，做起了饭店生意。上世纪九几年的生意可比现在好做，镇上饭店总共也没几家，日子刚刚好过起来一点，人们开始从锅碗瓢盆中解脱出来，喜欢揣着点余钱到外面尝鲜，陆妈妈的饭店就这样火了。

距离研究生考试只剩下 12 天了。

穆小白在图书馆的凳子上急得像热锅上的蚂蚁，浑身是汗。

以自己的成绩，考本院的研究生还是很有希望的，可不知道是怎么了，他最近总觉得浑身盗汗，四肢无力，夜里反复被同一个噩梦惊醒：一个人站在空旷的广场上，怎么走都走不到尽头，忽然，前面出现一个穿白裙的女孩，她走得很快，自己就拼命地追，任凭怎么努力也追不上，女孩转瞬间就变成了碎片向四个角落散去，他用力去握，却一片也不曾握住……

穆小白被自己的这个噩梦吓住了，惊醒后就大口大口地喘着粗气。

有时候李纯醒着，看到被梦惊到的小白，便一把将他揽进怀里，像拍一个小孩一样拍着他的头，他的身体，嘴里轻轻地念：小白不怕小白不怕，只是个梦嘛，梦都是反的。

穆小白余惊中，每次都要平静好久，然后靠在李纯的怀抱里小声地给她讲整个梦的经过，李纯从不打断他，虽然这个梦她已经听过很多次了。

她就那样抱着他，直到他说得累了，又迷迷糊糊地靠着自己沉沉地睡去。

穆小白不得不承认，同学的话在他的耳边起了作用。

寝室里相熟的两个哥们，叫大飞的那个很有路子，倒腾过两届高考作弊机,和阿夏还有几个朋友,小赚了一笔。

铤而走险,每次穆小白都让他们小心点小心点,这种事一旦东窗事发,可不仅仅是滚出学校那么简单,贩卖高考作弊器材,传输答案,足够负刑事责任了。

大飞也报考了这届研究生,仗着自己轻车熟路,每天在寝室里牛哄哄的,他叼着烟斜着眼:阿夏,小白,你们跟着哥准没错,咱们多少年的兄弟了,你们也知道市价是多少,自己家兄弟交点设备钱,一人拿个两千块,答案器材都包括在内,两千买个研究生,这事便宜大了。

阿夏一脸谄媚:飞哥说得对,肥水不流外人田,反正咱也不指着赚兄弟几个的钱,我小范围地知会一下,现在学校抓得很紧,刚从学生会主席那里听到风头,严打着呢,一经发现立刻开除,取消考试资格。

小白又开始出汗了。

这就是在赌,没错。赌好了平步青云,顺利上研,争取奖学金,以后努力奋斗,买房买车,跟李纯过好日子。

赌不好……全盘皆输。开除学籍,取消考试资格,以后流入社会连个文凭都没有,大学四年所花费用全都打水漂,连个响都未必听得到。

阿夏见小白犹犹豫豫的样子,拍了拍他的肩膀:你还琢磨什么啊,此时不搏何时搏?你真以为你学习好就百分百上研啦?名额一共才多少,你理科成绩再好,光是英语就够拖你后腿了,再说了,你不信谁也不能不信飞哥和我啊!

小白赶忙点点头,那是那是。大飞听完这句话,猛地把烟掐灭,从床铺上跳下来,潇洒地出去了。

一天,景佳和李纯趁中午午休的那一个小时,赶紧去附近的商场买眼霜。李纯眼看着她在雅诗兰黛专柜刷了一千多,颇有"买在她身,痛在我心"的感觉,就跟她说:这些大牌效果真的那么好吗?我妈跟我说,女人最好的美容品就是睡眠。

景佳撇撇嘴：你妈说的是真理，但是，我说李纯小姐，你看看咱们两个这一亩三分地，痘痘，黑眼圈，眼睛旁边都是小细纹，皮肤干得要命，要怪你就去怪马大爷，多少如花少女，惨遭电脑辐射，哥们儿我也是人在职场，身不由己，身经百战，没得睡眠啊！

李纯敲敲她的脑袋：你是一天不贫就难受！不过，我也感觉最近黑眼圈特大，有没有便宜又好用的眼霜推荐？

景佳很无奈：综观哥们一路用过的数十种品牌，无一管用。

李纯百思不得其解：那你还买这么贵的？

景佳道：多少混个心理安慰啊，用了没效果，万一不用局势更恶劣了可怎么办？

两个人回到公司，差三分钟到上班时间，打完卡后相视一笑，庆幸自己又混过一关，省了50块钱。马大爷不在，几个大龄姐姐正聚在一起聊天，看到景佳手里提着的购物袋，其中一个姐姐说了：景佳，又购物去啦？你这生活也真够浪费的，总买奢侈品啊。

景佳气不打一处来，但仍然假装平静地把袋子放到办公桌上，假笑着对那姐姐说：我这跟你比起来，算什么奢侈品啊，都在自己能力范围内，不像你，平时是挺节省，可买房一个大手笔，几十万就没了，而且还在能力范围外，那叫什么，只要喜欢借钱也得买！买房子，生孩子，当今社会最大两样奢侈品，我看你以后啊，都得占全了！说完，朝李纯露出一个胜利式微笑，缓缓地坐下。

那姐姐气结，又找不到反驳之词，只能恨恨地对着电脑劈里啪啦敲着空格键，假装工作投入。

这就是传说中恐怖的办公室人际关系。斗智斗勇，N面埋伏。

09.又是让人抓狂的钱

陆染也试着把话挑明:你看,家里的日用品用完了,还有,咱们总不能老回你妈那儿蹭饭吧。

周傲跷着二郎腿倒在床上一边看电视,一边漫不经心地搭腔:东西用完了你就买,我不是跟你说过了嘛,学学做饭学学做饭,都说我妈说你,多大个人了连饭都做不明白。

陆染的火一下子蹿了上来,看周傲那个事不关己的架势,一到关键时刻只知道数落自己,好像人民币不去赚第二天就会凭空出现在自己家的桌子上。一到婆家吃饭,老太太就跟拨浪鼓一样看着自己干活,吃完饭后全家人往沙发上一摊,把陆染一个人留在厨房刷一家老小用过的脏盘子。陆染是第一胎,陆家父母宝贝还宝贝不及,平时哪舍得让女儿做家务活。加上陆妈妈后来有了小饭馆,忙不开的时候就派两个服务员去家里收拾一下,陆染的日子一直都过得很惬意。

周傲家也算不上什么大门大户,周老爷子在法院还是个小官,他们结婚不久就下台了,现在的人多现实啊,你在位的时候恨不得天天软中华伺候着,一下来立刻就不一样了,天津那包子叫什么来着,狗不理!周老爷子下来后就是这个感觉,落差一大脾气变得越来越古怪,整天在家里摔碗摔盆子。

陆染特别不愿意去婆家吃饭,不仅饭菜不合胃口,临走前还得刷完那些破碗。婆婆更狠,总象征性地从沙发上探头过来:小染啊,要不要帮忙?

陆染只能赶紧应声:不用不用了妈,我这边马上就完事了!

靠,这是在人家地盘,陆染这点自知之明还是有的。

收拾完碗盘,归位,临出门再将垃圾带出门口,堆着一脸虚伪,微笑,摆手,喊妈,转身,齐步走。

陆染一直就想不明白,为什么这男人跟女人一结婚,就得互相跟对方的父母叫爹叫妈?那两个老人本来就跟自己八杆子打不到一起去,就因为俩人儿好上了,全家人民就得跟着大联欢?

她跟周傲妈叫妈的时候,满肚子的不解和委屈,但这就是世俗,就是大方向,从来没有人公然反对过,都是把疑问扼杀在萌芽之中,打进肚子里有苦难言。

再回自己父母家,要吃什么点什么,陆妈妈陆爸爸乐开了花,什么都能给你捧到桌子上,吃完往沙发上一倒,遥控器随便按,想看哪个台就看哪个台。临走时再带上一大包水果零食,那阵势叫一个爽。

自古以来,婆媳关系难和谐。两个女人瓜分一个男人,一个老婆一个妈,能和谐这事就怪了。

陆染的思绪又回到现实,眼见着周傲一副吊儿郎当的德行,越看越来气,一把抓起遥控器把电视关了。

干什么啊你,又发什么疯!周傲看着一片黑暗的显示屏,冲陆染大声嚷嚷着。

我发疯?你能不能有点家庭责任感?我花钱买东西,我做饭,我收拾家务,我看你妈脸色,你是木头还是摆设,我要你有个屁用?

周傲也不甘示弱:你能不能别跟个泼妇似的?让你买点日用品就这么多事?我妈是不是每个月都给咱们交水电煤气费了,你电话费是不是我交的,你要嫌我没用当初倒是别跟我啊,现在跟我后悔了是不是,后悔了你就别住在我家,从我的房子里滚蛋,愿意找谁找谁去!

哈,你妈交的那点钱也算个钱?我妈年年给咱们交的供热费我跟你提过吗？好几次贷款还不上，你可别忘了，都是我回家取的钱，你现在穿的衣服用的电话，哪个不是我花钱买的？让我滚，我偏不滚，就不滚，你家？这房子我家也出钱了，上面也有我的名字，要滚你滚！

两个人就这样吵了几个小时，最后累得筋疲力尽，背对着背倒头就睡。

第二天又贱兮兮地像没事儿一样有说有笑。

时间一长，陆染也不再跟周傲提钱的事了，反正提了也跟没提一样，惹不起还躲不起吗？陆家心疼女儿，总是偷偷地给陆染塞些钱，反正老两口经济上还挺宽裕，前些年把饭店盘出去后剩了一笔钱，小地方开销不大，每个月靠养老工资生活得也还不错。

但陆染后悔，觉得自己当初就是短路了才会嫁给这个事事都指望不上的人。当年那些觉得闪亮发光的优点，现在看起来屁都不是。

现在的周傲怎么看怎么不顺眼，吹毛求疵，不思进取，玩物丧志，心胸狭隘。

看看跟周傲同龄的那几个，有当经理的，有读博士的，有做官的，有经商的，人家都跟坐了火箭一样蹿起来了。

再看自己身边的那些闺密，有炫老公对自己好的，有晒老公送皮包的，老公对自己既不好又没钱的，人家还能显摆显摆床上那点事儿，就差把自己男人吹成圣斗士了。

陆染的挫败感从婚后就开始每日剧增，尤其是意外怀上了周小傲。

说起周小傲的形成史，就是个华丽的奇迹，要说人啊真的不能不信命，也做措施了，事后还是觉得不妥又补了片紧急避孕药，在正常来了 MC 的情况下，陆染一天比一天觉得恶心，大热天儿还以为自己中暑了。

周傲妈陪着上医院，得知自己要抱孙子的那一刻，陆染从老太太兴奋的表情里就知道，自己这回是真的真的死定了。

2000 块，这是穆小白的赌本。

他和李纯一个月的总收入。

晚上李纯回来，看到小白在家，便急急地朝他扑过来，钻进他怀里：咦，我的宝贝怎么在家？这个时间不是应该在图书馆吗？是不是想提前回来给我个惊喜呀？

小白挤出一丝勉强的笑，边摸着她的头发边思考着该怎么开口。钱，又是该死的钱，这让人羞于启齿，又逃避不了的钱。

李纯看出了些端倪，盯着小白的眼睛：怎么了，发生什么事了吗？

小白鼓起勇气，用微小的声音慢慢地说：你能不能先拿2000块钱给我，我……我有急用。

李纯一时间不知道该说什么了，和穆小白在一起这么久，他一直过得颇为节省，从来不会乱花一分钱，现在身上穿的衣服还是两年前李纯买给他的。他一定是遇见了什么难处，不然打死也不会跟自己开口。

李纯想了想，跟他说：行，你什么时候要？

小白有些惊讶地看着她，之前自己已经编好了诸多理由，李纯没回来之前，他甚至对着镜子反复练习了好几个版本，可现在，李纯居然根本没打算问他理由。

家里房子要重修，我爸又病了……所以我……

好像自圆其说般，他说完这句话就低下了头。

嗯，我明白，我尽快给你，别担心。

在李纯的眼睛里，他看到了一种叫做信任的东西。她那么相信他，哪怕他随便扯出一个根本不搭界的借口，她都会点头，会应允。

小白实在不知道该怎么去报答她，这个对自己可以付出全部的女孩儿。他只有在心里暗暗发誓，等自己过了这关，等自己顺利毕业了，他一定要把怀里的这个人，宠溺上天。

晚饭后，小白在厨房里洗碗。

思来想去，李纯还是决定给米亚打个电话。

电话一接通,动感音乐就传进耳朵,赵米亚在电话那边大声喊:你等会等会儿,我们又要开场啦,我找个安静点儿的地方跟你说。

一阵奔跑声后,那边再次传来熟悉的声音:好啦,你说吧,有什么需要本宫救驾的?

李纯握着电话笑了,为这心灵相通,她朝厨房的方向看了一眼,压低声音说:哀家遭遇经济危机,你能不能借1000块钱给我,下个月发薪了立刻奉还,我……

话还没说完,米亚就笑着打断她:行,先把要寄给我家里的钱给你用,不过我可提醒你,纯纯,给自己留条后路,别让那小白脸把你吸干了!

两个人又开了几句玩笑,才恋恋不舍地挂了电话。李纯知道她一直看不上穆小白,嫌他穷,可她就是迷恋他的穷,迷恋他即使那么穷,也愿意为自己付出所有……

想到这儿,她笑着跑到厨房,从背后紧紧拥住他。她想,这就是"纯式幸福"的味道了。

这一天,赵米亚跳完最后一场,在后台卸妆。

门虚掩着,伴着音乐声走进来一个男人。镜子里,一个着黑色西服外套的男子忽然出现,米亚吓得差点叫出声来。

她就那样在镜子里端详了几秒。

等等,这男人很面熟,好像在哪里见过!

还没等她想起来,男人先开口了:小姑娘,我们见过面,几个月前在二楼。他伸手指了指上方。

赵米亚好像恍然大悟,从凳子上一跃而起。

呀!我想起来了,你就是那个星探先生!

苏俊差点笑出声来,但仍然保持着良好的风度。

米亚又像忽然想起了什么似的,挺了挺身板,理了理衣服,对面前的男人说:你上次跟我说,我能做明星是吗?你今天来找我,是想跟我谈谈这件事吗?

苏俊缓缓地从上衣口袋里掏出一张名片,递到米亚手里。

赵米亚接过来,小声地念起来:苏俊,新星经纪公司,基乐乐经纪人……基乐乐经纪人?

基乐乐,不就是现在正当红的女歌手吗?因为外型中性,声音独特,又经常以萨克斯作为自己伴奏乐器,十分受80、90后喜欢。当初基乐乐比赛的时候,自己几乎是场场不落,看不到现场就跑到网吧看视频回放,没少跟着她揪心,最后一场因为她没拿到冠军,自己还为这件事儿哭了好几天呢。

没想到面前的这位,居然是大名鼎鼎的基乐乐的经纪人,赵米亚感觉自己再也坐不住了。

苏俊朝她笑了笑,说道:能有幸请米亚小姐吃顿饭吗?你先换衣服,我出去等。

米亚想了想,故作矜持地犹豫了一下,然后点了点头。

她发誓,这绝对是自己二十多年来第一次遇见的靠谱儿男人。之前也大大小小谈过几回恋爱,对象无非就是在校学生,唱摇滚的,跳街舞的,档次稍微高点的就是外企小职员了。其实那些对象对她也不错,性格吧,倒也还行,但她总觉得自己还年轻,男人这东西就得多挑挑多选选,省得以后到老了后悔。

她可不想象李纯那样,死守着一根秃树枝,不增值不说,几年下来自己还得负资产。

这种买卖,赔本,不值。

北京算是来对了,不仅找到了工作,还认识了这么牛的人物,将来没准自己也能跟基乐乐一样,当大明星,扬眉吐气,指日可待!

10.无人性的资本家

陆染怀上小傲的时候,差点没把胃给吐出来。

整天趴在马桶边干呕,什么都吃不下去。刚带着虚脱的身体趴到床上躺了会儿,房门一响,周傲妈便带着鸡汤进来了。

这套房子是期房,虽然离市中心有点偏,但创意很好:远离城市,远离喧嚣,寻找属于内心的纯白净土。大幅广告语就在那儿立着,陆染当时刚跟周傲来到大连,周傲白天上班去了,自己老腻在他父母那儿也不是回事儿,毕竟还没过门。于是她就到胜利广场边的一家专卖店找了份工作,干了整整一个月,天天起早贪黑累死累活,扣掉工作服押金等等,月底净剩530块。初到城市,寄人篱下,所有负面情绪排山倒海般都压了过来,坐上末班车绕大半个城市回到人家那儿,连个澡都不敢洗,只能浸一条湿毛巾回周傲房间里擦一擦,要多不方便有多不方便。

就在这种情况下,偶然间被她发现了这里,当时太想有个属于自己的家了,便一个人偷偷跑来看了好几次房子。售楼小姐是这样说的:以你看中的这套面积为96平方米的三室一厅为例,平均每平方米价格为5200元,按你要求的15年还清来计算,你只需要交纳百分之四十的首付款,大概是15万左右,按照目前的银行利率,月还款2300元。现在购买我们的楼盘是非常划算的,大连房价这几年一直在涨,就是你以后不想自己住了,房子到什么时候都是保值的,到时候它为你创造的经济价值也会相当可观。

那个售楼小姐,妆容得体,笑容可掬,陆染当时也不知道是中了什么邪，一门心思非要寻找"内心的纯白净土"，完全被绕了进去。月供2300元是有点多，但等以后自己找到合适的工作，和周傲努努力，应该也不是特别困难的事，再说，实在不行还有双方父母接着呢。啃老？现在谁不啃老？总之，这房子是非买不可，周傲家是一刻也不想待了。

当天回去，就让周傲把这事跟父母说了。

周老太太心想，行啊，反正都是要买房子的，96平方米也不是很大，将来有了孩子也跑得开，三室，以后老人也能过去养老，如果陆染家里愿意出装修和家电钱，自己拿个首付倒也心甘情愿。

周傲像个传话筒一样，跑回房间问陆染：买房子倒是可以，谁付首付？

陆染答：你妈。

周傲又问：谁出装修钱？

陆染答：你妈。

周傲最后问：那，谁出家电钱呢？

陆染答：你妈。

周傲试探性地问：你妈？

陆染怒火燃烧：你再说一遍，你骂人？你妈！

周傲也来劲了：说谁妈？你妈！你妈！

周老太太好不容易才把这俩小孩强行拉开。陆染第二天往家里挂电话，把周老太太的意思表达了。陆家实在是懒得较真了，闺女只要能出来就好，反正对那个未来女婿本来就没多满意，自己家里出钱装修，再添点家电，只要他们以后能好好过日子就行了。

过了几天，两个人乐呵呵地到售楼处交定金。周傲一进售楼处，目光就开始瞄起旁边几个漂亮的售楼小姐来。陆染光顾着签协议，头都没抬，问他：房子写谁的名字啊？周傲看美女边笑嘻嘻地回她：随便。陆染又问：那我可写我了啊？周傲连问题都没听清楚，又回：啊。

陆染幸福得要死，半夜拥住周傲在他耳边吹气，边吹边呢喃：老公，你对我可真好。

周傲被弄得情绪高涨,压住她,猛地一进:看你说的,我不对你好对谁好啊?

陆染一边哼哼啊啊,一边甜蜜地答:书上说……啊啊……房产证都写……自己老婆名字……啊啊……的男人……啊!

周傲做完最后冲刺,趴在她身上不动了。

陆染缓了几秒钟,趴在他的耳边悄悄地说:才是真正的男人。

周傲闭着眼,面带笑容地点了点头。忽然感觉好像不太对,猛然睁开眼睛,直到这时候才明白过来,但已经晚了。

器材全部到位。

这几天,穆小白跟着大飞、阿夏跑了好几趟。他们提前看了考场,在考场对面的居民楼里,以一天500块的价格谈妥了一户居民。

考试当天,大飞找来的哥们会用作弊器在考试时传答案给他们。开考30分钟以后,卖家会派人把答案送过来,他们建立了自己的电台,反复试了几次,全部正常。

穆小白领到的作弊工具,不是橡皮,而是一颗黄豆粒大小的黑色耳塞,塞进耳朵里,将头发往下挡一挡,从表面上是一点都看不出来的。难的就是怎么能成功地走过检测门,每个考场几乎都设了检测工具,一旦被发现,就会取消考试资格。

穆小白从临开考的前一天晚上就精神恍惚。

李纯觉得他是太紧张了,不停地安慰他,晚上还特意去超市买了两斤排骨,炖好了以后端到他面前给他补身体。

穆小白觉得自己就像临上刑场的死囚,睁着空洞的双眼数着时间。这个问题就是这样,不能深究,一旦深究下去延伸的问题就不断地涌现出来了:被查出作弊器材,取消考试资格,开除学籍,一无所有,李纯或许也会像那个梦境一样,握不住,离自己远去……

天。

他被自己这种无限扩大的负面想法逼得走投无路,一夜未眠。

李纯只能静静地陪在他身边,试图给他一点安慰。

像是过了一个世纪那么漫长,终于盼来了天明,小白说要早一点去考场,临出门前,嘱咐李纯多睡一会儿,然后在她的额头上留下一个吻。

小白走后,李纯幸福地在被窝里转了个身,回味着刚才的甜蜜。

她在心里轻轻地说:穆小白,加油。

考场对面楼群里某个房间,三人聚在一起,最后一次检查设备。

穆小白惨白着一张脸,一句话都没有。大飞看到他的样子觉得十分好笑:看你吓得那样儿,你放心吧,你们考场我已经提前打好招呼了,根本就没有检测设备。

穆小白听到这句话猛地抬头,看着大飞对自己做了一个"钱"的手势。他知道大飞的意思是,他早就花钱搞定了。

悬着的心好像瞬间就回到了原来的位置。

果然,穆小白顺利地走进了考场。

这一天,顺得可怕,答案不仅传得清晰,自己的强项也发挥得淋漓尽致。

晚上他回到家第一件事就是拥住李纯,在地上猛地转了三圈。

最后一科是专业课,穆小白更是胸有成竹,就算不用答案,自己也有八九成把握。可就在这个环节,发生了令穆小白后悔一生的一幕:由于题量过大,他只顾着不停地答题,完全没有注意到工作人员带着"电子狗"进来,直到那只该死的电子动物发出滴滴滴的响声时,他已经来不及关掉设备了。

穆小白实在不愿意回忆那一天,他在众目睽睽之下被勒令终止考试,桌子上还放着那张即将答完的试卷,只差三道题了,那张他辛辛苦苦写满梦想,承载全部希望的试卷,孤零零地停在那儿……

这个世界上,不是所有人都那么幸运,能侥幸地用特殊方式获取自己想要的一切。可,为什么单单就非得是穆小白?凭什么要将灾难都降临到他一个人头上?

恭喜李纯成为策划部正式一员!

明亮的会议室,在所有员工的掌声中,李纯差点就掉下了眼泪。

劳动法明文规定,试用期不得超过三个月,可在那家私企,李纯足足待了快半年,拼死拼活地加班,才从1500元的试用工资里解脱出来,成为正式员工,月入4000元,三险一金,所有待遇直线上升。

说到加班的方式就更狗血,策划部的想创意,创意落实后,设计部的继续下一个程序,最后给组长审核,组长一句不满意,策划部的改创意,设计部改设计,全组人员留下待命,弄自己手里的活时忙得焦头烂额,弄完了闲得要命,又不能走,只能跑到开心网上乱逛。

每天登陆开心网的那十几分钟里,是李纯最快乐的时光,她总是跑到小白的菜地里去看那一园只属于她的玫瑰。

有一次小白在床上揽住李纯的脖子,在她的耳边轻轻地说,将来要送给她一座玫瑰园,每天当她睁开眼睛就能闻到芬芳,院子里再放一架秋千,他的公主坐在上面,此情可待,春暖花开。

后来小白开始玩开心网,兴高采烈地让李纯注册ID去他的花园里看。李纯第一次来到小白的"家",看到那一片红得炫目的玫瑰时,喜极而泣了很久。

只要想起小白那张英俊得迷死人的脸,李纯所有的委屈和疲惫好像都不见了。

劳动法还明文规定,病假不得扣钱。

但门口的大白板上密密麻麻写着当月被扣的员工姓名,理由,扣款金额。

就拿景佳来说,前段时间因为食物中毒进了趟医院,老板像模像样地关心了几句,便在大白板上洋洋洒洒记下一笔:景佳,食物中毒,全天假,罚款 100 元。

同事们很快就议论开了:简直就是有异性没人性,人家冒着生命危险刚打医院出来,就拼死拼活地在这儿给你创造商业价值,客户有需要,陪吃陪喝兼陪聊,就差没叉大腿了,真他妈惨无人道!

快看看资本家丑恶的嘴脸,谁管你是死是活,你不乐意干,有的是刚出校园的大学生,前仆后继地挤进来,还不就是看准了这点。

你也别把事情扯到现在的新人身上,哪个容易啊? 随便去人才市场转一圈,英语四六级那都不好意思往出亮,什么证书没有啊,就跟菜市场上那菜品大全似的,海龟博士都找不到工作,大学毕业出来 1500 块是大关,真有本事的,谁愿意在这儿受他那气啊?

李纯坐在那里静静地听着大家的话,笑而不语。

世道再差,不也得活下去?何况也没差到那个地步。不迟到不请假就是了,钱不够花就勒勒裤腰带,生活总会好起来的。

正想着,电话铃声响起来,是李纯最喜欢的《傻瓜》:傻瓜,我们都一样,为爱情伤了又伤,相信这个他会不一样,却又再一次受伤;傻瓜,我们都一样,受了伤却不投降,相信付出会有代价,代价只是一句傻瓜……

李纯总觉得这歌拥有一种杂草丛生的顽固气质。

接起电话来,阿夏在那边大喊:不好了,李纯,穆小白出事了!

瞬间,李纯从天堂跌入谷底。

她跌跌撞撞地往外跑,跟景佳丢下一句话:帮我请假,急事。耳边还在回响着阿夏的话:小白……在考试的时候作弊……被流动监考抓住了。

不可能,这怎么可能?

穆小白? 正直的穆小白,理科状元穆小白,作弊?

李纯不信,无论如何都不能相信,这其中一定有什么误会,也许是阿夏

搞错了,也许是他们联合起来跟自己开的一个玩笑,也许她推开家门就会看到小白从门后跳出来,大声地笑着说:亲爱的,你又上当了!

可为什么,她还是泪流不止地奔跑在一月的冷空气里,无法自拔?

11.比我们这代人早熟

周老太太因为房子,没少数落周傲:你赶紧把名字改过来啊,赶紧改,必须改!15万可不是个小数目,连个名字都没混上,万一你们有变化,你连一砖一瓦都休想得到,亏你还是学法律的!

周傲怎么能不明白呢,怪只怪自己抗美女能力太差,一不小心让陆染钻了空子。他旁敲侧击,暗示多次,希望陆染能把名字改成自己,但这种话又不好明说,陆染整天沉浸在巨大的幸福里,完全没听明白自己在说什么。

周傲思来想去,还是决定将坏人让给周老太太,也就是自己的亲妈来做。

这回陆染终于明白了,但明白归明白,心里无论如何也接受不了,尤其她跟自家父母一通气儿,全家态度明确立场坚定,如果房产证上不写陆染的名字,这婚就不结了。闺蜜也劝陆染:如果两个人真要把彼此算计得一清二楚,各揣心眼儿,那又何必打着爱的旗号呢?

陆染心里不乐意,跟周傲在一起这么多年,无论如何也得要个结果。何况,自己已经这把年纪,投入这么多感情,跟他分手了,上哪儿再去找一个人来重新培养三年?但这些想法只能在心里想想,表面上,她仍是一副士可杀、名不可改的架势。

这事就一直僵持着,陆染一气之下回木棉了,场面越来越尴尬。

最后还是周老爷子一拍板:为了一套房子,没必要伤了你们和两家人

的和气嘛,这婚照结,就按照原定计划办!

两家老人心里多少都有些不痛快,尤其是周老太太,总觉得是在给别人家的房子添砖加瓦。陆染和周傲呢,也因为这套房子结下了梁子,以后动不动就拿它说事儿,争吵的话题也总是围绕着它。

结婚后,陆染满心欢喜,总算有了属于两个人的小世界,可没欢喜上几天,她就发现,周傲跟以前一模一样,简直是表里如一。以前12点不回父母家是常有的事儿,那是因为整天在木棉陪陆染,现在周傲依然12点不知踪影,但陪的是麻将。

陆染对着镜子看着自己一张脸,终于知道这个世界上哪儿来那么多怨妇了,全都是让人逼的。

一波未平一波又起,本来一口气儿就没顺下来。有一天周傲没在家,陆染洗完澡,习惯性地光着身子就出来了,边走边用干毛巾擦身体。到了客厅转身一看,周老太太正气定神闲地坐在沙发上冲她笑哪!

陆染又惊又气,又不好发作,只能干笑两声:妈,你怎么来了也不告诉我一声啊?

周老太太摇头晃脑:要说你们年轻人过日子就是不行,趁天快暖和了,我过来教你收拾收拾屋子,那碗啊都得拿出来晒晒,不然老搁在柜儿里该长毛啦。

陆染明白了,一定是周傲私下里把钥匙给了他妈,人家可是亲娘俩,一个鼻孔出气的。

她还不死心,一边胡乱地套上一件连体睡裙,一边试探性地说:你下次来之前还是给我打个电话吧,不然……你看有时候多不方便啊。

周老太太一拍大腿:这有啥,我是你妈,又不是外人!

妈?陆染心里小声嘀咕了一句,我妈才没你这么变态呢。脸上却笑笑,跟着老太太进厨房去了。

周傲回来以后,家庭大战又爆发了,三天一小打,五天一大打,俩人儿就没过过几天消停日子。

怀上周小傲,陆染一脸坚定,回家以后就大吵大闹,妄想以气势取胜:我告诉你啊,让你妈少打这孩子的主意,爱谁生谁生,爱谁要谁要,我们都活不下去了呢,再生出个孩子,你管还是我管啊!

周傲聪明着呢,这时候顶风上就太不明智了,他跑到陆染身后又是按肩膀又是捶背:老婆,亲爱的,宝贝儿,我知道这段时间我陪你陪得太少了,以后我肯定加倍补偿,老人想抱孙子都想疯了,他们总共还能活多久,你说是不是?

见陆染的表情慢慢平静下来,他又接着说:再说孩子多可爱啊,都说两口子有了小孩感情会越来越好,男人当了父亲就彻底定性了,还有咱妈都说了,孩子生下来她管,她帮着哄帮着带,还帮咱们负担一部分,我另个妈还能眼看着不管哪,两家老人都帮衬一下,以后咱俩再干点什么,好日子长着呢!

陆染就是耳根子软,周傲这么一说,她顿时就有点动摇了,在心里思量着:反正孩子早晚都得要,晚要不如早要,早点要,趁周傲妈身子骨硬朗,还能帮着带一带,再说身材恢复得也快。

陆染至今都想不明白,平时上街选一件衣服,买瓶酱油都得左挑挑,右选选。怎么在自己人生的两件大事上,决定的时候都如此草率?都说在哪儿跌倒就得在哪儿爬起来,自己这分明是在周傲这里摔得鼻青脸肿,还没等爬起来就又在周小傲这里人仰马翻了。

李纯回到家,看到桌子上的那张字条,顿时觉得大脑一片空白。

房间里关于穆小白的一切全都清零,他就好像从来没出现过一般,悄无声息地离开了自己的世界。

阿夏那边也一直没有消息,没回寝室,也不在家,不在他们两个人平时去的每一个地方,李纯给能想到的人都打了电话,整整两天,48 个小时,一点关于穆小白的线索都没有。他好像断了线的风筝,任凭自己怎么追也追不上。

李纯像行尸走肉一样来到公司,一进门就看到大白板上赫然写着自己的名字:李纯,事假,半天,罚款 50 元。

她真恨自己没有摇滚歌手的天资,如果她能成为某个当红摇滚歌手,只需要用两句话就能表达清楚自己此时此刻的感觉:

我 X 这资本家!

我 X 这破企业!

夜晚拖着沉重的身体回到家,关上门的瞬间泪水汹涌而出。这间小屋承载了太多关于她和小白的记忆,对,沙发那儿,她曾靠在他的身体上像小猫一样蹭着他的身体撒娇,桌子上还摆着他们共同喝水的唯一杯子,这个杯子是当时两个人一起在大商场买的,是小白送给她的圣诞礼物,一颗大大的红心,温暖了那么多寒冷的日子。还有那儿,他们一起站在那个角落接吻,恨不得将彼此吸进身体里。厨房,小白曾无数次在李纯做饭的时候站在她身后:谁贤惠啊谁贤惠,你贤惠啊你贤惠……那么多欢乐的笑声,如今都哪儿去了?

最见不得的就是那张床,被子上还带着小白的气息,几十个小时前还在上面拥抱过他的身体,一切就跟发生在前一秒一样。

李纯觉得自己就快崩溃了,过去无论生活再苦,自己再累,工作多不顺心,但因为有穆小白在身边,她都觉得浑身充满力量,她就是那么相信自己的王子总有一天会将自己迎娶,深信不疑。可现在,她感觉自己被抛弃了,一个人被推进泥潭里怎么挣扎都出不来。

她忽然想起了那个梦。

哈,多可笑多滑稽,她这么安慰小白:别怕别怕,梦都是反的。

果然是反的。

她打开窗大叫：穆小白，你这个逃兵！

回音久久不散，令人揪心。

亲妈和婆婆的本质区别就是：亲妈在你怀孕的时候最关心的是你，而婆婆呢，最关心的永远是你肚子里的那个。陆染自从怀孕以后，最怕见到的就是周老太太，本来就吐得昏天暗地，她不是带鱼就是带鸡汤，带的都是陆染从小到大最烦的东西。

你若是不吃，对方一定振振有词：多少吃一点，你不吃肚里的孩子也要吃的啊。

吃吃吃！肚里的孩子才屁大丁点儿，就知道吃鸡吃鱼了？

陆染简直要被她烦死了。

贼船一上来，后悔能有什么用，这颗豆子已经五六个月大了，陆染像只笨重的企鹅，每天走起路来都摇摇摆摆的。在孩子未出生前，一家人兴高采烈地就张罗起名字来了，恨不得把全世界的汉字都拿来用一遍：周卫国，周天亮，周小明，周家宝……

报纸，词典摊了一桌子，有一次周老太太问陆染意见：你觉得这个名字好不好？

陆染低下头一看，本儿上端端正正地写着：周大彪。

气得她当场就撂下一句话：怎么不叫周星驰周润发周树人呢？说完，转身就回卧室，摔上了门。

最后周家全票通过，决定就叫周小傲。听听，多么四肢发达头脑简单的名字，一点气质都没有。

照他们的逻辑，以后周小傲的儿子就得叫周小小傲了。陆染懒得理这些人，反正名字只是个代号，何况与之前起的什么卫国、富强一对比，小傲至少没那么俗。

生小傲当天,一家老小全部出动,一拨儿在病房里待命,以周老太太为首,有说有笑地在那儿谈着什么。另一拨儿就是周傲和陆清,他们俩守在手术室门口,各居一角,沉默不语。

自从陆染结婚以后,陆清心里对周傲老是有一股无名怒火,这种感觉十分孩子气,就好像本来自己能够独享一个大蛋糕,忽然不知道从哪儿蹿出个人来强行夺去了一半一样。

又委屈,又愤怒,又失落。

何况就是自己面前的这个男人,正在令她最重要的亲人经历着如此痛苦!

脐带缠住了胎儿的脖子,顺产不了,医生出来通知家属剖腹产的时候,陆清急得都要哭了。在她看来,这是人类发展史上最不合理的一项设计,活活地在肚子上划上一刀,弄个大洞,把孩子一取,再缝上。而且这一取一缝,一万块就没了,简直是抢劫。人家美国女人生孩子,住的是高档医院,从生孩子到离院,享受的是贵族般的待遇,最重要的是,一分钱都不用花,政府全程埋单,所以人家生起来没完没了,反正生多少都不要钱嘛。

再放眼看看中国版本,病床得提前预约,离生产前多少天就得在那儿排着了。好不容易排到了,生吧,麻醉师你给不给红包?不给,哈,不给你心里有底吗?医生打不打点?孩子还没等落地,钱包就空了。

现在还有美容刀,看上去不至于那么丑陋,但倒退几年,陆清在浴池里见过剖腹产的女人,肚子上爬着一整条"蜈蚣",再美的脸,脱光衣服都变得面目可憎起来。她觉得生孩子就是女人对自己最可怕的自我毁灭,什么"爱他就为他生个孩子",什么"孩子是两个人爱情的结晶",这种屁话还真有大把人膜拜。

陆染刚怀孕,陆清就思路清晰地警告过她:你以为养孩子是养猫呢?生出来你是要对他负责任的,而且一负就得一辈子,中途你连悔都不能后,此商品限量发售,压根不退不换!

陆染一边摸着自己还未成形的肚子一边笑着说:我可没你那么有远见,我只活在当下,再说大家不都是这么过来的嘛,你想想当初妈要你的时候,咱家穷得都快吃不上饭了,一晃不也长这么大,都知道教育起我来了。

陆清看陆染言语不进,有点着急了,加快语速说:我不是教育你啊姐,这事你真得想好,你和周傲才结婚一年,这么早就要孩子,急的是哪门子呢?再说了,现在跟过去怎么比啊,过去的孩子吃什么穿什么,咱们小时候吃的零食才几毛钱一包,现在几毛钱,你过路丢乞丐碗里,人家眼皮都不抬一下的。现在小孩衣服多贵啊,前几天我和朋友去美美,路过 NIKE 童装,小鞋子做的精致得要命,可一看标价,480 块!那么小的鞋,小孩儿的脚又长得那么快,买回来能穿个半年?你想想,他从小到大得穿多少双鞋,光把这笔费用算出来就是天价!

陆染仍然不紧不慢:你们 80 后啊,想法真另类,就是比我们这代人早熟,可富人有富人的过法,穷人有穷人的幸福,咱们小时候谁穿过 NIKE啦?也没少长一个脚指头啊,现在能跑能跳不也挺健康的?再说,孩子早要晚要有什么区别啊?还不是早晚都得解决的事儿,早生早利索。

陆清彻底被姐姐的话打败了,都说三年一个代沟,陆染以前一这么跟自己说,陆清就会嘻嘻笑着一把将她抱住:就是三尺沟,我也能跨过去。

可现在,她分明感觉说服不了陆染。人最傻的地方就在于总是妄想改变别人,但大部分人到最后都被对方改变了。

12.城市生存法则

那天刚和苏俊走出烟色,就碰见了一个中年男子。

对方看见苏俊立刻上前拍了他一下:行啊,你小子,基乐乐现在发展得不错啊。

苏俊脸上挂着掩饰不住的笑：你可别拿我开逗了，我这见了你，分明就是关二爷面前要大刀，自取其辱嘛！男人注意到站在旁边，一脸拘谨的赵米亚，转头对苏俊说：你女朋友？苏俊刚要答腔，就看到一位穿着性感的大蜜朝这边走了过来，站到男子旁边。他转过身把车钥匙递给米亚：你先进车里等我，我谈点事情。

十几分钟后，苏俊回到车里，打开 CD 机，往北开了去。

一路上，苏俊观察着赵米亚的表情变化，问她：基乐乐的新歌好听吗？

CD 机里传来基乐乐略微沙哑，但十分有力的声音，苏俊说这是还未发布的新歌，目前只给她一个人听过。这本是一句恭维话，但在米亚的脸上却未发现任何喜悦，她仍木着一张脸，脸上偶尔露出礼节性的微笑。

苏俊想逗她，继续问：你觉得基乐乐这首单曲出来，能火吗？

米亚不知道哪儿来的无名怒火，字字清晰地说道：论声线论唱功论制作班底，都无可挑剔，可这种音乐也太商业化了，就跟垃圾食品一样，吃进肚子里毫无益处，左耳听右耳出，根本走不进心里。

苏俊看了一眼她的表情，摇头笑了起来：好了小家伙，我们不谈这个，我知道个好地方，今天带你去转转。

赵米亚心里还在耿耿于怀刚才的事，之前还好好的，那女人刚一走过来就借故把自己支开，分明就是嫌自己拿不出手！

刚才那么说基乐乐的歌，实际上是在影射那个化着烟熏妆、大 S 型身材的女人，在赵米亚眼里，那种女人看起来都有着一张类似的脸，穿着大同小异的迷你裙，俗！

车在前方转弯，停在一家日本料理门口，店面不大。苏俊显然和老板是旧相识，寒暄了几句后，就把两人领进单间。

苏俊开始找话题：你知道刚才我们遇见的那个男人是谁吗？

谁？米亚漠不关心地盯着面前的清茶。

伍影的经纪人。

啊？

她惊得一下子站了起来。

苏俊笑着晃了两下手，示意她坐下来。

她喝了一口茶，平静了一会才问：伍影到底什么时候才复出，她就这么放弃了自己天后的地位？

苏俊抿抿嘴：这你可得问她的经纪人了，有机会介绍你们认识。

苏俊十几岁从农村老家出来，在社会上打拼了这么多年，虽然现在穿着华丽的外衣，但去掉皮囊，内心仍是卑微。未入行前，他有过一次人生低谷，当时和几个朋友在苏州做绸缎生意，赔得血本无归。有一天夜里喝得微醉，在街头遇见一个白胡子老人，老人端坐在地上，为他摇了一卦，告诉他北上，有大贵人相候，只要抓准机会，前途不可限量。苏俊第二天便买了北上的火车票，果然，机缘巧合下将事业做得风生水起。从此以后，他更是对"命运早已天注定"一说深信不疑。

长时间在外漂泊，每走一步都要运筹帷幄，步步为营，早就练就了火眼金睛，他太了解面前这个女孩所思所想了，这两句话说得火候正好，不温不火。

赵米亚的脸色逐渐变得绯红起来，她觉得面前正有一条笔直大道，这条大道上铺着红地毯，而她将从红地毯的这一端慢慢走上去，一路上荣华富贵，良辰美景。

苏俊朝她举杯，几杯清酒入胃后，两个人的距离近了许多。赵米亚能感觉到他对自己的好感，她可不打算这么轻易就成为他的囊中之物，只要抓紧这棵大树，以后就会结识一整片森林。只有在森林里，才是安全的，这便是在这个城市里过好日子的生存法则。

李纯低着头站在那儿，像一个游魂，只看见组长的嘴一张一合：创意，你能不能有点创意？你来公司的时间不短了，很快就是老员工了，天天这种状态还想不想干了？高科那边最近推出的洛丽塔风尚，一开盘就卖出了三分之二,你看看人家的整体设计,团队精神,都像你们这种工作态度,就都回家吧,别在这儿占着位置不玩活!

换成以前,李纯肯定会辩白几句,至少也会表明自己的立场。可现在她就站在那儿,不发一语,面无表情。

有一次她和小白在家里看鬼片儿,看完后李纯吓得瑟瑟发抖,直往小白怀里钻,小白故作神秘:你知道最可怕的事情是什么吗?最可怕的事情不是你遇见鬼,是你发现跟你朝夕相处的那个人,就是鬼!

李纯大叫着往穆小白的怀里钻,吓得眼泪一下子就出来了。

可是现在,李纯发现这不是最可怕的事,最可怕的事是,与你朝夕相处的那个人,前一刻还好好地在你的视线里,与你微笑,与你亲吻,与你缠绵,可是后一秒,他就消失在空气中,你联络不上他,找不到他,甚至都不知道以后还能不能再见到他。

李纯好难过,这种难过就是午夜12点时恨不得拉开窗户直接跳下去,一了百了。

她一个人在屋里自言自语,在每一个能捕捉到他气息的地方拼命地闻,仔细地回忆。十多天了,她什么也吃不下去,只能用牛奶维持生命。行尸走肉般地去上班,景佳有好几次都看不下去,偷偷地往她桌子上放工作餐。李纯很感动,在这种钩心斗角的地方人人为了自保,还能有人关心你过得好不好,肚子饿不饿实在难得,但她一句话都说不出,只能默默地记在心里。

这中间米亚和陆染给她打过几次电话,她都没接,就任凭音乐一遍遍放着。给陆染发了条短信,谎称自己出差了。看到米亚的信息:纯纯,你可别吓我啊,有什么事想不开还有哥们呢,看到给我回个信儿啊。每次一觉得无助,总会像心灵感应一般被她发现,她软绵绵地躺在床上,关了电话。

这种时刻别人是帮不上任何忙的,何况,她早已经习惯任何事情都依靠自己去解决。

李纯盯着天空,眼看着天从白变黑,再从黑变白。她想起大学时代,有一次家里只剩下她和李爸爸两个人，当时电视里正在播一部当红的偶像剧，男女主角吵得不可开交。李纯坐在爸爸身边，笑着歪着脑袋随口问了一句：人为什么要结婚呢，结婚了又没完没了地吵。

李爸爸点了根烟，缓缓地说：每个女孩都是父母的心肝宝贝，父母是陪不了一生的，希望子女结婚，就好像手里有根接力棒，把这根接力棒送到能和你相伴一生的人手里，我们也就算完成任务了。

李纯在那个瞬间感觉既心酸又幸福，她在心里暗暗想起穆小白。

她的幸福就是，在特定的时间特定的环境里，总有一张面孔浮上心头。她从来不知道情人节，圣诞节，新年，生日时落单的滋味到底是怎样的，虽然他们没有钱，不能去奢华的地方吃西餐，没有玫瑰花，就连看电影也是周二半价时才会去。穆小白送她的礼物也都是实际派的，手套，水杯，保暖袋……但她知道，他是那么认真地把自己放在内心最重要的位置，那么认真地想和自己共度一生。

她所有的骄傲就是穆小白。

可现在的自己，掏空了，弄丢了，不在了。

她感觉自己像是在云上最高处直直地被丢下深渊，所有的荣耀都随着穆小白的失踪消失了，她再也没有什么值得幸福的，她的幸福就那样结束了。

那张字条像是最后给她的死亡宣判书：对不起，我不想再继续拖累你，忘了我，就当我们从不曾相遇过。

哈，多可笑的句子，从不曾相遇过？他可以简简单单丢下一句话就走，但她不行。她是那么被动地被放逐到废墟里，还得独自舔伤口，在不知情者的一遍遍追问下强颜欢笑，在还未愈合的伤疤一次次被揭开的时候忍住剧痛，在这个人情冷漠，无人诉说的城市里独自生活下去。

她根本就不相信这是事实，就像刚刚丢完钱包总觉得不可能丢，一遍遍在屋子里找，反复回忆到底放在哪里了一样。她总觉得他还没走，说不定就躲在某个角落。或者他只是心情不好,想自己安静一下,过几天就会回来。他也许去找工作了,想找到工作后给自己个惊喜?再或者他只是回了老家,回老家看看父母……

回老家?

李纯一个激灵坐了起来。

自己怎么就这么笨呢,怎么才想到!他一定是回老家了,一定是。

李纯像疯了一样将床底下的行李袋拖了出来,胡乱地从衣柜里拽下几件换洗的衣服,塞进行李袋里,跑到镜子前理了理头发,又从抽屉里将全部的钱都拿了出来,检查了一下水电煤气。

已近凌晨四点,她在北方寒冷的天气里提着行李,周围安静得只能听见双脚摩擦地面声。

偶尔有一两辆车从面前开过,看了看她瘦弱无助的身影,像风一样消失在视线里。足足等了快半个小时,才有一辆出租车停在面前。上了车,司机的一句话差点让她掉下泪来:小姑娘,这大冷儿的天儿,一个人多危险啊!

就像小孩子跌倒时,你不去看他不去关心他,他很快就会自己站起来。你一旦去问,他立刻就会委屈得大哭。

李纯忍了半天才控制住自己的情绪,强挤出一抹笑容:师傅,火车站。

现在天色太早了,给阿夏打电话显然不现实,和小白在一起这么久,一直都是自己带他回父母家吃饭,却从来都没见过他的父母。

李纯开始仔细回忆起来,越想越头疼,这种感觉有些可怕,你和一个人朝夕相处,亲密无间,好到根本从来没想过,他有一天不见了,自己能不能找到他。

起初她只是有一点儿心慌,后来这不安慢慢扩散,她开始在出租车上坐卧不安,只能一遍遍告诉自己冷静下来,仔细想了想小白曾经留给过自己关于他老家的线索。她好像记起来了,他跟她描述过自己的家乡,总是阴雨连绵,潮得厉害,地面湿得仿佛能拧出水来,是在湖南省的绿中乡,对,就是绿中,当时自己还一脸天真地问过他为什么叫这个名字,小白边刮自己的鼻子边回答,因为家乡四面环山,一片翠绿,人站在中间一眼望不到边。

李纯抬起手腕看了看表,四点十二分。她把手机打开,拨了个电话给陆染。到了这个时候,也顾不了那么多了。响到第六声,陆染迷迷糊糊地接起电话:纯纯,怎么这么早啊?李纯听到她的声音,顿时感觉像抓到了救命稻草:小染姐,你先别管那么多,家里能上网吧,你赶快帮我查一查绿中是湖南省哪个市的。

陆染清醒过来,嘴里应道:好,你等着。便抓起一件衣服披着往电脑处走,周傲翻了个身,嘴里嘀咕道:谁啊,大半夜的,让不让人睡觉了?陆染没空理他,瞪了他一眼便快步走出卧室。

打开电脑,将"绿中是哪个城市的"输入百度知道,紧紧地盯着电脑屏幕。

李纯握着电话,将全部希望寄托到陆染身上,短短几秒,却仿佛过了一个世纪。

直到陆染的声音再度传来,她悬着的心好像才落了下来。

常德市绿中乡,这是小白的老家吧?你忽然问这个干吗?陆染的声音有几分焦虑。

你先别管了,我晚点跟你解释。李纯心虚地挂断电话,她怕陆染的追问,也怕自己在这追问中再次被人揭开伤疤。

陆染拿着电话,在沙发上发了一会呆,心里有些担心李纯。但又觉得自己太过多虑,李纯跟陆清一样,一直都很有主见,对很多事情都有自己的处理方式。

倒是自己,越来越害怕面对白天,因为只要天一亮,自己又要像个被上了发条的机器人,开始那早已被写好的人生。

13.已根本回不了头

松子日本料理店的某个包间,蒋美颜正在与一名男子说着什么。

她最近的情况如何?男子将刺身送进嘴里咀嚼着,尔后拿起纸巾擦了擦。

苏总,最近她一切正常,除了和一名在德资公司任职的男子发过几次信息外,联系对象均为女性。蒋美颜什么东西都没吃,目光直直地盯着对面的苏俊。

我上次让你送给她的东西,你送了吗?

送了,我就按照你吩咐的那样,说是自己逛街时买下来送给她的。苏俊指的是自己在专柜花600元买的一条施华洛世奇项链,这种便宜又能唬住人的东西,最适合她们这种外地女孩,既闪耀又有面子。送钻石?这种投资太大了,她还不够自己付出那么多。

她最近和我的关系近了很多,有时候也跟我提到你。蒋美颜故意把话引到他身上。

是吗?说我什么?苏俊来了兴致。

说你好像对她有意思,但不想这么快就让你得手。蒋美颜每当想起这个就气不打一处来,自己是怎么看也没看出赵米亚哪点吸引人,居然让苏俊这个钻石王老五如此上心。

苏俊的嘴角动了一下,露出似有似无的笑容,将面前的青酒拿起来喝了一小口,缓缓地说:你继续盯着她,有什么特别的情况要及时告诉我,尤其是与她接触的男性,全都要跟我如实汇报,我最近会让谭丰辞退她,需要你配合演场戏,你一定要把戏份做足,别引起她的怀疑。

蒋美颜故意欲言又止:我一定尽量达到你满意,就是……

苏俊领会了她的意图,这样的女孩他见多了,总想在大城市里借助某个靠山站稳脚跟,见靠山靠不住,就想捞点蝇头小利,虽有一张狐媚的脸,但每每洞悉意图,就会让人甚感反胃。

不过暂且,她对他来说有着一定的价值,他清清喉咙:这个月再给你加2000块奖金好了,我听说,你一直都想搬出去住,我有一套三室两厅的房子,离烟色也不远,你找个时间过去看看,我晚几天会找合适的机会将钥匙交给赵米亚,半个月后,你找个借口搬进去,帮我继续盯着她。

蒋美颜简直不相信自己的耳朵。刚和台商好上的时候,他是给自己在三环租过一套房子,120平,视线超好,可这种好日子还没过上半年,台商就对她感到厌烦了。从奢华的生活掉进贫民窟,她适应了好长一段时间才适应过来。她早就不想继续住在烟色了,房间小不说,谭经理总是趁没人的时候去敲门,开也不是不开也不是,开了的话就得斗智斗勇,但再躲也难免得被揩油,不开的话以后抬头不见低头见,想混下去也难。直到赵米亚来了以后,他才有所收敛。

她的目光中全都是惊喜神情,可心里又实在不明白苏俊何必这样大费周章。刚要开口,就听苏俊继续说:你只需要把你分内的事情做好,但前提是,收起你那些没有必要的好奇心。

蒋美颜看着苏俊,忽然感觉面前的这个男人很可怕,他好像有读心术,能够洞穿一切。

也不清楚他葫芦里卖的是什么药,但就算他卖的是毒药,也跟她没一毛钱关系,反正喝毒药的那个人也不会是自己。三室两厅,这样的房子月租金不会低于5000块吧,多少人奋斗一辈子,也住不进这样的房子里。

独自在城市里拼了这么多年,她早就习惯了踩着别人的头到达自己的彼岸,出卖朋友又算得了什么呢?何况,赵米亚对她来讲,根本什么都不是。

李纯坐在窗边,看着窗外的树木渐行渐远。

上午九点多,她给阿夏打了个电话,简单问了问小白这几天有没有消息,阿夏的声音里全是疲惫,说小白被开除学籍是铁定的了,让李纯见到小白后告诉他开学赶紧回学校把东西收一收,还说没学籍也不是什么大不了的事,让他看开些。

对于阿夏和大飞这样的人来说,没学籍的确不是什么大不了的事。可对于小白来说,大学四年的努力就意味着一家老小的全部希望,他把这件事情看得比自己的生命还重要,李纯真怕他想不开会做出让自己后悔一辈子的傻事。

小白刚离开她的时候,她感觉世界都要坍塌了,每天无论是坐着,站着,在家,在办公室,在大街上,走到哪儿哭到哪儿,常常不自知地就会泪流满面。后来哭到麻木了,就怔怔地看着天空发呆,看着树木发呆,看着电脑屏幕发呆。

夜里变得很难入睡,以前她总是睡不够,抱着小白抱怨为什么一天只有 24 小时,刚一闭眼睛天就亮了,加班加班总没完没了,只能睡五六个小时。她最渴望过礼拜天,公司单休,每个星期唯一的一天假期都被她用来睡觉。从前一天晚上 12 点一直睡到第二天下午两点,睡醒以后美美地洗个澡,吃点喜欢的东西,感觉人生美好得不行。

那时候的李纯是个简单得不能再简单的女孩,她的理想是:每个月上三天班,挣一万,睁开眼睛就能看见穆小白。

现在她不用每天做饭了,不用困得抬不起眼皮还得给穆小白洗衬衣了,不用迁就他对着科比双眼发呆了……她可以睡觉,一直睡下去,可是她却再也睡不着了。

偶尔勉强入睡的几个小时里,梦中全都是穆小白的影子:他笑着揉自己的头发,他叫自己小猪时的表情,他张着大嘴流口水的样子,他吃自己做的菜时幸福的笑。梦里的他们紧紧偎依在一起,像从不曾分别一样……

检票了,请大家把票拿出来!

李纯的思绪被拉回现实,她从兜里把那张到上海的票掏出来,看着上面被打了一个小小的缺口。

从所在的城市到常德没有直达的火车,需要在上海中转。可假如经历几十个小时的车程,就能看见朝思暮想的人,这一切对她来说根本算不了什么。像忽然想到什么一样,她掏出电话给米亚发了条信息:钱过几天还你,临时有些事,勿念。又给景佳发信息嘱咐她帮自己请几天假,发完之后便赶快关了电话,她实在害怕任何追问,想等事情解决了再跟身边人交代。

火车还在轰隆轰隆地行进着。

过去,小白总是说要找个合适的机会带她见父母:我爸妈看到你肯定会喜欢你,因为我们的小纯纯漂亮美丽温柔大方出水芙蓉闭月羞花沉鱼落雁!

李纯就一脸开心地凑到他身边:让我看看你嘴巴上擦的是什么牌的蜜,甜得腻死人了!不过我好担心,万一他们不喜欢我怎么办?

小白就故意板起脸:谁说的?谁不喜欢你,我就跟他死磕到底,丑媳妇也要见公婆的嘛!

每次听到这句话,李纯就幸福得要死。可她没想过,要以这样的方式去见小白的父母,见到他们,她该说些什么呢?

陆染在手术室里跟医生说过一句经典对白:我不生了我,我要回家。

这句对白在未来的很多个日子里,被陆染当做谈资,让周围的朋友们笑过一阵子。但陆清笑不出来,她永远忘不了那一天,从陆染进手术室起心就揪成了一团。

直到护士抱着周小傲出来,跟她和周傲说,男孩,七斤二两时,一颗心才算放了下来。

周傲赶紧凑上前去,看着护士怀里的婴孩儿,乐颠颠地跟着下楼回病房去了。只有陆家父母和陆清看见姐姐被推出来的一幕:陆染微闭着双眼,平躺在床上,肚子已经平了下去,脸上蒙着一层细密的汗珠。她慢慢睁开眼睛,四处看了看,目光渐渐暗淡下来。陆清知道,她在寻找周傲。

那时,周傲正在楼下的病房里,和周老太太逗弄着小孩。

啧啧,看这眉眼生得多像周傲,小手鼓鼓的一看就有福气!周老太太满脸喜气,那表情就跟刚刚中了 500 万一样。

七大姑八大姨将周老太太围得水泄不通,病房里瞬时热闹起来。

哎呦,我就说阿姨有福气,想什么来什么,喜欢男孩就抱上个大胖孙子!

可不是嘛,虽说生男生女都一样,那哪能一样啊,看我们小傲生的,眼睛像陆染,又大又圆,鼻子就像周傲,这么挺。

陆家父母被挤到人群外,连外孙的脸都还没看仔细,两人担心女儿,急急奔到楼上的手术室。一上楼,就看到急得直打转的陆清。过了一会,陆染被推出来,进电梯到下楼,一家三口人都紧紧地陪在她身边。

回到病房,整个人赤裸裸地被抬到床上。

周家亲戚无论男女老少都直直地盯着她看,也不避嫌。陆染就是从那时候起觉得丧失人权,好像已婚妇女一旦生了小孩,肉体就再也没有什么可遮挡的。尤其在病房喂奶的时候,周老太太当着大家的面催促:快点快点,小傲饿得直哭了,你这个当妈的怎么都不懂得心疼孩子呢?

陆染就强挺着刀口的疼痛,坐起身来,在众目睽睽之下解开衣服,让怀里的小家伙吃饱。而周围的人,丝毫不觉得这有什么不妥。

麻药劲儿一过,刀口撕裂般地疼。夜里只剩下周傲一个人守在病房,才过 12 点他就整个人倒在旁边的空床上蒙头大睡,呼噜打得山响。陆家父母临走时,周傲说得像模像样:放心吧,有我呢,我会照顾好陆染和孩子的。可前脚一走,周傲就看上了电视,陆染刚手术完不能吃油腻的食物,只吃了两口小米粥,每天换好几瓶吊针,人虚脱得厉害。

周傲象征性地抱着儿子哄了一会,便放在了陆染身边,一副事不关己的架势。

陆染冲他喊：你倒是帮着搭把手看着点小傲啊。

他振振有词：我又喂不了奶，又不会换尿布，你们女人家的事我哪儿清楚？

陆染看着怀里的周小傲，眉眼生得完全不像自己，头发也没几根，眉毛光秃秃的，要多难看有多难看，活像一只没有毛的仓鼠，完全和大家口中的可爱、俊俏搭不上边儿。她忽然觉得日子真没意思，活了二十多年，第一次仔细地思考起自己的人生来：莫名其妙地读书学习；莫名其妙地被架到三好生的位置上；莫名其妙地为了保住位置一日复一日地拼搏进取；莫名其妙地认识周傲；莫名其妙地为了自己伟大的爱私奔；莫名其妙地为了爱情贡献所有，跳进婚姻这个大坟墓；又莫名其妙地怀上周小傲；莫名其妙地躺在手术台上，经受炼狱一般的非人折磨，忍耐这彻骨之痛；莫名其妙地被什么推着走，还来不及思考一下，二十多年就这么过去了……

而仔细一想，周围的人好像都是这么过来的，陆染忽然感觉一阵胸闷，有没有人跟她一样，在睡不着的夜里，对自己的人生产生巨大的疑问呢？

可疑问之后，她又什么都改变不了。

她没办法倒带退回到过去，没办法改写自己的人生。她恍然发现，自己的人生好像没有一天是自己说了算的，没有一天是按照自己的想法过的。

她一直在一条错误的道路上狂奔，等自己发现是错的时候，已经根本回不了头了。现在的自己，没事业，前段时间拼命学习，好不容易才考到一个导游证。结婚了，陡然增加了很多必须要承担的责任，刚刚生下一个小孩，这小东西还张着无辜的双眼看着自己，他又饿了。而旁边的床铺上，睡着当初自己一心一意爱着的男人，可此时，她清晰地感觉已经不那么爱了。

或者说，爱这个东西本来就是自己一相情愿幻想出来的产物，爱在当今这个年代，不当吃不当穿，甚至敌不过周小傲的一包尿不湿。

她觉得眼皮有些沉了，那个晚上她做了一个梦，梦见自己又回到了少女时代，站在阳光下一脸天真地笑，周围红花绿地，隔壁班那个帅气的男生在信里对自己说，我喜欢你……

14.意外总那么突然

常德市火车站。

李纯感觉自己像是个久久不见阳光的人,站在汹涌的人潮里忽然不知道该先迈哪只脚。一路上,她除了喝掉几瓶纯净水,吃了对面大叔递过来的两个茶叶蛋之外,就再也没有进过食。

没有小白的日子里,她学会了吸烟。起初吸不进去,一吸整个人就开始干咳,憋得自己面红耳赤。渐渐地,开始适应了这东西,躺在床上一根接一根地吸,吸到整个人飘飘忽忽。李纯终于明白为什么有那么多人迷恋烟草,迷恋酒精,它们一定有让人欲罢不能的地方。

都说吸烟有害健康,中文汉字明晃晃地写在外包装上,可中国烟民不还是这么多。烟有害健康,汽车尾气每天都得吃进去不少,油烟有污染,白色垃圾满天飞,可乐杀精子,养猫容易导致女人不孕,晚睡影响排毒,吃红肉太多会引发心脑血管疾病,蔬菜水果上残留农药……每天都有那么多负面消息接踵而来,飞机从天上忽然掉下来了,多少个人又不幸遇难;今天发洪水,明天闹海啸,好不容易安生几天,非典又来了,一登上 QQ,就有那么多灾难那么多坏消息涌入眼睛,好像这个世界就该是这样子,就该处在一种摇摇欲坠的状态里才算正常。

李纯是逃避这些的,她看到任何负面消息都会在第一时间关掉,既不看新闻也不看报纸。她总觉得生活已经够不容易了,大家都好像被挤压变形的球体苦苦挣扎着,营生着,负面的消息能躲就躲吧。景佳总说她单纯,像她这么干净的人，是不适合在城市里生活的，因为挣扎久了，见得多了，早晚得被泼上一身墨。

无论她怎么逃避，这些消息还是能从人们的话语中钻进她的耳朵，尤其一回到家，李爸爸就会拉着李纯聊几句国家大事：小纯啊，最近闹非典，你们学校抓得严不严？听说死亡人数已经……

每每这个时候，李纯都搪塞了事，借口帮妈妈择菜赶紧躲进厨房里去。

这世界发生再多不幸，她都有自己特有的小小气场，将日子过得从容不迫。后来跟小白在一起，只要他说点不好的消息，李纯就会立刻将耳朵堵起，撅着嘴巴让他不要再讲下去。

小白宠溺她，知道她要的是什么，他认真地对她说过，无论外面怎样，他都会为她撑起一片只属于她的小小天堂，那里纯白如画，只有欢笑，没有眼泪。

可现在，李纯觉得最伤害健康，最伤害人的就是爱情。

双腿坐得发麻时，她便走出来站在吸烟区，将茶花掏出来，靠在车厢里吸上一支。

周围自然会有异样眼光，上上下下将她打量一番。自己最在乎会怎么去想的那个人，已经不在身边了，她便更不介意这些人怎么看待自己了。一下火车，肚子就咕噜咕噜叫了起来，这时她才恍然发现自己已经好久没有吃东西了。走到旁边的小店，叫了一碗牛肉粉，大口大口吃了起来。

人在饿的时候，果然觉得什么都很好吃，不一会工夫就只剩个碗底了。

李纯站起来，马不停蹄地赶往汽车站，沿途又问了几个人，终于买到了去绿中的车票。

车上，她紧紧地抓着行李，靠在窗上想着小白的脸。她设想着他们重逢的场景，设想着自己对他说，多难我也陪你一起挺过去！设想他们拥抱着彼此的身体，设想着小白说再也再也不会离开她了。

想着想着泪水就铺了满脸。

她来寻这个人，来寻这个给她爱与希望，唯一能将她救离黑暗深渊的人。

烟色此时人满为患,领舞台上的几个女孩正卖力地舞着,各居一角,在灯光的照射下,舞池里的男女跟着节奏摇摆着身体,个个情绪高涨。

忽然闯进来一群不速之客,为首的男人走到DJ台,高声喊:停下音乐。

刹那间,人们好像被定格了一般,还保持着原有的动作,愕然地站在那里。米亚和蒋美颜看了对方一眼,也不知道到底发生了什么事,从领舞台上跳下来,按照他们的意思站到了一边。

为首的男人从胸前掏出工作证:警察,接到举报,有人贩卖摇头丸,谁叫赵米亚?请跟我们回去接受调查。

米亚简直不敢相信自己的耳朵,呆呆地站在原地,手足无措地看着面前的人。看到闻风赶来的谭经理往这边走,她急得大喊:经理,他们一定是搞错了,我没有,我见都没有见过!

蒋美颜也急了:警察哥哥,这事儿不可能,别人不知道我还不知道嘛,我们两个天天形影不离,她是什么样的人我最了解了,她平时连只蟑螂都不敢打,违法的事儿肯定干不出来,哪个丫的这么坏栽赃陷害,你们可不能冤枉好人啊!

谭经理也跟着打圆场:没错没错,我们这儿可是正规酒吧,黄赌毒这些事儿沾不上边,她就是个新来的,当中一定有什么误会!

是不是误会回局里说去!男人后面,一个二十多岁的年轻警员不耐烦起来,站到米亚后面推了她一下。

舞场里的人围得里三层外三层,全都站在那儿看热闹。众目睽睽之下,米亚被带出了烟色。临上车前,听到蒋美颜在后面冲她喊:别着急,姐们儿一定想办法救你!

她委屈得眼泪直掉。

开车的小警察看着不落忍,朝她小声地说:没事没事儿,我们肯定不会冤枉好人,等下到局里把话说清楚就好了。

她哭得更凶了。

绝望中,她忽然想起苏俊。在北京,她也就认识这么一个神通广大的人物了,可是现在自己弄成这样,打电话给他,他真的会帮忙吗?

几天没开机,一开电话,李纯的信息就过来了。她在心里小声地骂了句,真是嫌老子死得还不够惨。反复按了好几次苏俊的电话号码,最终还是没拨。虽然自己一穷二白,但是自尊还是告诉她,不能在这个关节打电话给他,闹成这样,这么狼狈,被他看到以后就不会再喜欢自己了。

不到万不得已,她是实在不想在这个男人面前丢了身份,失了尊严。

窗外,灯红酒绿,车水马龙,夜生活才刚刚开始。城市这么大,这么热闹,却连一米立足之地都不肯给她。车上几个小警察说着闲话,时不时爆发出阵阵笑声。

真是有人哭,有人笑。那种孤立无援,无人可依的感觉再次袭击了她。

到了警察局,刚才在烟色为首的中年男子将她带进审问室,身后还跟着两名随从人员。一路上听大家喊他方大队,米亚从心底感觉这个四方大脸的男人很是恐怖。

他的声音气势如虹,透着不容置疑的成分:姓名,年龄,职业。

米亚一一回答。

你有没有贩卖摇头丸?他抬起眼来,目光尖锐。

没有!米亚强忍着哭腔。

你最好仔细想想。他点起烟,走到米亚的身边。

警察叔叔,不,警察同志,我真的没有,我连摇头丸什么样子都不知道,你们不能无凭无据就把我抓到这儿来。

方大队忽然提高声音:无凭无据?我们是在接到举报电话并掌握了确凿的证据才把你带过来的,那个包是你的吧。他抬了抬下巴,示意身边的小警察将包拿过来。

米亚嘴里应了一声。

方大队将包提到她面前:贩卖摇头丸1000克以下,判除有期徒刑三年以上,1000克以上,你知道是几年吗?

米亚眼看着他从自己的包里拿出一包白花花的东西,顿时傻了。这根本不是她的,她从来都没见过,也不知道是怎么变到自己包来的。

这不是我的,不是我的!她像失控了一样,从凳子上弹起来。

按常理,摇头丸对米亚这种艺术生应该并不陌生,很多同学都有过去泡吧时靠它HIGH的经历。大二的时候,有一天米亚和李纯正在大教室里上文化课,前桌的男生忽然笔直地倒在她们面前,口吐白沫,送到医务室的时候人已经窒息了。

男生长期服用摇头丸,药物依赖越来越严重,窒息之前曾经吞食了五片。这件事之后,米亚对摇头丸仅存的一点好奇心也被扼杀在了摇篮里。再说,这是有钱人消遣的玩意儿,她们根本就消费不起。

方大队继续问:这是你个人行为,还是受老板指使?只要你交代清楚,我们会酌情考虑对你宽大处理的,你包里携带的摇头丸是1021克,1021克意味着什么?意味着七年以上有期徒刑!你现在才22岁,正是人生中最美好的年龄,你打算把人生最美好的七年都扔进监狱里?

米亚再也忍不住了,大哭起来,边哭边用含混不清的声音说:我没有,真的没有,你们一定要调查清楚,我什么都不知道,真的不知道!

方大队刚要说什么,跑进来的小警察在他耳边小声说了几句,他点点头,随后走出了门。

回到自己的办公室,接起电话:我说苏总啊,你是不是玩得有点过了?这果儿一看就没见过什么世面,刚说几句就哭个没完,你看现在这事怎么收场啊?

电话那边传来一阵笑声:老方啊,这事我可得好好谢谢你,没有你的话这小妮子还真不好搞定,等下我派人过去接,你假装意思意思先把人给放了,回头我们甲丁坊不醉不归。

方大队心领神会:咱哥们什么关系,你说这个就见外了啊,不过你小子最近这品味有点另类,改风格了不成?

苏俊干笑了两声:晚点儿你就知道了,总之这事哥们记在心里,以后一定当面报答。

挂了电话,苏俊对身边的女子和坐在后面的男子点了点头,示意他们可以下车了。

蒋美颜和陈胖子心领神会,加快步伐朝警局走去。

陈胖子是苏俊的御用律师,这些年没少为他抛头露面。一进警局就看见方大队早就候在那儿了,一面跟陈胖子寒暄握手,一面在蒋美颜身上打量着。

蒋美颜对这些早就见怪不怪了,男人混得再好,心里想的无非也就是那点东西。他们走到审讯室,门一推开,米亚回过头看见蒋美颜就扑到她怀里大哭起来。

陈胖子第一次看见赵米亚,心里不免一惊,这女孩看起来太普通了,大街上一抓一把,苏俊怎么就瞧上她了呢?但面儿上仍然波澜不惊,又和方大队假装演了场戏。蒋美颜也不是吃素的,表情、语气都很到位,一边拍着怀里受惊过度的米亚,一边跟在陈胖子身后往外走。

此时,苏俊早已驶出他们的视线之外,远远地从道后镜中看见赵米亚一张惊魂未定的脸,嘴角挂着不经意的笑,一脚油门开走了。

15.开发自己的价值

李纯一路打听,终于在天黑前来到了绿中。

半路上遇见一个老奶奶,李纯将她拦下:奶奶,穆小白家在哪儿啊?

老奶奶耳朵不好,加上南北地域差异,听了好一会儿,才用掺杂着浓重口音的普通话对李纯说:你说小白啊,你沿着这条路走,上去,第三家就是,小白可是我们村里的大学生咧,我们村没有人不知道他。老奶奶冲着李纯笑了会儿,背着竹筐走了。

李纯站在原地,心里五味杂陈,抬头看了眼小白家的大门,硬着头皮走了过去。

红色的木质大门已经开始掉漆,门的两边还贴着去年的新春对联,李纯迟疑了一下,便小声地叩了叩门把手。

不一会,一个中年妇女的声音响了起来:谁啊?

李纯猜测这一定是小白的妈妈,便将声音提高了回答:阿姨,是我,我是李纯。

那脚步声由远到近,由慢到快,门一开,穆妈妈先是愣了一下,随即将李纯让到院里,一边抢着帮她拿行李,一边朝她身后张望了一下,脱口问:怎么就你一个人啊,小白呢,没跟你一起回来吗?

李纯的心顿时咯噔了一下,强忍着笑着回答:哦……阿姨,是这样的,我出差顺路过来看看你们,小白不是刚考完试吗,考得挺好的,最近忙着打工,托我过来看看二老。

穆妈妈的脸上露出欣慰的笑容:这孩子,哪能第一次回家就让你一个人登门的,等我见到他非说说他不可,小纯啊,一路上累了吧,赶紧进屋歇歇脚。

李纯走进那间不足 40 平的小屋,环顾四周,墙壁上因为潮湿泛出大片苔藓,桌子上的菜篮里摆着剥到一半的大蒜,一条米白色的布帘隔出个小间,电视里正在播京剧,穆爸爸跟着小声地哼唱着。

见李纯进来,穆爸爸先是上上下下将她打量了一遍,随即像突然想起了什么似的,拍着自己的头:你是小纯?哎呀,跟照片里一样漂亮,来来来,床上坐。穆爸爸将身体往里挪了挪,为她腾出一块地方。

穆妈妈和穆爸爸望着李纯笑,李纯能感觉到两位老人对于自己的忽然到访很开心。她从包里掏出几包人参和鹿茸，放到桌子上：叔叔阿姨，这次出差来得太匆忙，也没带什么给你们，这是我老家的特产，给叔叔泡酒喝，对身体很好的。

穆妈妈拉起李纯的手：你这孩子真是，阿姨知道你们在外面都不容易，下次可不准啦，你看你瘦的，脸色这么差，阿姨晚上杀只鸡给你补补！

李纯慌忙摆手，她记起小白曾经告诉过自己，家里的鸡父母是根本舍不得杀的，全指望它们多下点蛋，赶集的时候到镇上换些钱给哥哥买药。小白的妈妈原本是上海知青，下乡的时候来到绿中，后来认识了穆爸爸，就留了下来，一辈子窝在大山里再也没出去。看谈吐，还是能感觉出不似一般的农村妇人。

李纯看着两位老人，心里有说不出的亲切和难过。和小白在一起这么久，幻想过无数次与他父母见面的场景，可是她从来没想过，真的见到时，却是自己一个人，旁边早已没有了他。

从他们的话语里，她知道小白并没有回老家，心里的担忧就更深了。但此时此刻，她只能假装什么都没发生，帮穆妈妈剥蒜，陪穆爸爸闲聊。

看着小白小时候的照片，有很多次她都差点掉下泪来，只能笑得更大声掩饰自己的尴尬。小白三岁的时候穿着女孩子的娃娃裙站在阳光下一脸天真地笑，小白五岁的时候骑着三个轮子的自行车摆出一个很酷的手势，小白12岁的时候拿着机关枪站在院子里，小白18岁的时候考上大学，一个人在前方笑得很荣耀，身后是人山人海的村民，小白19岁时寄回他们的合影，那时候的自己穿着白裙，头发还没有现在这么长，挽着小白，露出一排整齐的牙齿。

李纯只能在穆妈妈的介绍声中假装傻笑，穆妈妈还说，等过完年一定要去你家里登门拜访，把你们两个人的喜事定下来，你们俩也不小了，小白这个岁数在乡下都算晚婚了。李纯笑着答应，她多希望穆小白能够忽然出现，像美少女战士中的夜礼服假面一样，在月野兔每一次遇见危险时，都能出现在她身边。

夜里,她躺在布帘内小白的床上,床头还摆着这些年小白得的各种奖状,徽章。她一个个抚摸上去,泪水再也忍不住,汹涌而出。

她只能一面捂着嘴,一面将被子贴近脸庞,心里一遍一遍地问:穆小白,你这个王八蛋,到底跑到了哪里?你忘记我们说好的,永远永远都不离开对方了吗?

她一遍一遍地问,却没有任何回音。

窗外寂静,暮色一片,她睁着空洞的双眼,直到天亮。

陆染将枕头直直地砸到周傲的头上,大声喊:骗子,你们全家都是骗子!

周傲将枕头丢回来,满脸笑嘻嘻的,一副滚刀肉架势:骗子?还我们全家都是骗子,骗你什么了?我还真就告诉你,你情我愿,就不叫骗,当初我是逼你嫁给我了,还是逼你生小傲了?没有人拿刀架在你脖子上,让你做这些事情吧。

陆染气得胸口发疼,周小傲在旁边不争气地哭了起来。陆染颓唐地坐在床上,恨恨地说:我当初真是瞎了眼了我,怎么就不听我妈话,嫁给你这么个不争气的东西,你妈当时怎么说的,你怎么跟我说的,你是不是说过,只要我生完周小傲就算完成任务,一天都不用我带,现在可倒好,啊,让你妈抱一会,她就头疼肩膀疼屁股疼的,不抱的时候什么毛病都没有,敢情周小傲是定时炸弹啊,一抱浑身是病,照这么说,有人想生病的话,直接把周小傲拿去用一用,包他浑身百病!

周傲一听来气了:你怎么说话呢你,我妈那么大年纪了,又得操持一家老小,你以为像你似的一天没什么事,就知道找架吵呢,你要真闲得无聊,你就看看周小傲,孩子都哭成那样了,你连管都不管,你这当妈的能不能有点责任感?

不提责任感还好,一提陆染简直炸开了锅:你跟我谈责任感?周傲,你跟我谈责任感?真是世界一大奇观,我真应该拿个大喇叭出去宣传宣传,你居然跟我谈责任感?好,那我现在就跟你算算账,现在不都流行夫妻 AA 制吗,咱们也赶一把潮流,白纸黑字写清楚,周小傲的奶粉钱,一罐190块,尿布湿,一包160块,一个月4罐奶粉,4包尿不湿,房贷2300块,你加我每个月吃喝拉撒至少1000块,咱们现在就AA,AA!

周傲一脸痞相:说得自己跟个救世主似的,你连工作都没有,还AA?你A得起吗你!

陆染怒火中烧:我问你,从这小东西出生到现在,你妈拿一分钱了没有? 还不是我妈一直在倒贴,你也好意思跟我谈责任感?

周傲呲牙咧嘴,暴跳如雷:你妈倒贴,你妈愿意倒贴,我逼她贴了,还是我妈逼她贴了?有本事你让你妈别贴啊,你们这些乡下人,花一点钱心就疼得厉害,大早上冲我嚷嚷什么,好运也让你嚷成霉运了,我说我他妈的最近怎么把把点炮,原来全都是让你这个倒霉玩意儿搅和的。

周傲边说边拿外套要走,陆染横在他面前:你敢走一个试试,你今天要是敢出这个家门,前脚走我后脚就把离婚协议书写好,搁在桌子上等你签!

周傲一把将她推开:我还真就告诉你,少跟我来这套,你要是真想离婚,我绝不拦你,把周小傲给老子留下,你自己有多远滚多远。说完,便恶狠狠地带上门,绝尘而去。

陆染面对着张着大嘴哭个没完的周小傲,气得浑身发抖。多少次,她跟周傲这么吵完,心一横真想就这么散了,有什么大不了的,反正离婚的也不是她一个人。

但冷静下来,问题就铺天盖地地朝她砸了过来。

首先,周小傲怎么办,毕竟是从自己身上掉下来的肉,无论如何,她都接受不了骨肉分离。不要,她自己受不了,父母也不可能让她这么做。要,周家在法院有门有路,真打起官司来,吃亏的还不是自己?再者,钱呢?把周小傲养大,耗资不亚于在这个城市买套房子。生了周小傲之后,开支陡然增大,她必须得找份工作,维持开销。现在这种情况,要不是双方父母接济,别说周小傲,就连她和周傲都得喝西北风去。

还有,木棉毕竟是个小地方,风言风语能淹死人。这要是一离婚,那些碎嘴的老太太保证天天恨不得把手指戳到全家人的脊梁骨上,这么生活下去人早晚得抑郁而死,以一敌百,明显就是自不量力。

离婚倒简单,民政局换个本儿,但以后呢?快三十岁的人了,卷着铺盖再回父母家?就算能回去,靠什么生活呢,总不能一张嘴变两张嘴,朝父母要饭吃吧。还是等着陆清救济自己?回木棉,一天到晚听着二老唉声叹气,自己没什么出息也就算了,还给父母添堵,还是省省吧。陆清以后肯定是要留在上海的,将来也会有自己的小家庭,姐妹感情再好,也不能这么拖她的后腿。

还有周小傲,如果争到了抚养权,有朝一日他长成少年,睁着天真无辜的双眼问自己:妈妈,你为什么不跟爸爸生活在一起?这样的问题她该怎么应付?两个人再吵再闹,好歹也是一个完整的家,周小傲至少有妈有爸。

每当陆染想到这些问题,就会恨恨地把手中拟好的协议书撕个粉碎,然后又像什么都没发生一样将日子过下去。问题依然解决不了,她和周傲还是成天在吵,她总是想,忍吧忍吧,忍忍也就过去了,为了孩子,就这样过下去吧。

为了孩子。

这句话她实在是太熟悉了。自从怀上周小傲,这话好像就成了她的人生格言,为了孩子你要多吃一点啊,为了孩子你就不能忍忍吗,为了孩子就别跟他计较了,为了孩子得多赚些钱啊,为了孩子累点也值了,为了孩子也不能离呀……好像一个女人,只要有了孩子,自己就变成了一件毫不重要的附属品。自己的人生?哈,笑话,哪还需要人生,以后的每一天,自己都得变成一个飞速旋转的陀螺,一个必须为了孩子努力过活的人。

这就是人生,就是生活。从人出生的那一刻起,就必须走这样一条早就被设计好的路:读书,工作,结婚,生子,看着孩子长大,再结婚,再生子。

陆染想到这儿,嘴角浮现出嘲弄般的笑,十点半,孩子又该喂奶了。

蒋美颜拥着米亚回到烟色的时候，已经是凌晨两点了。

刚一踏进门，服务生就急匆匆地跑过来，说谭经理吩咐过了，赵米亚一回来就让她到经理室去一趟。蒋美颜拍拍她的肩膀，目送她过去，然后自己就先回了房间。

脚还没等站稳，谭经理劈头盖脸就骂了过来：我说你小小年纪可真够狠啊，你他妈才刚来几天啊，毛都没长全就想着飞啦，学什么不好还学上这口了，不懂行就瞎玩儿，还明晃晃放在包里，我不管你是从谁的手里拿的货，你现在立刻给我滚，我这里水太浅，养不起你这个姑奶奶！

米亚委屈得又快哭出来了，这几个小时里发生在自己身上的事就跟电影里演的一样，她刚从鬼门关出来，还没弄明白是怎么回事，不给自己伸冤昭雪也就罢了，还关起门来窝里斗。她试图为自己辩白：谭经理，我也不知道那药到底是怎么回事，我从来都没有从谁那里拿过，你一定要相信我啊！

谭经理歪了歪嘴角：得，你还是快请吧，赶紧回去把东西收走，你一句不知道，差点没害死我，我还有一家老小四张嘴等着吃饭呢，今晚这事儿，里里外外找了多少人才把你疏通出来，好说歹说才没封店，你是真不知道还是假不知道，最近严打这片儿都封了多少家了，你赶紧赶紧，另谋高就。谭经理一边说一边把她往门外推，咣的一声关紧了房门。

米亚站在门口，回想起这几个月里自己所受的委屈，眼泪吧嗒吧嗒直往下掉。

蒋美颜看见她像个游魂一样站在门口，赶紧把她让了进来，问道：出什么事了啊小米？谭王八是不是为难你了，告诉我，姐们给你出气去！说着就要往门外走。

米亚一把将她拉回来，抽泣着说：不用了，我被开除了，以后你一个人要好好保重。边说边走到自己床边，将衣服化妆品一股脑地倒进大包里。

蒋美颜震惊地看着她：这谭王八做事也太绝了，还没查清楚就要炒你，我非得让他见识见识姑奶奶的厉害。米亚连连摇头，看着她，认真地说：不用了,真的不用了,直到今天我才明白,是我不自量力,我羡慕你,羡慕你们这些能在北京拼下去的人,无论如何,谢谢你这么挺我,要是没有你,我现在估计还在局里蹲着呢,蒋美颜,谢谢你。

蒋美颜拉住米亚的手,一丝愧疚在她的眼睛里稍纵即逝:你说什么呢小米,咱俩永远都是好姐们,就算你不在这儿了,以后有什么事,一个电话我随传随到。她像忽然想到什么一样,继续说:不过,你以后有什么打算,不想在北京继续呆了吗?

米亚很茫然,她也不知道自己该去哪里,下一步该怎么走,只能机械式地摇摇头:不知道,也许回老家当个幼师,过两年找个合适的人嫁掉算了,也好过自己这么漂着,一点方向感都没有。

蒋美颜有些急了,赶紧将她引到主题上:你前段时间不是跟我提过一个经纪人挺喜欢你的嘛,你就这么走了,灰头土脸的,不觉得可惜吗?

见米亚陷入深思,她乘胜追击:像我们这样的女孩,就该在还年轻有点本钱的时候,把自己的价值发挥到最大,这样才不枉此生,我刚来北京的时候,站在马路边,看到一个漂亮女人开着宝马从我面前经过,眼神儿里全都是居高临下,那气场,当时我就对自己说,蒋美颜,凭什么她能坐在车里蔑视你,你就要站在马路上吹尘土?小米,机会和命运都是自己争取来的,你怎么能确定,你就不是下一个基乐乐呢?

16.离梦想越来越近

李纯逐渐接受了这事实:穆小白消失了。

或者说,穆小白正生活在这个城市的某个角落,每天吃饭,上班,睡觉,搭公车,读报纸。偶尔会像她一样,跟着同事去吃大排档,在人声鼎沸中叫上一瓶啤酒,周末的时候起很早看湖人,科比一出场时仍然兴奋得大叫。

穆小白依然存在着,唯独在她的世界里消失了。

她不再有那些不着边际的想法:他电话没电了,他忘记了带电话,他只是躲起来过一阵子就会回来的,他打算把一切的事情解决完再来见自己,他换了电话号码,甚至是,他不记得回家的路了。

很长一段时间,她每天都拿这些借口骗自己,因为不骗自己,她就要发疯,就感觉自己快要死了,活不下去了。

直到从绿中回来,她逐渐平静了。临走的时候穆妈妈非要她带上一包鸡蛋,她几番推辞都没拗过老人。上火车的时候,那包鸡蛋被人群撞了很多下,她死命地抱在怀里,好不容易挤了上去。刚一落座,就把布包打开来看,碎了好几只,明晃晃的液体还在从蛋壳里往外涌,李纯看着这包面目全非的生鸡蛋,在火车上放声大哭起来。

火车开了一路,她就哭了一路,哭哭停停,哭累了就靠在座位上空洞地盯着地面,过一会儿再继续哭。

邻座的中年女子实在看不过去了:小姑娘,你没事吧,这么哭身体是要哭坏的。她一边摇头一边摆手说没事没事,一边继续哭。就跟这辈子没哭过似的,就跟要把这辈子的眼泪都一次流干净似的。

车厢里人声嘈杂,旁边有几个学生模样的年轻人正在斗地主,笑声很大,对面座位坐着一对夫妇,女人怀里抱着一个约五六岁大的小女孩,正沉沉地睡着,长长的睫毛垂下来。李纯喜欢这个环境,喜欢这些人群,喜欢可以毫不设防地在陌生人面前肆意流眼泪的感觉。她就这样一直哭到火车到站,直到下车的时候肩膀还止不住地颤抖着。

她不知道穆小白如果能看到此情此景,会不会从心底感觉到疼。她恨他,恨得咬牙切齿,她恨他将自己苦心构建的城堡不费吹灰之力就摧毁了,瞬间，片瓦不留。

回到家，她打开手机，这个时候才意识到，自己已经离开快一个星期了。

景佳的消息铺天盖地：

你没事吧？马大爷正开会发飙呢，说等你回来要弹劾你，你要不要给他打个电话？

我说哥们，你这下红了，上咱们部门大白板头条啦！

李纯同学，请你不要上演恐怖片了，不知道组织担心你吗？请速与组织联系。

我真的要被你吓死了……开机回电好吗？

李纯还没读完，陆染的电话就打了进来，接通，那边怒气冲冲：我告诉你李纯，这次是真的，我要跟周傲那个王八蛋离婚！

李纯已经习惯了，每次陆染和周傲吵完架，她都会信誓旦旦地发表一遍自己的独立宣言，俨然一个女权主义者，颇有要翻身农奴把歌唱的架势。李纯调整了一下状态，用半开玩笑的口吻说：小染姐，我严肃地告诉你，你和周傲的问题就跟先生鸡还是先生蛋的问题一样，充满太多不确定性以及各种版本各种可能，但最后的答案永远是那么一个，无解！

陆染不死心，依然在电话里狂吼：我没跟你开玩笑，这次千真万确，绝对是真的，你这两天有空没有，我去你那儿呆几天，让小白先住同学家。李纯刚要开口，忽然觉得在这个关口拒绝她太不厚道，便生生地把话咽了下去：好啊，来吧，小傲怎么办？不行放到他妈那儿待几天，你过来后我们再研究方案吧。

挂了电话，才想起还没回景佳的信息，算了，反正明天到了公司就能见到了，李纯感觉周身酸痛得厉害，好像刚走完两万五千里，合着衣服很快就睡着了。

这夜，她没有梦见穆小白，也没有再做噩梦。

米亚站在那儿，看着那辆黑色奥迪朝自己驶过来。

苏俊走下车，从她手里接过包，放到后座上，又绕到前面来，为她打开车门。她迟疑了一下，便抬脚上了车。她喜欢优雅的人，都说在国外，男人为女人拉车门、挂衣服是种礼仪，她就觉得国外的素质教育普及得很好，中国男人还得个二三十年才能赶上绅士步伐。像自己之前交往过的那些半大小子，就知道跳舞，满街地淘，上车的时候能等你就不错了。

刚来北京的时候，米亚就觉得北京男人身上有一种与众不同的气质，好像个个知识渊博，上知天文下知地理，像百科全书一样无所不通。时间长了，就再也不那么觉得了，现在在她眼里，北京男人装腔作势，有着莫名其妙的优越感，尤其看不起外地人。

有一次，她们几个小姐妹去逛 IKEA，四个人排成一队，等着结账。忽然上来个四十左右岁的老男人，嘴里喊道：让我过去，让我过去。米亚觉得他可能有什么急事儿，一侧身就把他让了过去。结果这老男人堂而皇之地加塞儿到打头的蒋美颜前面了。蒋美颜当然不愿意了，就跟他讲：你没看见都在这儿排队吗？你急，谁不急啊？老男人也不知道是吃错了什么药，把手里的东西一摔，转过身来就开始破口大骂：你们这帮外地臭打工的，不在你们的地界儿呆着，跑我们北京凑什么热闹，就因为你们，北京人口才这么多，交通才会严重堵塞，你们有什么资格指责我？

收银员居然还投以赞许的目光。一时间，四个女孩全呆了。蒋美颜把东西放到地上伸腿就要踢，米亚和另两个女孩好不容易才把她拽走，东西一样都没买成。

这种事儿，遇得多了，就渐渐习惯了。米亚觉得，想在大城市混，就必须装孙子，忍者神龟都是怎么炼成的？脸憋绿了也得忍着。

出了烟色，她打电话给苏俊，在电话里这样跟他说：我能见一见你吗？

其实，她根本不知道见面了应该怎么跟他说，她也做好了被拒绝的打算，凌晨四点，这是大多数人的睡眠时间，他不出来也实属常情。但意外的是，他的声音听上去那么清醒，好像还没有睡的样子。见了面之后，他就拉着自己满城地跑，也不问她要去哪儿，发生了什么事。

车上放着很轻的音乐，周围静静的，起初她还有些拘谨，后来在这音乐声中渐渐感觉松弛下来，靠在座位上差点就睡着了。

再睁开眼睛的时候，才发现苏俊正盯着自己看，她觉得有些不好意思，便清清嗓子说道：我不想在烟色干下去了……我……我辞职了。她实在不想在他面前那么丢脸，如果告诉他刚才究竟发生了什么，自己又是如何被赶出来的，那种话她实在说不出口。

苏俊好像一点都不意外，漫不经心地把话接过来：我看挺好，那地方不适合你，我有个朋友弄了个时尚网站，据说规模还挺大，要不介绍你过去做点什么？

米亚有点蒙：我？我从小就跳舞，也只会跳舞，除了跳舞我从没想过自己还能干别的，我能行吗？

苏俊笑着说：你见哪个人刚生下来就什么都会的？你这么聪明，肯定能行，具体干什么看你适应程度，女孩子老跳舞不是个事，都是吃青春饭的。

米亚撇撇嘴，学着苏俊的语气：你怎么跟我妈一样，动不动就说，都是吃青春饭的。苏俊看了她一眼：小家伙，你还挺贫，看我等会怎么收拾你。米亚一愣，再一看周围早就出了市区：你要带我去哪儿啊？该不会打算把我卖掉吧，咱们能不能商量一下，把卖我的钱分我一半儿成吗？

苏俊哭笑不得：你们这些小姑娘怎么这么伶牙俐齿啊？到了你就知道了，放心吧，我没你想的那么坏。

米亚靠在座位上陷入了深思，她又想起刚才自己追问蒋美颜到底是谁把自己捞出来的时候，她闪烁其词地回答：嗨，你就别管了，总之是个大人物。

这城市灯火灿烂，充斥着无数大人物，每个人都想跟大人物沾沾边儿，因为只有这样，自己才能早一些站稳脚跟，在这里混出个样子来。她看着身边的这个"大人物"，心里知道等一下可能会发生怎样的事儿，她不得不承认,蒋美颜的话对她起了作用,是啊,她为什么要灰头土脸地回去? 她还没有实现梦想,还没有得到自己想要的东西。

黑暗中,在车灯的照射下,赵米亚的脸上浮现出一丝不易觉察的笑,她知道,她离梦想越来越近了。

17.舒适恬静的田园生活

星期六,陆染双眼泛满血丝,看样子又是一夜未睡,李纯刚将门打开,她就侧着身子像兔子一样跳进来,边走边说:我越想越生气,他昨天回来的时候一身酒气往我身上凑,我推了他两下他就开始骂我,我真后悔自己没录下来,今天给你听听周氏国骂,原音再现。

陆染一边说着一边往冰箱处走去,打开来看空荡荡一片,又像自言自语般继续说道:我说你和穆小白这日子怎么过的呀,你们俩天天不吃不喝在家练"绝食神功"哪,连瓶水都没有,赶紧给我倒杯水去。说着,便不由分说地将那只印有红心的杯子塞给了李纯。

李纯抬起头看了看钟,才六点四十,又看了一眼手中的杯子,有点恍惚,站在饮水机前倒了满满一杯,直到快溢出来了才关掉开关,送到陆染面前。陆染喝了几口水,又继续说:你今天要上班的吧?一看就没睡好,面黄肌瘦的样儿,分明就是被资本家剥削过度的剩余产物,赶紧躺着去,再睡一会,我们那边今天没什么事儿,我就不过去了,等你中午回来我给你做点好吃的。

李纯决定跟陆染摊牌:小染姐,我今天是得去公司一趟,但不是去上班,是去辞职。

陆染差点把水喷了出来:什么?前段时间不说做得挺好的吗,怎么忽然

城市杯具

就要辞职呢，是不是找好了下家想跳槽？

没，我就是想休息一段时间，最近太累了。

陆染忽然从床上站起来，走到李纯面前，盯着她看了一会，又看了看房间里的摆设，瞬间什么都明白了。你行啊你，李纯，刚进社会半年多，钱没赚多少本事倒大了，都会玩心理战了，出了这么大的事儿，你居然挺得住，今天要不是我来，你打算瞒到什么时候？

李纯哇地一下哭了出来，边往陆染怀里靠边喊：小染姐……呜呜……小染姐……

陆染太了解这个跟陆清年纪相仿的女孩了，有什么事都习惯一肩扛，打死都不肯主动说一句。上次过来看她，床头上摆着两个人的亲密合影，衣柜各自一半，墙上的留言贴全都是腻死人的话。现在，这一切都清空了，屋子里只有李纯的气息。

是小白劈腿？李纯遇见更合适的人选了？这两种情况发生在他们两个身上都不太现实。陆染迅速在脑海中过滤种种可能，却怎么都没想到事情是这样的版本。

在李纯断断续续的描述中知道了整个事情的经过，陆染不禁叹了口气：我看时代不把你们这些孩子活活逼死，是根本不会罢休的，学历，文凭，中国这应试教育什么时候才能改改，多少年了都没个起色！都说学历就是敲门砖，关键还是得看能力啦，但没学历，你就连个扔砖的机会都没有，我要不把这个成教专科毕业证弄到手，就连那个小旅行社都不可能要我！

看李纯一脸阴沉，她转移了话题：小白的事情先放一放，晚点再说，你等会儿洗把脸，我跟你一起去公司，你看你瘦的，恨不得一阵风就能吹倒，你这么出去我可真不放心，我先陪你把东西拿回来，然后去超市买点菜，中午我们吃糖醋排骨，怎么样？

李纯朝陆染点点头，从小她就希望自己能有个哥哥或姐姐，无论发生什么事都会挡在自己面前说：别怕，有我呢。

这种感觉真好,让她在某些时刻甚至忘记了自己刚刚经受了如此大的变故。

收拾妥当,两个人站在路边等车,前后跳上了 22 路。

人满为患,一人拽着一只拉手,摇摇晃晃。

陆染看着窗外的风景,缓缓地说:都说城市好,人们就像蚂蚁一样从四面八方涌进来,想在城市里找到属于自己的位置,可是,出去一趟连个座儿都捞不到,人挤着人,头挨着头。

车停在站点,又上来两个互相搀扶着的老人。

陆染看见后,接着说:想象一下,如果我父母生活在城市里,七十多岁,头发花白,身体佝偻着挤公交车,我肯定会觉得很心酸,咱们家乡虽小,但无论去哪儿,走几步就到了,没有堵车,没有排队,没有这么大的竞争和压力,虽然赚得不多,但是上班晚,下班早,傍晚吃完饭,一家人看看电视,也挺好的是吧?

李纯想起木棉的生活,人们总是懒懒的,永远一副刚起床的样子。起来以后随意地吃点东西,老人在阳光下读报纸,孩子在小广场上追逐嬉戏,不像城市里的人,总是那么匆忙地赶路,他们究竟是要从哪儿去哪儿呢?

小时候,自己最想在大公司里做白领,穿高跟鞋,紧身裙,走起路来充满职业范儿。等真的成了后,才知道白领是这时代最穷的一拨儿人:要面子,衣服穿好的,护肤品全是大牌,就算再穷,也梦想着买一只真的 LV,去掉衣食住行,还喜欢拿剩下的钱喝两杯咖啡,弄两本安妮宝贝,村上春树,一个月也就光了,信用卡,银行卡在钱包里排了一排,里面却取不出几张钞票。

就像李纯,表面上风光无限,在这个薪水不高,消费却很高的城市里月入 4000 元,其实什么都不当,但在木棉,一个月 4000 元是什么概念啊,家里人都会觉得女儿很有出息。隔壁邻里的话,李纯也不是没听见过:李家那闺女,飞上枝权变凤凰呦,一个女孩子家家的赚那么多钱,有本事得很。

光凭她自己？现在的年轻人很复杂，想在一个地方站稳脚跟，不付出，难哟。

每次李纯听到这些闲言碎语，都会怒视散播者，没事在背后嚼舌头，连个没结婚的姑娘都不放过，好端端扣上这么一顶帽子，她是无论如何也不会当做没听见的。

自己曾经很羡慕表姐能够经济独立，在木棉的时候也向往在大城市里生活，但真的身处在这个环境后，李纯心里百感交集：那些所谓的光鲜，其实都是自己幻想出来的，城市的表面越是浮华，背后就越是伤痕累累，在这个布满巨大广告 LOGO、时尚商场的诱人城堡里，每个人都变得贪图享乐，可去掉华丽的外衣，人们最终留给自己的，除了每个月要缴纳的信用卡账单，房贷，还剩下什么呢？

米亚随着苏俊走进这片高档住宅区，一路无语，直到 B 楼 302 室，苏俊将钥匙插进锁里旋转，两人停下脚步。苏俊随手将灯打开，刹时，灯壁辉煌。房间整体设计以灰、黑、白为主。棚顶正中间，一只层层下坠的水晶灯，四角分别是四排小小的射灯。米亚注意到，右手边进门处，是一个小小的吧台，里面放满了各式各样的红酒和洋酒，高脚杯倒挂在上，发出晶莹的光。

苏俊为她拿了一双女式拖鞋，蹲在地上，等着她换。米亚受宠若惊，总觉得眼前的一切都那么不真实，仿佛在做梦。她边脱鞋边小声说：不用了，我自己来就行了。

她随着苏俊来到沙发边，苏俊做了一个请的手势，米亚就坐到那里，看苏俊去吧台拿了两只玻璃杯，开了一瓶芝华士，又从冰箱里拿了一瓶绿茶，取了一些冰块，回到她身边。沙发如此柔软，苏俊的脸在昏黄的灯光下变得有些诱人，她不知道要将目光投到哪里，只能盯住自己的拖鞋来回地看。

苏俊将调好的酒递到她手里，说：小家伙，我们不谈这个话题，跟我喝点儿酒，等下去洗个澡，好好睡一觉。米亚先喝完酒，走进了浴室，留下苏俊继续在那里品酒。

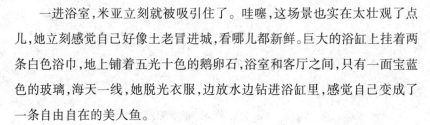

一进浴室，米亚立刻就被吸引住了。哇噻，这场景也实在太壮观了点儿，她立刻感觉自己好像土老冒进城，看哪儿都新鲜。巨大的浴缸上挂着两条白色浴巾，地上铺着五光十色的鹅卵石，浴室和客厅之间，只有一面宝蓝色的玻璃，海天一线，她脱光衣服，边放水边钻进浴缸里，感觉自己变成了一条自由自在的美人鱼。

正兴奋着，一转身，看着苏俊正隔着玻璃，朝自己微笑举杯。

米亚惊呆了，苏俊难道能看到自己洗澡吗？她立刻为自己刚才的举动后悔起来，脸瞬间红成一片。

磨蹭了半天，趁苏俊不注意，才抓起浴巾裹住身体，检查了一遍看它是否有脱落下来的可能，又把头发用毛巾包好，才缓缓地走了出来。

走到苏俊旁边，并没有感觉出他有何异常，自己又朝浴室的方向看了看，只能看到宝蓝色的玻璃。她一颗悬着的心才终于放了下来，原来这玻璃只能从里面看到外面，她终于反应过来了，朝他嗲叫着：哦，原来你刚才在耍我！

苏俊仍然不紧不慢，抬手指了指窗外：好啦，看来我们真得天亮说晚安了。说着便拉起她的手朝卧室的方向走去，她侧头看他，这个男人有着二十几岁男人没有的从容不迫，有着四十几岁男人没有的健壮身体，自己也说不清楚是感激还是感动，总之在这个夜里，她感觉自己有那么一点喜欢他了。

他把她抱上床，用白色的绵软双人被紧紧包好她的身体，然后在她的额头上留下了临别一吻：晚安，小家伙，明天见。

米亚一瞬间不知道说什么好，眼看着苏俊从视线中一点点消失。直到听见他发动汽车的声音，才恍然明白：他居然没有碰她的身体！

困意全无，她实在想不通，这个男人这么帮她，带她回到自己的家，给她喝酒，让她洗澡，却在最后一刻对她说，明天见。她甚至都已经准备将自己的身体交付给他，这一切顺理成章，你情我愿，可是他居然——不要她。

她一头雾水，整个人缩在被子里百思不得其解。不过，这个男人，开始让她刮目相看了。无论如何，他是个好人，是这个浮华城市里，所剩无几的好人。

18.辞职

李纯刚走进公司,就看到大白板上赫然写着自己的名字:无故旷工,扣除年底奖金,并按每天 100 元罚款处理。陆染跟在李纯身后,看到此景,小声地在她耳边说:喂,你们这是什么单位啊,简直比黄世仁还黑,赶紧收拾东西,撤退。

李纯哭笑不得:这就是私营企业,赤裸裸地压榨着我们这些劳动人民的剩余价值,老板人精儿,得扣就扣,在剥削我们这件事上从不手软。

两人一路小声嘀咕着来到李纯的办公桌前,景佳正在玩连连看,一见到李纯就像看到灭绝物种一样扑了过来:我说哥们你可算现身了,马大爷天天开会时都要你做反面教材,一说就是十几分钟,分三步走,大喊李纯,一拍桌子,一跺脚,我耳根子都快被他磨起泡了。说完看到陆染:呀,这是小染姐吧,久仰久仰,长得比照片上的还漂亮呢。又转头对李纯说:他正在办公室,你等会小心点。

景佳边说边朝陆染点点头,陆染也回以礼貌的笑。李纯跟陆染说:你先在这帮我收拾一下东西,等我会儿,我去跟老板打个招呼。陆染点点头,又不放心地跟她说:他要是敢说不好听的就喊我,有我在你别怕啊。

李纯刚进马大爷办公室不到三分钟,里面就传来一阵怒吼:你知不知道你这是什么行为,无故旷工,你还有没有点团队意识,就因为你手里的活压着完不成,设计部全组人员一个礼拜都没加班,你知道你给公司造成多大的损失吗!我要不是看你工作还挺认真,创意还不错话早就把你开了,你必须检讨,这个星期晚上十点前不得离开公司,把之前落下的工作加

班加点追回来！

门外的同事都听见了他的狮子吼，一瞬间聚集在门外准备看这场好戏。景佳和陆染也闻声赶过来，陆染推开层层人群，咣的一声推开了门。

李纯看着陆染，喊了声小染姐。

马大爷有点愣，刚要开口，就被陆染的话给顶了回去：《劳动法》明文规定，劳动者每天加班时间不能超过四小时，每月加班时间总数不能超过48小时，可据我所知，李纯在你公司就职期间，每天加班时间高达五小时以上，你不仅没有支付员工加班费，还天天超时，你的行为是想告诉大家，你对我国法律不屑一顾吗？

门外的同事全都傻了眼，景佳看着面前这个身材娇小，却气势十足的女人，暗自在心里叫了声好。

李纯也呆住了，此时此刻的陆染，条理清晰，头头是道。

马大爷刚想答腔，陆染又继续说道：《劳动法》还明文规定，员工请病假一律不得罚款，可是我在你公司的布告栏上，清晰地看到你对公司员工请病假一事做出的罚款处理，还有，李纯的情况根本不能算无故旷工，她通过同事代为请假，所以你刚才所说的无故旷工是不成立的，就算是无故旷工，员工也应该享有带薪年假的权利。

他听到此处，好像抓到了她话语中的纰漏，得意地笑：这位小姐，我还以为你很精通法律，你不会连这个也不清楚吧，李纯来我公司才半年时间，根本就不够资格享受带薪年假，我看你还是哪儿来的回哪儿去吧，别在这里大呼小叫的，我没有那么多时间跟你在这儿磨牙。

李纯拉了拉陆染的袖子，示意她不要闹下去了，陆染看了李纯一眼，朝她做了一个不要紧的表情，又镇静自若地回答：没错，李纯的确不够带薪年假的条件，可据我所知，贵公司所有超过一年工作年限的员工，可都从来没享受过你刚才所说的待遇。

陆染转身看向大家，继续说：如果公司不准员工休假，员工是可以向公司索要这一部分费用的，今天我就当给 80 后的小朋友们扫盲了，让大家看看，自己究竟是在一种什么样的机制下生存着的。

她话锋一转，句句清晰地对马大爷说：今天我们是想告诉你，你被炒了，因为像李纯这种既优秀又漂亮的女孩，留在这里一分钟，都是对她的损失，请你告之财务部，妥善结算好李纯当月薪水，少一分一毫，我都会向有关部门投诉到底！

说完，她潇洒地拉过李纯转身走出人群。身后不时传来"我靠，这也太酷了"，"好有范儿，我喜欢"，"姐姐好帅"的声音，还有两个男孩控制不住地拍手叫好。

只剩下马大爷还张着嘴巴，一脸愕然地站在原地。

两人快步跑下楼，直到走出办公楼，才气喘吁吁地相视一看，爆发出快乐的笑声。

小染姐，我说你真是深藏不露啊，你刚才可真是把我镇住了，你还是我认识的那个你吗？李纯一边笑着看她，一边拿胳膊撞了她一下。小看我了吧？怎么说我也比你多吃了七年咸盐，多喝了七年开水，多穿了七年开裆裤啊，没吃过猫肉还没听过猫叫吗？跟周傲过了这么多年，耳濡目染，多少也能混个小本毕业吧！陆染朝她挤挤眼睛，一脸得意。

多穿七年开裆裤？哈哈，你这个暴露狂。

我靠，我让你跑，你等着！

两个人在阳光下一路嬉戏，无忧无虑，只有快乐。

那天，她们俩去超市买菜。

大白菜 2 块 8，茄子 4 块 5，芸豆 5 块 2，猪肉 12 块一斤，杂七杂八又买了点日用品，给周小傲选了一顶帽子，又提了桶百事可乐。李纯身体不好，得多喝点牛奶，家里没油了，刚好打特价，陆染赶紧放进车里。一结账，差几块就三百了。

陆染争着抢着付钱，李纯急了：来我地盘儿，让你埋单，传出来还不让世人笑掉大牙？一边去一边去。

陆染不干：你一个人在外开销本来就大，房租水电煤气哪样不得花钱？再说还有小傲的帽子，哪能让你付呢。

李纯就有点不高兴了：小染姐，你跟周傲在一起，别的没学会，光学会怎么让人生气了，我好歹也参加工作了，不再是以前的穷学生，你还不让我表现表现啊？

陆染一看，得，后面排得老长，等得已经不耐烦了，就没再争执下去。

一路上，两个人提拉着大包东西，离李纯住的地方只有两站地，天又不冷，就边说话边往前走。

李纯说：真是不当家不知柴米贵，以前在家往沙发上一躺，水果抓过来啃两口就放下了，完全没想到这东西居然这么贵，买几个苹果就得十几块钱，以前我妈一说，不用的灯关掉，我心里就想，老太太咋这么抠门呢，点几个电字能花几个钱，直到自己出来生活才明白，走得快着呢。

陆染答腔：是啊，老觉得没买什么没买什么，一到结账的时候就得几百，一百块破开就没，周小傲就跟吃钱的机器一样，每个月的拖儿费就要800块，这还是最便宜的，我们家隔壁的那个小姑娘，你还记得吧，就是长得很漂亮的那个，她妈妈送她去的机关幼儿园，一个月就要1500块咧，我能赚多少呀我！你把钱扔进储蓄罐儿里，还能听个响儿，混个心里乐呵，但把人民币换成食物流进那小家伙的嘴中，连个回音都听不到，那肚子就跟无底洞一样，整天看见我就是，妈，饿呀，妈，还有吃的没啦。

李纯眼前不禁浮现出那小家伙的调皮相，笑出了声：小傲算好的了，至少两家老人都疼着宠着，亏不到嘴巴就是了，难的是我们这些大人，吃的用的天天都在涨，工资那边又想方设法地被扣掉，一提到这事儿我就头大，小染姐，你说要是人不用工作该多好啊，每天就做点自己喜欢的事，一共就活短短几十年,为什么要把自已搞得这么累呢?

陆染踢着面前的小石子,仔细思考着李纯的话,是啊,小时候为学业所累,长大后又要为生计奔波,结婚后为家庭而烦,为孩子而活,好不容易等孩子长大了,自己也老了,这么仔细一想,人这辈子还真没意思,但能怎么样,总不能因为这些就死了吧,就连死,成本也是很高的,据说现在墓地涨得比房子都贵了。陆染自嘲地笑笑,城市里灯光闪烁,她和李纯各自陷入自己的情绪中,一路上都没有再说话。

19.家庭战争

在家过了段闲散的日子,彻底变成了无业游民。每天想几点起来就几点起来,素面朝天,再也没有人会唠叨你衣服不够整齐,妆容不够得体。饿了就随便泡碗面,或者从冰箱里抓一盒饼干,倒在床上看偶像剧,一过就是一天。

李纯觉得自己彻底要变成宅女了,大门不出,二门不进,零社交,零感情。

她渐渐适应了一个人生活的步调,唯独恐惧两件事:一是失眠,二是生病。

一失眠,刚刚觉得有些复原的心,又裂开了缝,慢慢越来越大越来越深,痛得她无处可逃,脑海中关于穆小白的点点滴滴好像过电影般重现。

生病就更可怕了,所有负面情绪都涌了出来,一个人在房间里昏昏欲睡,连碗热汤面都吃不上。有一天临睡前,头痛欲裂,第二天起来感觉整个人都快被烤熟,一试体温,39度5。李纯忽然间很害怕,假设自己在这狭小房间里活活病死,首先发现她尸体的人肯定是景佳或陆染,她们平均三天通一次电话,等她们发现自己的时候,估计尸体都硬了。

李纯吓得赶紧穿起大衣逃出门外，挣扎着到社区诊所里打点滴。其他生病的女孩，身边全都有男朋友或者家人陪着，更衬托得她形单影只。但无论如何，她都觉得在人群里才是安全的，至少自己不会悄无声息地死掉，至少在自己晕倒的时候，还有被人发现的可能。

打完点滴回到家，看见碗槽里堆放着满满的碗盘，一瞬间情绪又降到谷底。

李纯感觉自己的心态越来越差，曾经那个充满斗志，永远打不死击不倒的她好像不见了。

一次，半夜她被饿醒，家里只有一些生的蔬菜，她把蔬菜简单清洗了一下，倒进锅里炒了起来。一个人生活之后，很多事情都没那么在意了，填饱肚子对她来说就足够了。菜熟了，倒进盘子，走出厨房的时候不小心撞在了门上。

顿时，蔬菜混着盘子掉了下去，碎成一地。

又一次，她走在路上，刚刚下完大雨的路面很滑，一不小心跌倒，狠狠地摔了一跤。周围的行人经过她身边，会丢过来一个看笑话般的眼神。她挣扎了一下想起来，又是一滑，整个人还是坐在地上。

李纯那么怨，她开始怨恨起来，自己也说不清楚到底怨恨的是什么，怨恨这城市？怨恨下雨天？怨恨失眠的黑夜？怨恨穆小白？

她忍住了疼但忍不住眼泪，放声大哭起来。

哭完抹抹眼睛，还得一个人站起来，回家。

米亚发现李纯的头像黑暗一片，她好像很久都没有上网了。

那天以后，苏俊递给自己一串钥匙：你暂时先住在那里吧，什么时候找到合适的房子什么时候再搬。米亚一头雾水，她分明能感觉到，这个男人是想靠近自己的，可是他又好像在故意与自己保持着距离，既不表白，又不抗拒。偶尔送自己回去，只是在那栋房子里坐上一会，喝上两杯，便起身与她道晚安，从不留宿。

没过几天，他便真的介绍她到了那家奢侈品网站做编辑，起初米亚完全不知道自己该做些什么,主管在她的案头摆了大量杂志,让她先熟悉一下:《时尚》、《瑞丽》、《米娜》、《昕薇》……全都是米亚非常喜欢,但以前一直舍不得买的杂志。

周围的同事大部分是女孩,几乎都是同龄人,穿着时尚。和米亚一起进公司的几个女孩拿的都是实习工资,唯有她一人直接签约,税后5000块。5000啊,米亚长这么大,手里都没拥有过属于自己的5000块。这可得怎么花呢,工资还没到手,米亚就在心里暗暗盘算着,去掉给家里的1000块不变,自己还有4000块,吃饭800块,交通费400块,通讯费100块,买衣服化妆品700块,暂时住在苏俊那儿,房租水电等等都不用考虑,自己能净存2000块啊!

一个月两千,一年就是两万四,中途如果再赶上加薪,升职,年底奖金,自己很快不就成小富婆了吗?她得意地狞笑起来,而且,这种情况只是暂时的,她有自己的打算,一旦苏俊与自己的关系稳定下来,她就会暗示他之前对自己说过的话。她只觉得一切都是时机未到,会唱歌也会跳舞,娱乐圈里的很多明星还不如她,只要苏俊肯捧自己,她一定也会像现在的基乐乐一样,红透半边天。

而此时,苏俊的事业也正朝着好的方向发展。在这个圈子里打拼多年,他早已形成了自己庞大的人脉网,艺人对他而言,就是一件未经过雕琢的原钻,要将她打造成万众瞩目的明星,不仅要和电视台、报社、杂志社等媒体保持良好的合作,而且也要与国内各大导演、音乐制作人、制片人等成为朋友,凭借自己的人脉加上基乐乐的天资,他的事业再一次扶摇直上。

借着基乐乐刚参加完比赛,人气居高不下的余热,苏俊安排她在北京电视台上了两档热播节目,其中有一档专访,把基乐乐的身世设计得十分感人,又添油加醋穿插了很多心路历程。节目一播出,反响非常好,苏俊好像又找到了曾经的感觉,春风得意,如日中天。

他觉得,赵米亚对这一切起了非同小可的作用,自从遇见她的那一刻起，自己的好运就没有停过，仿佛水涨船高般，一发不可收拾。但对这个姑娘，实在谈不上有多喜欢，也不想付出太多，这些年，他所得的一切都是靠自己一点点打拼出来的，在他的心里有一本明账，衡量事物从来不会以感情为前提，全要看值不值得，能为自己带来多少经济利益。不想与她有进一步发展，就是怕她会借此缠上来，狮子大张口般跟自己开条件。像她这样的女孩，比比皆是，他才不会傻到给自己惹麻烦。

让她陷入困境再雪中送炭，她才会犹如抓到救命稻草般抓住自己，只要她留在自己身边，好运就不会停止。他从来不会觉得自己残忍，男人不狠是成不了大事的。何况在这时代，谁不是棋子？

陆染在李纯那儿住了三天，周傲一个电话没打，一条短信没发。

陆染给旅行社打电话，说是请假其实是想看看周傲找她没有，电话打完，她整个人开始萎靡不振。

李纯劝她回家，老这么躲着也不是回事儿，就算不想大的，也会想小的吧。李纯不说，陆染也有些受不了了，眼前浮现的都是小傲那张天真可爱的脸，以及小家伙追在自己身后妈妈妈妈地叫的场景。

安抚了下李纯，让她想开一些。她们俩现在就是一个战壕里的蚂蚱，谁也不比谁好到哪儿去，都自身难保。陆染也没说太多，装着一肚子牢骚委屈，回家了。

先给周老太太打了个电话，让她把小傲送到楼下，她等会过去接。自己刚一露面，小傲就跑了过来，缠着陆染说他想妈妈了。再一看周老太太的脸色，并无异样，也对，周傲在撒谎这件事上一向能做到脸不红心不跳，滴水不露，毫无缺陷。

带着小傲回到家，一进门陆染差点没被气死。

地板脏得仿佛能够搓出泥来，茶几上到处都是吃剩下的食品包装袋，啤酒，橘子皮，烟灰，烟头扔了一地。再看卧室，电视机还开着，被子团成一团,臭袜子满天飞,而周傲,不知所踪。

陆染强压住怒火,平静了一会,简单地把卧室整理了一下,让小傲先写作业。她又回到客厅,找了个大号垃圾袋,恨恨地将茶几上的脏东西一股脑地划拉了进去。

结婚前,她总觉得,结了婚就有了避风的港湾,有人照顾有人疼有人宠着,多好。夜里睡觉就再也不寂寞了,就算听着对方的呼噜声也是很温馨的啊,被噩梦惊醒的时候还有人拍拍你的肩膀,把你往怀里一揽就到天亮。

现在她才明白,结婚这件事对女人有多不公平,设计得有多不合理,完全就是为了满足男人的一己私欲。说好听点叫娶老婆,说难听点,分明就是娶了一个集私人秘书、全职保姆、生育机器为一身的多功能智能型充气玩具!

陆染越想越愤恨,把小傲哄睡着后,躺在沙发上看电视剧。不一会,她听见钥匙旋转房门的声音,便赶紧把眼睛闭起来装睡。如果这时候周傲过来哄哄自己,她相信过了这一晚,她还是会为他们爷俩做牛做马,任劳任怨。

可是,周傲做了一个让局面朝反方向飞速发展的举动。

他喝得醉醺醺的,看见陆染躺在沙发上,便摇摇晃晃朝她走过来,飞起来就是一脚,正踢在她的肚子上,嘴里骂道:我还以为你跟哪个旧情人私奔了,你,陆染,什么事情做不出来,是不是就像当初跟我私奔一样?你倒是别回来呀,别他妈的睡在老子的房子里,从沙发上给我滚下来!

陆染捂着肚子,这天她刚好来了月经,一时间疼得眼泪直流。

周傲并不打算这么放过她,一把将她从地上提拉起来,继续胡言乱语道:谁知道你这几天都做了什么,动不动就拿李纯当挡箭牌,她也不是什么好鸟,才二十出头就跟男人未婚同居,真不愧是臭味相投,一路货色,都是他妈的卖……

啪!一个清脆的耳光重重地落在周傲脸上。

陆染怒目相向,恨不得将面前这个男人撕得粉碎,从小到大,她能忍受别人说自己,但最受不了有人中伤身边的朋友。李纯对她来说就像一个需要保护需要疼爱的小妹妹,自己都没说过一句没打过一下,就算她真有什么不对,也轮不到周傲在这里撒野!

周傲被打得眼冒金星,加上之前没少喝,一时间重心不稳,整个人朝后打了个转。陆染正在气头上,完全控制不了自己的情绪,朝他扑了过去,两人大打出手。直到听见小傲的哭声,两个人才从地上爬起来,周傲满脸都是被陆染抓伤的痕迹,而陆染,胳膊上被打得多处淤青。

陆染本以为此事告一段落,边哄小傲边拉着他朝卧室方向走,没想到周傲几步蹿上来,朝着她的后脑就是一拳。

刹那间,陆染觉得天旋地转,目眩神迷,整个人倒了下去。

20.婚姻成本学

刚来北京不久,有一次米亚和蒋美颜逛街,来到秀水,看到假名牌卖得很好,一些人穿着整套的假 NIKE 从她们身边经过,米亚忍不住问蒋美颜:为什么有些人,专门喜欢买假货呢?而且假得一点技术含量都没有,NIKE 的标,袖子上还带着三道杠。

蒋美颜像模像样地总结起来:还能因为什么,虚荣呗,买不起真的,穿假的过过瘾,不过刚才那种人,很有可能是真不懂,压根儿就不知道 NIKE 为何物,只觉得衣服便宜,又挺好看。说完,又继续吃起手中的冰淇淋。

直到进入这个群体,米亚才知道,曾经的自己就是蒋美颜所说的第二种人。

以前感觉能穿上 ONLY 特牛，档次顿时提升好几层。来公司第一天，米亚就穿着蒋美颜送给自己的那条短裤，配了一件在秀水淘到的黑色小上衣，信心满满地跟着苏俊走了进去。现在想起来，当时的自己真的很幼稚可笑。在网站论坛有着较高人气的刘美丽，正在跟大家 SHOW 她新买的 LV speedy30，办公室一群小姑娘全都围着她在看。

财务部的赵鸣说：你也买这款啦，上个月我男朋友刚送了 speedy35 给我，在国贸专柜刷的，六千多一点，LV 还是基本款最好看，耐用还不容易过时，三彩拿不好就特土。李佳佳边刷睫毛边把话接了过来：你们怎么都喜欢老花系列啊，像妈妈级用的，我还是喜欢 CHANEL 2.55，无论黑白都行，在香港买的话一万七、八就搞定了，正好年底去血拼。

刘美丽笑笑，接过赵鸣的话：你以后要买包包跟我说，我哥在美国，能比国内专柜便宜不少，让他顺便寄回来就是了。又瞥了李佳佳一眼：你这大小姐说得倒轻巧，随随便便一刷，可就是某些人三四个月的工资，还得在不吃不喝不消费的前提下。

三个人面面相觑，笑了起来。

米亚听得不是滋味，知道她们话里有话。可无奈自己对她们所说的内容一知半解，只能假装什么也没听懂，埋头继续恶补。

对于有些人，很多东西都是水到渠成，就像城市里的孩子，几岁就开始接触电脑，长大后再从开机关机教起，他们自然会觉得特别可笑。可是对于米亚这样的人来说，十几岁还没见过电脑的模样，输在起跑线上，说的就是她这种人。

这就是区别，就是命运，就是不公平。

李纯赶到医院，一推开病房的门，就看见陆家父母阴沉着脸，站在病床前。周傲耷拉着脑袋，乖乖地站在周家父母旁边。敏芝也立在一边，沉默不语。

李纯看着病床上的陆染,她双目紧闭,仍然处在昏迷状态。刚才在电话里,得知她被周傲打得不省人事,便赶紧从床上跳下来,胡乱地套了件衣服,就向门外冲去。如果不是自己劝她回家,陆染也不会受到如此伤害,一路上,她懊恼得不行,恨不得猛揍周傲一顿。

周傲也知道自己闯了大祸,全然没了平时的神气劲儿。李纯强压着怒火,狠狠地瞪了他一眼。心中暗暗地想,等陆染醒来再跟你算总账,哼,把我朋友打成这样。

直到下午,陆染也没有醒过来的趋势,医生说陆染没有生命危险,建议病房只留一个人看护,其他人先回家等消息,以免打扰其他病人休息。李纯拍拍陆妈妈的肩膀,小声说道:阿姨,你们先回去吧,这边有我和敏芝呢,一有消息,我就打电话通知你们。

陆妈妈叹了口气,朝李纯点了点头,一行人离开了病房。

李纯坐在陆染旁边,唤她道:小染姐,你好点了吗,还疼吗?

陆染一动不动。

李纯又说:小染姐,你别吓唬我啊,你听见我说话了吗?

陆染仍然一动不动。

李纯一下子就哭了出来,无声的,但眼泪从眼眶里不停地落下。敏芝看着,心里也很不好受。

两家人20分钟后,聚在了周傲和陆染的家中。

周老太太自知理亏,想打圆场,走到陆妈妈身边,将茶水递到她面前:亲家,喝点水,小染一看就是有福之人,肯定能逢凶化吉,你别太担心了。

陆妈妈端坐在沙发上,身体纹丝不动,只冷冷地说:谢了,我不渴。

周傲从酒醒后就开始后怕,自己的举动完全是借着酒劲想逞下威风,但凡有点医学常识,都会明白后脑是十分容易致命的部位,假如真的失手将陆染打死,不仅妻离子散,自己后半生恐怕也要在牢狱中度过。他站在父母旁边,头脑一片混乱,不知道该如何收拾残局。

陆爸爸从见到他的那刻,就黑着一张脸,一句话都没有说。越是这样,周傲就越没底,也不敢说话,生怕自己哪句话说错了,便会惹来一顿拳脚相加。

周老爷子面子更挂不住,儿子闯祸,先打的永远是父母的脸。他只能站在一边闷闷地抽烟,转眼,烟灰缸里就积满了烟蒂。

两家人陷入了可怕的沉默气氛中,只听见墙上的钟有节奏地摆动着。

还是陆妈妈率先打破了僵局:周傲,今天你父母都在这儿,现在小染还躺在医院里,埋怨,抱怨,都解决不了什么,我只想问你一个问题。

周傲赶紧应声道:妈,你说吧,我听着。

陆妈妈将目光从周家父母脸上扫过,最后直视着周傲:我就问你,你还打不打算和陆染过了?

周傲一听,扑通一声跪在地上,朝二位老人说:妈,爸,我错了,我真的知道错了,我以后肯定好好对小染,我保证,今天这种事再也不会发生了!

周老爷子冷眼看着跪在地上的周傲,从鼻腔里发出一声哼来。周老太太看见宝贝儿子如今跪在地上苦苦求饶,心里很不是滋味,但自知理亏,只能急得像热锅上的蚂蚁团团转。

陆妈妈从容不迫:陆染今年29岁,我和你爸从小到大没有动过她一根手指头,她跟你在一起七年,说长不长,说短不短,我不知道你是怎么下得去手的,今天在你父母面前,你也保证了,如果陆染还愿意跟你生活在一起,我就再给你一次机会,但我希望你能记住,你今天所说的每句话。

周傲连连点头:我知道,妈,昨天我真的喝多了,如果不是小染先动手,我真的不会……

陆爸爸满脸通红,双拳紧握,腾一下从沙发上站起来:都到了这个

时候,你还在推卸责任?我真后悔当初怎么没和你们杠到底,一步错步步错啊,现在我女儿还躺在医院里,如果她有个三长两短,我第一个灭的就是你!

周傲吓得一声不敢出,跪在原地,眼圈通红。

周老太太实在看不过去了,生怕陆爸爸一怒之下伤到儿子,急忙跑过来,挡在周傲身前:骂也骂了,孩子跪也跪了,你们的气也该消了吧,医生不是也说,没有生命危险,只是暂时昏迷吗?周傲千错万错,我这个当妈的会好好教育,怎么也轮……

你给我闭嘴!周老爷子一声怒吼,双目圆瞪。

周老太太即刻收了声。

此时,电话铃声响起,刚响完第一声,陆妈妈就立刻拿起话筒。

李纯的声音从那边传了过来:醒了,小染姐醒了!

陆家向来是个民主的家庭。

陆染觉得自己很侥幸,从鬼门关里逃过了一劫。那天在病房,睁开眼睛的那一刻,李纯就扑到她怀里,两个人抱头痛哭,敏芝在旁解劝。

等大队人马赶来,陆染已经平静了,坐在床上,双眼空洞,无论周傲和周家父母说什么,她都不发一言,只是紧紧地拉住陆妈妈的手。

心已死,就是这种感觉。

她无论如何也无法让这件事情成为过去,七年来,那么多次争吵,事后自己都可以当做什么都没有发生过,为了这个家,为了父母,为了孩子,她一忍再忍,有时候自己都佩服起自己来。她一直都觉得,人必须向前看,千万不能回头想过去,因为她怕自己一旦回头,看到那么多触目惊心的伤口会难过会哭。她只能将日子一天天重复着过,把所有的希望都寄托在周小傲身上,看他慢慢长大。

可这一次,周傲在谋杀她。

那么用力的一拳,谋杀的不仅仅是她的生命,还有她对他这些年所有的、全部的感情。

出院当天,无论如何她都不肯跟周傲回家。李纯将陆染和陆家父母接到自己居住的小房子里,开始他们的态度很强烈,无论如何都不愿意打扰李纯,但在她一再的恳请中,一行人便跟她回了家。三个女人挤一挤,床上还是能够睡下。李纯又将沙发放倒,铺上一床被褥,陆爸爸晚上倒也睡得舒服。

陆妈妈躺在陆染旁边,李纯紧紧挨着陆染。陆染感觉自己又回到了小时候,一感觉害怕就立刻躲在妈妈的怀里,仿佛只要一躲进去,再大的苦难都会过去。她像个婴儿般蜷缩着,睡着后身体总是会不自觉地抖动几下,陆妈妈知道她又在做噩梦,便拍拍她的头,像哄小孩般对她喃喃道:摸摸毛,吓不着喽,小染快快睡,不怕。

在近30年的时光里,她好像只按照自己的意愿做过两次决定:第一次是五年前,自己在月光下和周傲离开木棉,跟着他在冰冷的街道上大步奔跑,那时候觉得生生死死,都要与这个人在一起,哪怕搭上背叛全世界的可能。

第二次是五年后,一个人醒在深夜里,从来没有像现在这般思路清晰。她恍然发觉,人生中近一半的时光,就这样被自己漫无目的挥霍一空,曾经的理想斗志全都在婚后戛然而止。如果当初自己没有放弃经商,说不定现在已经有能力让父母,让陆清,让小傲过上更好的日子了。也根本不需要像现在一样,一日复一日地拼着老命,为了养家不得不卑躬屈膝。她把全部的精力都放在了经营婚姻上,到最后,却发现自己什么都没能抓住,镜花水月,不过一场空而已。也许,这就是婚姻成本,城市悲剧。

她要离开他。这是陆染人生中,第二个为自己所做的决定。

21.是离是过你自己拿主意吧

米亚愈发觉得寂寞,自己的生活除了没完没了地加班,没完没了地恶补那些奢侈品外,就只能形单影只地徘徊在这栋160平的大房子里。

起初看哪儿都好,一个人学着电影里的优雅女子坐在吧台前喝红酒,打开音响跟着音乐跳JAZZ,在浴缸里洒满玫瑰花瓣,打开窗户大口呼吸新鲜空气。可一段时间下来,这些节目对她就再也没有吸引力了。

蒋美颜打趣她:你肯定是"发烧"了,缺爱了!

她说得一点都没错,尤其夜深人静,独自喝下一杯酒,躺在床上周身燥热,寂寞难耐。可这件事一点都不好解决,身边的男人要么只想上床,不想恋爱;要么就是想跟你恋爱,但不想结婚。玩One Night,自己又没有蒋美颜那么洒脱,何况,这是苏俊的房子,自己只是寄宿者。

在北京,她只得蒋美颜一个朋友。苏俊再次和她见面的时候,她便小心翼翼地要求:我一个人住在这么大的房子里,晚上挺怕的,你看,能不能让美颜过来陪我? 你也见过的,就是以前在烟色跟我同屋的女孩,我保证,除了她不带任何人回来,也不会弄坏任何东西的!

米亚说完,一脸认真地看着他。

苏俊很快就应允下来:好啊,你做主吧。

只有短短的六个字,就足以达到他想要的效果。果然,米亚一脸幸福地在他的脸上啄了一下:哦耶,你实在是太好了!

这就是姜太公钓鱼,愿者上钩。赵米亚跟自己比起来,嫩得太多了。

蒋美颜如愿以偿,带着整整两大皮箱衣物搬了进来。米亚带着她四处参观,客厅,厨房,卧室,洗手间,对于两个外地女孩来说,这里简直就是人间天堂。

米亚很兴奋,连日来心里的苦闷终于有了倾诉之处。以前一有什么不开心,她就会把苦水倒给李纯,可是最近李纯还没从失恋的情绪里走出来,便又卷进了陆染的家庭大战,自己虽然帮不上忙,但也不能再给她添乱了。蒋美颜的到来,对她无疑是种解救,她感觉,自己马上就要被憋疯了。

这期间,周傲来过一次。

周老太太让他过来说些好话,女人都是吃软不吃硬的,多哄一哄就会回心转意。周傲买了两大包水果,又提了两瓶好酒,找上门来。

陆爸爸开的门,态度不冷不热:来了。

周傲满脸殷勤:哎,爸,我给你带了两瓶好酒,放哪儿?

要是搁以前,陆爸爸会特别高兴地拉着周傲喝上两杯。可此时此刻,他只是扬扬手,示意周傲将酒放到桌子上,就转身进了厨房。

见这边攻不破,周傲又朝李纯使劲:李纯,你小染姐好些了吧,这是刚才在楼下给她买的水果,她喜欢柚子,我就多买了些,记得给她泡到蜂蜜里,多喝点蜂蜜柚子茶,败火。看似在交代李纯,实际上,这番话完全是给陆染听的。她坐在床上,面无表情,低头翻着看一本时尚杂志。

李纯站起身,把周傲手里的东西一把接过:你还有什么事儿吗?没事的话,小染姐要休息了。一副拒人于千里之外的架势。

周傲知道大家对自己怒气未消,多说不宜,这个时候再发生顶撞,事情就真的没商量了。他赶紧跟陆妈妈打招呼:妈,那我先走了,就麻烦二老多照顾小染了。又探头向厨房方向喊:爸,我走了,改天再来看你们。

陆妈妈稳坐泰山,面不改色:不送。

周傲只得怏怏地回去。

周老太太听完儿子上门被拒全过程,连连摇头:这两个老顽固,我还真就不信了，他们能眼看着女儿离婚？我就把小傲牢牢地看在家里，看看谁先慌！

周老爷子气结：说你无知你还不服气，你有什么权力不让人家看孩子，就算真的离婚，无论判给谁，另一方都有探视权，你这是解决事情的办法吗？我看你分明就是嫌事情还不够乱！

周老太太不说话了。

过了一会，周老爷子又态度严肃地对周傲说：事情是你惹出来的，老人不能总帮你擦屁股，你自己想办法解决，是离是过，全都自己拿主意吧，我跟你妈年纪也大了，跟你操心了一辈子，你要是有良心，就给我们留点儿清净日子。

一席话，说得周傲无地自容。

陆家这边，也正在讨论此事。

陆爸爸态度明确：小染，这日子是无论如何也不能过了，这两天，我亲自找周傲他爸去，等你身体好一些了，就去民政局把事儿办了。

陆妈妈虽然也看不了女儿受苦，但思想毕竟传统：周傲认错态度挺诚恳的，如果你对他还有感情，不妨再给他一次机会，你快30岁了，再过个10年20年也就老了，人这一辈子就这么回事儿，等小傲长大了，你的任务也就完成了，周傲毛病再多，也不是十恶不赦，你现在觉得日子苦，但真离了婚，苦日子还在后头呢，小傲怎么办，他们可能放弃抚养权吗？

李纯在一旁实在听不下去了，一直以来，她都把陆妈妈当偶像在心中膜拜着，但两代人的思想差距还真是大得离谱，无论如何她都想不明白，为什么人从生下来开始，三分之一的时间要为别人而活，剩下的三分之二还得凑合？

她明白陆染是下了很大的决心，也明白陆染一旦下了决心，就不会轻易回头。现在局势很清晰，票数三比一，但这场离婚之战，路漫漫任重道远，李纯已经做好准备，无论前方有多艰难，自己也会站在小染姐身边，现在该是自己对陆染说"有我呢，不要怕"的时候了，自己失恋和辞职的时候，她都那么努力地帮自己。

这天，米亚又被刘美丽冷嘲热讽，也没心思再加班，早早地就打车回到了住处。蒋美颜好像刚起来不久，正在卧室里对着镜子贴假睫毛。米亚一进门，就把包甩在沙发上，边脱鞋边大声嚷嚷：气死我了！

蒋美颜才贴好一只眼睛，就赶紧从卧室里走出来，接过米亚手中的外套，一边帮她挂到衣架上，一边问：是哪个不长眼睛的，把我们小米宝贝气成这样？告诉姐，看姐不把他打成串糖葫芦才怪！

米亚看来是真生气了，对她的玩笑话无动于衷，转身坐到沙发上，跟她抱怨起来：你知道吗？我们公司那些小姑娘，个个86年的，用的都是LV、CHANEL，最可恨的居然是正品！

蒋美颜早就见怪不怪，但嘴上仍然附和着：我也最痛恨这些富二代了，自己没什么本事，一天到晚就知道烧钱！

米亚见她这么说，更来劲了：啊，你说实习工资才800块，人家眼睛都不眨一下，拼死拼活地干，下班男朋友开车来接最次的都是个奥迪A6，没男朋友的呢，人家自己有车，我对桌的刘美丽，她上个月生日，她爸直接送了台牧马人跟她说这是生日礼物不用谢了。

蒋美颜哭笑不得：我说小米，你怎么越来越像我了，仇富趋势直线上升啊。

米亚拿起杯子喝了口水，又重重地把杯子放到茶几上：对，我现在就是仇富，我就是赤裸裸的嫉妒！我恨我自己是个外地人在这里一没门路二没钞票，人家生活优越长相漂亮要什么有什么也就罢了，最可恨的是还有传说中的上进心！

蒋美颜刚要插话安慰她几句，她又像想到什么似的继续说：去国外呆一圈，甭管什么国你就是去缅甸晃悠一下那也算半拉儿海龟，这一游回来那身价立刻就不一样了，刘美丽好像大学都没读完，回来之后她爸好说歹说给她弄了个成教文凭，论长相她哪儿好看？比我多个鼻子还是多张嘴，顶多就是皮肤白点,瘦得跟筷子成精似的!网站居然首推她,给她做了一个专版,她平时就在论坛上晒晒货,我呢? 我都快成便利贴女孩了我!

蒋美颜知道便利贴女孩的意思, 前段时间刚看过台湾热播的偶像剧,里面那女主角就是个典型:召之即来挥之即去,平时大家做不完的工作全都会拜托给你,但无论你做了多少做得多好都不会换来一点感激,好撕不粘,没脾气。

米亚当然了解自己的行情,自己若是想在那个奢侈品网站立足,那就必须混进内部,首先跟大家打成一片,以刘美丽为首的那几个女孩,年轻多金又上进,人家不在乎赚多少钱只在乎实现了多少自我价值。

中午一出去逛街大包小包的往回拿,动不动就送主管 DIOR KISS 唇彩,还得补充一句是顺路看见发觉颜色很适合你,既得体又省去了拍马屁嫌疑,周末加班在 KFC 买蛋塔五、六盒地提,拿人手短吃人嘴软,转正指日可待。

这是米亚的第一份正式工作,她妄想帮大家多做一点事,至少能在老总面前混个积极上进,总不能砸了苏俊的脸面。

一到下班点儿,她的案头就堆满了大大小小的文件,陈某某约了男朋友上岛喝咖啡,刘美丽晚上要去三里屯跟新认识的法国佬切磋英语,李佳佳和赵鸣那俩大小姐手挽着手胳膊挎着胳膊去现代城那片儿吃饭扫货去了。

她刚刚过完 23 岁生日,便收到了妈妈亲手织的毛衣。当天包裹寄到公司前台,她站在角落里拆开,刚好刘美丽从身边经过,看到露出的毛衣一角,从喉咙里轻轻发出了一声哼,像只高傲的孔雀一样从她身边挺过,一面为了保持良好的家教一面又真心地表示不屑。

那一瞬间她狠狠地把眼泪和怒火逼了回去。

她还很年轻,但每次照镜子分明能看到眼睛周围清晰的小纹路,它们就那样明晃晃地立在那儿,叫嚣着示威着,让她不得不去正视自己分秒流失的青春。她觉得自己必须得抓住点什么,无论金钱荣誉地位还是爱情。

22.生活还得继续

基乐乐的个人歌友会,大获全胜。

庆功宴结束,苏俊送她回家,声音里止不住的兴奋:乐乐,谢谢你,今天辛苦了。

基乐乐报以一笑,又摇摇头,将瘦小的身体往后靠了靠。从比赛到成名,她足足瘦了15斤。起初是为了达到良好的视觉效果,每天在高强度训练下只吃一餐,晚上还要跑步两小时。后来档期越来越满,压力也随之陡然增加,情绪时好时坏,不上通告时便把自己关在房间里暴饮暴食,之后又懊恼不已,只能跑到洗手间将食物强行呕出来。一来二去,成了习惯。

上一任助理,是新星公司指派的,因为受不了基乐乐时好时坏的情绪,不到三个月就辞职了。出去跟媒体没少爆料,一时间,几家报纸先后登出基乐乐靠催吐保持身材的丑闻。苏俊花了不少时间,才让这条新闻冷却下来。炒作是很必要,但现在还不是爆丑闻的最佳时机。

眼下最重要的事情,就是为基乐乐物色一名可以信任的助理。

苏俊边开车边试探性地问:新助理感觉怎样,跟你还合拍吗?

基乐乐忽然眉头一皱,有些沮丧地说:没有默契,也许时间还短。基乐乐为人十分低调,说话向来简短精悍,虽然人气直线上升,但仍然谨慎谦逊,也很听苏俊的话,对于经济上的事,更是从来没有异议。

目的地已到,苏俊将车停稳,转过身问她:要不要通知公司换人,或者,你有没有合适人选推荐?

基乐乐忽然不说话了,思量了几秒钟后,回答他:有,我跟他联系一下,晚点给你答复。

说罢,跟他做了个拜拜的手势,跳下车,在茫茫夜色中渐行渐远,那背影,看上去有点孤单。

周傲从来都没有想过,陆染有一天真的会离自己而去。

他曾那么笃定地觉得,她被自己吃得死死的,即使多晚回家,她都会躺在床上等在那里。而现在,家徒四壁,面目全非。

他才知道,陆染对自己来说,究竟意味着什么。这一个多月以来,每天从父母那儿回来,他便从冰箱里拿出一打啤酒,只有喝得烂醉才能勉强入睡。奇怪的是,陆染不在,他居然没心思出去玩了。

以前那么吸引自己的事物,现在看来毫无意义。他甚至厌恶起镜子里的那个人来:一事无成,一名不文,而且,将生活搞得一团糟。以前陆染总嚷嚷着,一家三口去次公园,他今天推明天,初一推十五,一转眼的功夫,小傲四岁了。四年多,他竟然没陪他去过一次公园,没给他买过一件衣服。眼前的人,胡子拉碴,醉生梦死,也许自己压根就不配做陆染的丈夫,也不配做周小傲的父亲。

以前,他老是说自己没时间没时间,他的时间都给了麻将,都给了饭局,都给了那些灯红酒绿,五光十色。真可笑啊,当自己愿意为他们做些什么的时候,却已经再也没有机会了。

就在这天上午,陆爸爸将离婚协议书送到自己手里,他带回家,密封的黄色纸袋,上面写着周傲亲启,是熟悉的手写笔迹,只有短短的几行。

离婚协议书

我自愿争取周小傲抚养权,直至成年。我自愿离开你。

我自愿结束这段错误的婚姻,不再禁锢你,也不再禁锢我自己。

周傲,祝你幸福。

与其说这是一份离婚协议书,不如说是给他的绝笔信。他将这张纸蒙到眼上，声音从轻微的颤抖变作号啕大哭。他知道自己曾经拥有过什么，也清楚地感觉到，自己又是怎样将它们失去。

周傲本打算净身出户，只带走两个人全部存款的一半，两万元，为自己以后生活做个过渡。但周老太太在家里闹了好长一阵子，死都不同意。自己家当初可是投入了15万元啊，这几年大连的房价涨得那么狠，当初买房子的时候是5200块一平方米，现在保守估计也涨到7000块啦，一平方米净赚1800块呢！就算抛去建筑面积，只按实际面积算的话，也应该赢利10万了吧。

周老太太明确告诉周傲，离婚行，房子给陆染也行，但得拿回25万！而且，孙子必须到手，就算打官司，也得争到抚养权。

无论周傲和周老爷子怎么说，周老太太都把孙子看得死死的，幼儿园也不送了，整天在家里看着孙子，她心里想，只要手里有这张王牌，陆染总有一天得乖乖求饶，就算她真的铁了心想离婚，没有那25万，她也休想见孩子！

陆家父母几次上门，想协商此事。每次周老太太都拿身体往门口一挡，嘴里大喊：我看谁敢开门，谁敢开门，我就从楼上跳下去！周小傲被她吓得嗷嗷直哭。

周家两父子拿她也没办法，事情就这样僵持着，陆染的态度一天比一天坚决，他们越是把事情做得不留余地，她便越是心灰意冷。人被逼到一定分儿上，就什么都不怕了。

陆染天天往信阳律师事务所跑，是旅行社郑姐介绍给她的，她比陆染大几岁，大连本市人，信阳律师事务所的主任郑成义，是她的亲弟弟。也就是在这个时候，陆染第一次感觉到人脉关系有多重要，无论办什么事，只要找到人，就能平步青云，反之，比登天还难。自己肩上的担子压得她透不过气来，这是为人母后的本能，无论如何，她也要把周小傲夺回到自己身边。

陆家父母也全力支持,偷偷包了五千块塞给了郑成义。

这段时间,有很多人劝她:女人一离婚啊,日子难过哦,千万不能把小孩留在身边,二婚的女人本来就是打折商品,你再挂个小拖油瓶,还想不想再婚啦?

陆染表面上不说什么,但心里恨得不行,她忽然发现身边没有几个人真心盼着自己好,一旦出了点儿什么事,全都露出了狐狸尾巴。再婚?明明已经把自己摔成了残疾,还嫌不够惨,非要再跳一次粉身碎骨才罢休?

好在一家人步调一致,这些日子以来每天三口人加上李纯都紧密作战,陆清也打过好几次电话让陆染坚持到底,陆染感觉仿佛又回到了小时候,一家人睡在那间二十几平的平房里,没什么钱,但是每天都在一起,天天都能看到对方。想到这些她就有些心酸,她这么努力地往城市里奔,一年到头也回不了几次老家,这样的努力,就是为了和父母分离吗?

搬回父母处,周傲仿佛回到了单身时代,夜夜笙歌,不回来是常有的事。回来便带着满身酒气,进自己房间倒头就睡。经常三、五天不上班,人不知踪影。领导老杨已经找他谈过无数次话,周傲态度很差,一副死猪不怕开水烫的架势,领导一看小的谈不了,得,跟老的总能把话说清楚吧,直接把周老爷子请了过去。

但凡当过官儿的都明白这个道理,最在乎最讲的不就是个脸面?眼看着自己以前的老部下,升官发财,牛气冲天,坐在对面的周老爷子百感交集。

老杨表面上客客气气:老周啊,咱们都是多少年的关系了,在我心里你永远都是我的老领导,可咱们毕竟是国家司法机关,不是私营企业,谁说了都不算,我觉得啊,你回去还是该好好跟他谈谈,对不对,编制少是事实,跟周傲一批来的那几个小年轻儿,可都争着抢着表现呢,周傲,也该加把劲儿不是?

周老爷子脸上堆着笑,嘴里还叼着人家递过来的特供小熊猫,火都没脸点了。

都说男人 30 岁之前不为自己踢出一片天,30 岁之后就很难成大器了。光芒和锐气随着时光被磨平,结婚以后要养家糊口,为老婆为孩子为父母,肩上担子本来就比女人来得要沉,见周傲整天吊儿郎当死不上进,周老爷子又气又恼,恨不得像小时候一样提起来对他一顿猛揍。加上周老太太整天在家里闹,边闹嘴里边叨咕着,25 万,25 万,周小傲成天妈妈妈妈地喊,哭起来没完没了,周老爷子更是感觉家不像家,有好几次气得心脏病差点犯了。

这一天,刚进家门,电话又响了,周老太太和小傲都在卧室里,他只得将电话接起来,老杨的声音从话筒里传了出来:老周啊,今天找你不是说周傲没上班的事,是一件不太好说的事啊,你方不方便,到我这儿再来一趟?

一进办公室,老杨就阴着一张脸,招呼周老爷子:坐,坐。又从兜里掏出烟给他点上。先是客套了几句,然后便将一份诉讼书推到他面前。

周老爷子一看,顿时血往上涌,自己的儿媳妇,也就是陆染,一纸诉讼将周傲告上了法庭。而受理本案的律师,正是信阳律师事务所的郑成义!他曾经跟这小子打过几次交道,人精明能干,一双小眼睛总是滴溜溜地打转,在业内有不败神律之称。他心里也奇怪,这小子一般不接民事诉讼案,顶多混个几千块代理费,劳心不说,还不讨好。

还来不及深究,老杨便开口道:我说老周啊,咱们都是多少年的老关系了,以前你是我的老领导,我的老大哥,周傲就跟我自己家的儿子一样,你说是吧,这个事传到我这儿,我很意外,当然,这是你的家事,具体我也不便多问,院里的规矩你也知道,我今天叫你来,一呢是想让你们提前有个心理准备,二呢是想让你们回家好好商量一下,诉讼里写得很清楚,陆家可以将当初的 15 万首付款退还给你们,但前提是,必须放弃抚养权,周傲呢,属于咱们内部员工,真打起官司来,也得移交他院,这个事,我建议啊,不要闹大,周傲的编制问题,也就是最近的事儿,这个关口,凡事稳妥起见,稳妥起见啊!

周老爷子连忙点头:那是那是。他心里清楚得很,官司若是真打起来,对周傲相当不利。其一,索要 25 万元完全是周老太太的无理取闹,房产证上只有陆染一个人的名字,陆家就算真的抵赖毛都不给,周家也只能干瞪眼睛没招。其二,郑成义在业内神通广大,各区法院门路都广,这个官司如果真的打起来,自家胜算微乎其微。其三,周小傲未满五岁,女方是有优先抚养权的。

官司一打起来,搞不好鸡飞蛋打,既得不到钱又留不住人,他在法院干了这么多年,利害关系相当清楚。和老杨又扯了几句,他就告辞了,想赶紧回家商量对策。前脚刚走,老杨就把电话打给了郑成义:小郑啊,嗯,他刚走,放心吧,咱们多少年的关系啦,包在我身上,没问题……

周老太太听完,傻眼了,欲哭无泪。

周傲坐在沙发上猛抽烟,一言不发。

周老爷子低着头,面色凝重,时而叹上口气。

此刻,周老太太知道撒泼没用了,眼前的局势就放在那儿,孙子,钱,只能二选一。理智点想,钱总归是最实际的,以后用钱的地方还多着,周傲得贴着吧,以后万一再婚,方方面面都得考虑。孙子又跑不了,就算归陆染,以后总还是能看到的吧,再说,这是周家的血脉,流着周家的血,怎样都跟这边最亲。

周傲左右为难,眼看着变成这样,却无力回天。

一切的一切,怎么会被逼成这样的局面?

最终,两家同意调解。协议上写得清清楚楚:陆家退还给周家 15 万元房屋首付款,周傲每月支付 500 元抚养费,直到周小傲 18 岁为止,探视时间由双方自由商定,周家若是反悔上诉,陆家将终止探视权。

白纸黑字,法律生效。

陆家父母把毕生积蓄拿了出来,整整 15 万元,交到周老爷子的手中。

他接过钱的时候,整个人都有点抖,动了动嘴角,想说些什么,终究什么都没说出口。

当天下午,陆染终于见到了孩子,22天,母子分离,见面的那一刻,抱头痛哭,陆妈妈和陆爸爸过去搂住她们,李纯也跟着在旁边湿了眼睛。

去民政局的那天,李纯陪着陆染,远远地看着周傲朝她们走过来,一切就像梦一场。陆染有点恍若隔世,一时间脑海中两个周傲重叠到一起,一个是七年前的他,一个是七年后的他。

那天,他们都出奇的平静。走到民政局门口,周傲燃起一支烟,对陆染说:我第一次遇见你,是七年前的8月18日,没想到七年后,咱俩还是在这一天分手,你多保重,小傲有什么事,记得给我打电话,有什么用钱的地方,别不好意思说。讲完这段话,便转身向右走去。

陆染呆在原地,惊得说不出话来。生活已经将她折磨得忘记了时间,忘记了他们之间还曾有过那么多值得珍藏的记忆。她好像一瞬间什么都想起来了,又好像什么都想不起来。她只能眼睁睁地看着那个曾在自己生命中,起着举足轻重作用的男人,渐行渐远,消失不见。

而生活,还得继续。

23.爱的代价

信用卡一到手,米亚就迫不及待地直奔新光天地。

这几个月以来,自己的恶补起了作用,不仅了解了很多品牌,就连相应的品牌发展史也渐渐耳熟能详。

可越是了解得深，就越是抵抗不了它们的诱惑。时尚门里的人玩时尚，时尚门外的人被时尚耍得团团转，米亚全然不知，自己已经落入了这个巨大的陷阱里，仿佛一只奔着蜜糖的苍蝇，只惦记着那色泽芬芳的美味，一步步逼近，直到使自己陷入困境。

她终于明白了什么是人外有人，天外有天。以前觉得奢侈的东西，现在才发现那都是菜鸟级装备，像 ONLY，艾格这档的东西，赵米亚现在完全看不上了。一进商场，就直奔 JOYA，Misssixty，一条仔裤刷下来，两千块就没了。

米亚脚踩八公分高跟鞋，下半身被牛仔裤包得紧紧的，小屁股一翘一翘，上半身着一件桃红色小吊带，脖子上系一条银灰色大围巾，提着蒋美颜借给她的 LV 包。头发也是修过的，花了 1500 块在漂亮宝贝做了个光感拉直，阳光下一抖，像是从洗发水广告里走出来的一样。脸上擦着 CHANEL 的粉底，DIOR 的唇膏，优越感直线上升，仿佛每一个与她对视的人，都能识破她脸上那些胭脂粉末是哪个品牌，价值多少一样。

这一切，都是蒋美颜的功劳，论烧钱，她比谁都会烧。真正奢侈过，也真正潦倒过，人一旦失去某种生活又失而复得，就会拼命抓住机会，不想再次失去。她对苏俊的安排言听计从，万事俱备，只等赵米亚自己泥潭深陷。

像赵米亚这种人，她见多了。论姿色，算不上美女。论心机，既谈不上睿智，也算不得善良。论胆识，上不去，下不来，说得难听一点，就是既想当婊子又想立牌坊。

两个人刚走到 FANCL 专柜，导购嘴巴甜丝丝地就称赞起来：两位小姐气质真好，又有眼光，我们的产品全部日本直送，百分百无添加。手又放到米亚的头发上轻轻地摸了一把，笑得恰到好处：这发质也太好了，怎么保养的啊，远远一看就跟明星似的，你是香港人吧？

这几句话对米亚来说太起作用了，她从小就觉得香港是个很洋气的地方，做梦都想去香港看一看。导购见她笑逐颜开，赶紧疯狂地介绍起产品来，一口一个宝贝，亲爱的。

足足开了 3220 块，赵米亚才收手。导购跟在她身后说是要陪她一起去收银台，怕她找不到。实则是怕这条大鱼光说不练，半路潜逃。蒋美颜全都看在眼里，现在的小姑娘，尤其是做销售行业的，拉拢人心都有一套，动不动就亲爱的，亲，宝贝，第一次见面就能搂脖子抱腰，一副相见恨晚的架势，等你掏完钱包一走人，谁是谁亲爱的啊，转眼连你是谁都不记得。

米亚到收银台将信用卡递进去，小导购又跟她攀谈起来：亲爱的，你是外地人吧。

米亚点点头，说：你听出来啦？

小导购赶紧圆话：嗨，我也不是本地人，甭管北京话再难听，但人家这就是普通话，做得时间长了，慢慢也搞得一口京腔。我还是喜欢听你说话，像香港人，好听！

米亚的虚荣心得到了极大的满足，一边按照收银员的提示输入密码，一边朝她笑了笑。回专柜的路上，小导购又继续说：我就没有你这么好的命，出来逛街能随心所欲地买，你一定有个很爱你的男朋友吧，看你刷卡的姿势就知道。

小导购满眼笑意，米亚只好连连点头，到了专柜，她又放了几个小样进包装袋里，让米亚留下客户资料。服务到位，态度亲切，米亚感觉自己受到了女皇般的待遇。

和蒋美颜朝前方电梯走去。

看到她们走远，小导购跟同事聊起来：又搞定一个二奶，满口东北腔。

同事搭腔：看来你这个月收入又要过万了。

小导购会心一笑，看到前面走过来一位年轻女性，立刻冲出柜台，站到她身边说：小姐，你是香港人吧，气质真好，我们的产品……

婚姻就像一口深不见底的井，被困在最底端时，外面阴晴雨雪，仿佛都

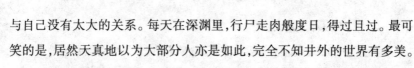

与自己没有太大的关系。每天在深渊里，行尸走肉般度日，得过且过。最可笑的是，居然天真地以为大部分人亦是如此，完全不知井外的世界有多美。

有朝一日，死里逃生般脱离了那个世界，才顿悟自己错过了多少良辰美景。现在的陆染，感觉自己就像有了第二次生命，看到窗外的蓝天会感叹世界真美好，看到新鲜蔬菜会感叹生活真美好，看到漂亮的衣服会感叹做女人真好。

而等她参透这一切的时候，已经是深秋时分，她人生中的第 30 个年头。

这一天，是她的生日。

自从认识周傲以来，她每一年的生日节目就变成了，和周傲的一帮朋友喝酒，美其名曰是帮她庆祝，实则只是找个契机想聚聚罢了。每次都喝得犹如烂泥睡死过去，还没来得及体味一下，自己就又大了一岁。实际上，她并不喜欢这种生活方式，大部分时间她都在迁就着，迁就到最后连她自己也忘记了到底想要什么。

30 岁的生日，只有她和李纯两个人。

先是跑到胜利逛小店，李纯一直都很喜欢去地下三层买饰品，她身材高挑加上天生品味好，总是能花最少的钱淘到最适合自己的东西，经过一番加工搭配，几块钱的项链也能戴出与众不同的感觉。自己则迷恋韩城，平时就喜欢看热播的韩剧，穿衣风格也热衷熟女风。两个人一路血拼，李纯买到了两条短裤，五件饰品，自己则大包小袋，要多畅快有多畅快，买完东西，便坐在云顶，一人叫了一杯冰橙汁，打发起时光来。

陆染不禁感叹：现在我才知道单身究竟有多好，想怎么买就怎么买，想几点回家就几点回家，再也没有人埋怨你不懂节俭，我刚生完小傲那一年，只要稍微回家晚一点，老太太电话立马就会追过来，简直是夺命连环CALL！他儿子几点回家那都是情理之中的事儿，好像女人从生下来那一刻就天生丫头命，时间一久，自己也跑偏了，逛街这么罪恶的事，哪敢干呀，俨

城市杯具

122

然回到了万恶的旧社会，天天勒紧裤带，那叫一个凄风苦雨啊。

李纯咬着吸管，笑眯眯地看着她：同志，欢迎你回到地球来，你就权当自己到火星一游，迷途知返组织还是会敞开温暖怀抱迎接你滴，鼓掌，撒花！说罢做了一个夸张的手势。

陆染隔着桌子打了一下她的头：死丫头，就知道跟我贫，不过，我这只迷途老羔羊，过了今天就整整30岁了，有时候我都疑心，是不是老天故意把表调快了几年，怎么一眨眼的工夫，自己就到了这个年纪了。

李纯接过话：没关系，小染姐，你虽然有一张78年的脸，但你永远都有一颗93年的心，趁着小傲被阿姨接回家这两年，你就好好挥霍大好时光吧，无数有为青年在后面排着队等你，还得看你有没有那个心情。

陆染摇摇头：得，一次失败的婚姻让我彻底对所有雄性动物都没了兴趣。

眼看着云顶外有几个男人走来走去，陆染将李纯的目光引到他们身上，继续说：你看，外面的这群，头脑简单，四肢发达，很不靠谱，满嘴胡话，光是看一眼，我都倒抽一口冷气，更别说重新接受一个男人了，接受一个崭新的男人意味着什么？那就意味着你得让他走进你的房，睡上你的床，占有你的人，霸住你的身，万一对方没有房，经济还不如你，你就得接受这个凭空冒出来的人在你的房子里用你的东西，教训你的孩子，而且满脸理所应当。

李纯目瞪口呆，将手指拿到陆染面前晃了晃：小染姐，我感觉从前那个蛮不讲理头头是道条理清晰热血沸腾的陆染又回来了，你这婚算是离对了，没白离！不过我就纳闷了，怎么多出个男人就好像多出一万件事来啊，其实仔细想起来，就是从一个人的生活变成两个人的生活，无非就是扯张证，怎么一切就都变了呢？

陆染一本正经：以前我也想不通，怎么一结婚生活就完全变成了另外一种局面，鸡飞狗跳，被牵着鼻子走上了呢。直到彻底离开这种生活，才发现婚姻和恋爱的本质区别。结婚前，你只要把自己的角色扮演好就行了，饿了吃饭困了睡觉，心情不好就小女孩样，哭一哭闹一闹。可结婚后，你就再也不是自己了，你的身份被一分为 N，你是老婆，是儿媳，是女儿，是妈。你要协调你们彼此之间的关系，要协调你和婆婆的关系，要协调婆家和娘家的关系，还要协调他和娘家的关系，俨然变成了一个谈判专家。你看过夹心饼干里面那馅儿没？结婚后，你就是，不仅双面夹击，而且还里外不是人！

李纯不可思议道：小染姐，我以前总觉得你脑子特乱，觉得你逆来顺受，没有主见，直到现在我才发现，你不是没有主见，你是在这种变形的高压下，对生活本身丧失了热情。我一直都觉得自己条理很清晰，直到小白从我的世界里忽然消失后，才发现我是身边所有人里，活得最傻的一个。有你这个血淋淋的反面教材摆在这儿，我如果再跳那才是真的傻透顶了。我只想过好现在，把每一天都过得有滋有味，不再去计划任何事，因为人永远都无法预言，下一秒究竟会发生什么事儿。

陆染静静地看着她，面前的李纯双手抱臂，神情逐渐从自如变做忧郁。她明白她的感觉，将她看得透彻。她这样一个对任何人任何事物，包括自己都充满怀疑的人，在那么孤注一掷地相信一个人的时刻，回给她的却是如此重重一击。她眼看着她被打倒，又是眼看着她一点点站起，拍落身上的灰尘，擦掉脸上的泪痕，狼狈地继续在自己的人生中挣扎过活。

她明白她足够强大，强大到真的能够装做什么事都没有发生，在自己遭遇人生重大变迁时刻一直在身边。她也明白，她以后仍然会坚强生活。但从此以后，她不会再相信任何人了。

而穆小白这个人，曾经在李纯生命中占去重大比重的男人，终于像风一般消逝在她永不能回头的青春岁月里了。

两个人一直在云顶说着话，直到夜幕降临，走出胜利广场已经快到晚上八点了，提着大包战利品，直接省去吃饭环节，在蛋糕店定了一只小小的

124

城市杯具

樱桃蛋糕,提着就跑到了钱柜。

一进包房,两个人就偷偷地把放在包里的啤酒,水果和零食摆在了桌子底下,这样即使服务生过来巡查,也根本看不见他们外带了食物。李纯把球鞋一脱,跳到了沙发上,陆染一看,也把高跟鞋踢掉,跟李纯疯了起来。

一首接一首地唱歌,专挑那种得拼了老命才能唱上去的歌,像《死了都要爱》,像《海阔天空》,唱完以后又专挑那种挤兑男人的歌,比如《姐姐妹妹站起来》,李纯还唱了一首基乐乐的歌,她和米亚都挺喜欢这个有个性的姑娘。

俩人疯累了,倒在沙发上喝起啤酒来。

李纯打开手中的易拉罐,跟陆染碰杯:小染姐,恭喜你恢复单身。说完,猛地喝了一口。

陆染也敬她:恭喜你死而复生,重出江湖。

如此反复下去,六罐啤酒很快就空了。陆染站起来继续点歌,翻到梁咏琪版的《爱的代价》,整个人都呆在那里,李纯走到她旁边,也看到了这一幕。结果还是点了,两个人都静静地拿起麦克风,跟着歌词唱:

> 还记得年少时的梦吗
>
> 像朵永远不凋零的花
>
> 陪我经过那风吹雨打
>
> 看世事无常
>
> 看沧桑变化
>
> 那些为爱所付出的代价
>
> 是永远都难忘的啊
>
> 所有真心的痴心的话
>
> 永在我心中
>
> 虽然已没有他……

陆染边唱边哭,起初很小声,后来就再也无法控制。李纯放下麦克风,

抱着陆染,不知不觉也泪流满面,两个人就这样互相拥抱着大哭起来。

为曾经那执著的自己,为在爱的世界里头破血流,狠狠挣扎,再也回不来的自己。

24.抽支烟吧

平常,她们两个生活都很拮据,根本不舍得出来消费,尤其在陆染买了房子后,月供周傲一分不管,陆染每个月至少要拿出 1500 块,家里再补一部分帮着还贷。虽然周傲以前也没帮上还贷的忙,但一离婚,陆染心里总觉得在经济上更加孤立无援。小傲一天天长大,眼看着就要上小学了,开销会越来越大,父母建议先把小傲带回木棉老家,老家那边的幼儿园每个月才400 块,等他到了上学年龄再回大连,也算帮陆染减少一部分压力。

李纯这边也为自己做好了打算,前几天米亚打电话来,让她不如去北京发展下看看,暂时可以住在她那儿。这段时间一直在忙陆染的事儿,李纯也没心思过问她,只听说她住在一个经纪人的房子里,当下就嘱咐她留个心眼,现在上哪儿找这种不用付出就直接回报率增长的好事?又找工作,又拿出一套房子来让她白住。

米亚觉得,如果李纯在她身边,在内心上多少会觉得有个照应,跟蒋美颜虽说关系不错,但总觉得少了点什么,大概就是这种心贴着心的感觉吧。给陆染过完生日,李纯也打算把房子退掉,自己转眼已经无业半年多了,坐吃山空,而且,人总不能既丢了爱情堡垒,又失了事业城池,她还年轻,还有很多梦想,她还没看到自己的梦想照进现实。但这时候去北京,她还真放心不下陆染,也就没有应允米亚,只答应陆染先搬到她那边住着,按一个月

500 块给她交租金，可真搬过去后，陆染无论如何都不肯要，说这是侮辱钱，李纯心里跟她越来越近，暗自庆幸在这个城市里还能遇见让自己如此温暖的人。

李纯一直都有个很好的想法，这几年大连的 PUB 仿佛雨后春笋，但多数都是以舞蹈、音乐为主的慢摇吧，再者就是书吧，咖啡吧，水吧。从学会吸烟以来，她就迷上了收集烟盒，只要看到没见过的，就会立刻买下来收藏。渐渐地，家里的三个抽屉都已堆满了大大小小的烟盒，有日本的，有法国的，有中国的，有韩国的，有美国的。身边的朋友也都知道她喜欢收集，还免费提供了不少，李纯有天晚上睡不着，数了一下，居然已经两百多个了。

开一间以烟为主题的 PUB，就叫"抽支烟吧"，初步打算在东北财经大学附近，那边的租金便宜又临近学校，生意肯定会慢慢变好的。格局她也设计好了，这幅蓝图无数次徘徊在她脑海里，地方不用特别大，有 100 平方米足够了，一进门就是一个特大号的烟架，上面摆满各种烟盒，下面放个大木箱子，全封闭的，开一个小口，只够把手伸进去那么大，里面放着淘来的漂亮的烟，这个盒子就叫"梦想潘多拉"，客人完全看不见里面的烟都是什么，只能伸手进去摸，摸到哪个算哪个。这是店里的抽奖环节，消费满 100 元就可以参与抽奖，而里面的烟盒里有些放着的是烟，有些放着的是人民币，有些放着的是卡片，卡片就是最大奖，可以实现客人当天免单的愿望。

往里走，就是围圈的大红色沙发，超级柔软，人一坐进去就会往里陷，沙发正前方放个投影，来的人可以随意放片子看，自带也成。旁边再放个书架，各种杂志各种大家喜欢的书都摆在上面，每隔几米，就有一个设计独特的烟灰缸，再打上"别让你的梦想灰飞烟灭"的标语，这里绝对会成为 80、90 后的乌托邦，大家在这里可以随意抽烟，喝酒，发呆，看书，看电影……在这个 PUB 里，没有任何闪亮的灯光，只有黑色的幕布做成窗帘，让天空看起来永远在黄昏和夜晚之间。

一过八点，演出开始。李纯打算找几个志同道合的女孩跳舞，有时候是

现在流行的 JAZZ，有时候就跳旧上海式的舞步。自己也能唱歌，只要有人听，她就一直唱。厨房里永远飘着香气，有咖啡香混合着三明治、意大利面、水果沙拉的味道，甚至可以卖炒饭，卖水饺。

盈利已经不再是首要目的，她清晰地感觉到时间飞转，变化太快，只想拼命地抓住一切机会实现所想。这个想法，她曾经跟陆染说过，陆染却并不看好，用她的话说就是：在后现代的路上虚无缥缈。现在的人关心什么啊，赚了多少钱，股票涨没涨，油价升没升，孩子学习好不好，老公有没有外遇，明星又曝了什么绯闻……你就算弄出一个这么舒舒服服的地儿，有几个人真有勇气往里进？还乌托邦，乌托邦那纯粹就是毫不靠谱的扯淡，理想？肚子饿得呱呱叫，看你还有没有心思理想。

但李纯不这么认为，她觉得为什么《读者》那种杂志卖得好，就是因为人无论物质生活有多好，都根本不可能忽略精神世界的进步。这个 PUB 一旦照进现实，那就是年轻一代的心灵鸡汤。再说，广告词里不也说了，一切皆有可能嘛。

反正都是短短几十年，谁规定就一定得活得循规蹈矩呢？

这个想法就一直在她的心里酝酿着，越来越大越来越真，急于破茧而出。离开房地产公司后，仍有联系的人就只有景佳了，她一直都很珍惜两个人的"患难狗血岁月"，这一天约在 KFC 见面，两个人聊着聊着就聊到了梦想，李纯把想法刚说出口，景佳就一脸羡慕：我说李纯，我觉得你活得特跳脱，跟你一比我好像山顶洞人猿猴转世，你这想法超好，我很有共鸣，可惜哥们我资金不足，要不好歹也入一回股，混个老板当当。我看我呀，这辈子也就这么点出息了，只能在相亲之路上一路狂奔，越跑越瘦。

李纯笑笑：你可别挤兑我了，我这就是一想法，能不能实现还两说呢。对了，你最近战果如何，有没有逮到一个半个能入法眼的？

景佳连忙摇头：现在的男人也不知道怎么了，难道母系社会即将回潮？

我前几天见了一个,还没等聊上三句,他就开始打听我的家庭情况,父母月收入多少,我的月收入多少,单位是不是事业单位,有没有养老保险。我说我们那是私人企业,丫一撇嘴就说,我妈让我找个事业单位的。我一听就来气了说,那你一个月能赚多少钱呀,那家伙目不转睛地看着我说,八百,税后的。我气得差点没当场身亡,就他赚那点钱,还好意思跟我说税后,谁用他税啊!

李纯笑得肚子疼:这哥们也太搞笑了吧! 不对啊,我记得你上次跟我说,你不是见过一个海龟吗,从哪儿游回来的?

景佳放下手里的番茄酱,满脸革命表情:你不提那个人还好,一提我浑身上下脑袋疼,开始丫洋洋得意,我一问他从哪儿归来的丫头都不抬跟我说韩国,我随口说我可不太哈韩,丫就急了,特别认真地跟我解释,他不是从韩国回来的,是朝鲜附近的一个城市,简称延边。我真是百般无奈,闻所未闻,我说什么时候延边也算国外啦,你给划出去的啊?丫说自己已经准备做海龟好几年了,现在仍在龟与不龟的路上徘徊着,先混到延边好歹和俄罗斯、日本、韩国混个临近。

哈哈哈,你还让不让人吃东西了,我这一口薯条算是活生生咽不下去了。李纯被雷得不轻,又说道:既然你屡战屡败,还不如把时间多放在提升自己上,现在这个班儿那个班儿那么多,要不你就报个英语口语,要么学学小语种也好。把时间都浪费到那些歪瓜裂枣上,你也不心疼啊?陆染现在可是后悔了,把时间放在事业上,好歹回报率还能混个50%,都投资到爱情上,风险高,小心到最后一开盘,只剩下0%。

景佳像想起了什么一样:对了,小染姐现在怎么样,没落下离婚后朝思暮想以泪洗面很不开心综合忧郁症吧,不行也让她跟我加入相亲大军算了,不过啊,哥们以即将26岁高龄、四年相亲血泪史敬告广大妇女,男人剩得越久越变态,想从这里面捞个能用的几率微乎其微。我前阵子还见了一个秃顶男,都35岁了,我妈同事介绍的,当时说得天花乱坠,一看本人我差点落荒而逃。秃顶男见到我的第一句话就是，你是我见过的第59位相亲对象，但却是59位里条件最好的，我高攀不起，说完便拂袖而去。我心里恨得呀，我长得漂亮还是我的错？我都没嫌他没毛，他还嫌我超出五官端正的标准了，真是林子大了什么鸟都有！

李纯做出无奈状：这病是你这位胡言乱语先生发明的吧，陆染现在好得很，吃香的喝辣的爱去哪儿去哪儿，以前总说自己年纪到了减不下来，从离婚到现在才多久啊，整整瘦了快十斤了，身材好得都能做减肥茶广告了。发愁的倒该是我，沉了这么久，我也该重返社会，为实现四个现代化努力奋斗了啊！

景佳怒哆：去去去，少跟哥装非主流。你就赶紧找工作，我就赶紧找男人，咱俩团结合作，紧密作战，加起来正好凑上事业爱情双飞！

两个女孩发出阵阵笑声，惹得周围人纷纷侧目。临走时，李纯又外带了一份套餐，这个时间，陆染肯定还没吃东西，说不准正在那台踏步机上做原地运动呢。

25.要命的信用卡

蒋美颜总笑米亚老土：你以为天下真有那么多有钱人啊？早多少年前，工薪阶层就人手一张卡，透支走天下，你可真是 OUT 了。

赵米亚满脸担忧：刷的时候是挺潇洒的，可刷完以后怎么还？你也不是不知道，我一个月赚的钱，都不够买一只 LV 基本款，我还得吃饭，还得生活，还得寄钱回老家。

刚进公司时，米亚计算得好好的，若按计划进行现在手里怎么也该有一万多了，可真应了那句计划赶不上变化快，直到现在，她也一分钱没存下。喜欢的东西太多了，每个月的计划购物清单少说也得几千块，照她这个烧钱速度，就是神也帮不了她。

蒋美颜撇撇嘴：你以为你当月消费 6000 块，下个月就得原封不动地还进去呀？真要有你这么多自觉的好市民，银行还跟谁赚钱去，人家赚的就是你这个利息钱呢！每个月只需要最低还款 10% 就行了，也就是说你这个月刷一万，下月才还一千加几十块的利息，这种消费方式，特别适合你们这些小白领儿。玩卡玩得好的，人家都一起办七、八张，这样刷起来才过瘾，以卡养卡懂不懂？老外都这么消费，哪像中国人啊，整天就知道存钱不懂得享受，人一死钱剩一大堆，攒了一辈子都是给别人攒的，没劲！

米亚听得两眼发直，第二天就让蒋美颜带着自己到建设银行和工商银行办了两张信用卡，她早就瞄上了刘美丽新买的那只包，公司里的 LV 粉丝都说它的皮质有一种特别的芳香，越是用得久，色泽就越漂亮，用李佳佳的话说就是：奢侈品的意义就在于，这辈子你买了一只，死后留给你女儿，你女儿死后传给你的孙女，你孙女做一下保养，照样用。

中午吃完饭，刘美丽和李佳佳回来得早，两个人坐在办公桌前聊了起来。

刘美丽神秘兮兮：你猜我昨天在秀水碰见谁了？

李佳佳狐疑：你没事跑秀水去干吗？不像你的风格啊。

刘美丽脸色有些难看，但稍纵即逝，很快答道：切，我没事去那干吗，我是被我一个铁磁拉去的，丫就迷恋 A 货，我们刚到不久，就碰见了王总监！

李佳佳一脸不屑：我还当是谁呢，碰见她怎么了，她又不是外星生物，至于这么大惊小怪吗？

刘美丽接着说：你知道什么啊！王总监前几天不是买了个三彩吗，当时我们都在场吧，眼见着她在专柜一刷，两万多就没了，当时把咱们几个羡慕得够呛。赵鸣回来就说，还是三彩漂亮，透着一股富贵之光，发誓有生之年肯定要搞上一个，但是我那天见到王总监……

李佳佳急了：你卖什么关子啊，赶紧说，到底看见什么了？

米亚假装在工作，刘美丽看了她一眼，又转过头来对李佳佳说：我看到她正在一家卖A货的店里跟老板谈价儿呢，要买的就是那天我们一起刷的那只！我觉得奇怪啊，赶紧跟我铁磁藏在角落，眼看着她付完钱离开，就赶紧钻进那家店里跟老板套起话儿来，老板说，那人是我们的老主顾啦，时尚总监都用A货，你就该知道我们的包品质有多好了吧！

李佳佳一脸茫然：真的假的啊？你可别拿我在这儿开涮了，啊，王总监先带领大队人马去新光刷一只正品，再跑到秀水刷一只A货，图什么呀？难道现在已经工作狂到如此地步，图个回家真假对比？

刘美丽气不打一处来：我说你是真傻还是假傻啊，王总监为什么带着大队人马去刷货，明显就是为了制造假象，反正大家都亲眼看见了呀。一转身，再跑去退掉，去秀水花个一千来块买个A货，这叫什么啊，典型的经济头脑，欺骗大众！

李佳佳捂着嘴巴，满脸鄙夷：如果这是真的，我还真是鄙视她，花不起那个钱，就老老实实装孙子。说完又朝赵米亚的座位上看了一眼，这句话，含沙射影，一箭双雕。

赵鸣刚好从外面回来，看见刘美丽就朝她走过来，边走边问：刘美丽，我托你带的包怎样了啊，都快十天了，也该到了吧。这笔钱我好不容易才从我爸那儿要来的，为了这一万多块，我是求爷爷告奶奶，我容易吗我。

李佳佳也赶紧接话：是啊是啊，我都跟我妈透支两个生日礼物了，你回头问问你哥哥，让他快点，这全公司的人都指你代购呢。

刘美丽赶紧安抚道：我说两位大小姐，我这可谓是全中国最便宜的代购了，分文不取还得整天受你们挤兑，我昨天问过我哥了，国际快递就这样，慢。要不我回头跟快递公司说说，让他们好歹也学学刘翔，提高提高效率？

米亚假装什么也没听到，在键盘上敲打着，网络那边的蒋美颜发过一句话来：别理她们，一帮提前进入更年期的小娘们，等改天姐帮你把她们全都返厂加工成植物人,看她们还怎么嚣张。

米亚笑了,又点开淘宝网看了看自己喜欢的那款包包,心满意足地陷入了幻想中。

这天,李纯回到陆染处,愁眉苦脸。

陆染赶紧从厨房里迎上前:别急着找工作,有我吃饭还能让你喝粥啊,赶紧洗手,炖了你最爱吃的排骨,你不吃我可全都吃了啊。

李纯倒了杯水,喝了两口:不是工作的事儿,是我一个同学,上个月才结的婚,当时我还勒紧裤腰袋送了 200 块钱,结果这个月,离了。

陆染笑:我听明白了,你是想起那 200 块钱,肉疼了是吧? 不过你这同学速度也太快了点,我自愧不如啊。

李纯站起来在客厅里转圈圈:放眼我身边这些 80 后小青年,以景佳为代表的一群大龄青年至今未婚,要么就是以这位同学为代表的一群早婚人士,早婚也就罢了,还闪婚闪离。根本体现不出我的投资价值,这 200 块钱估计还没在红包里焐热乎,两个人就把钱一分,各奔东西了。

陆染眼睛一转:哎,你别说,这是条路子啊,李纯,咱们不如开个公司,结婚离婚一条龙,婚庆婚别全包办。从两个人结婚一路策划到离婚,光结婚就全价,但结婚离婚一起来的话就打六折,生意肯定能火。

李纯大笑:小染姐,如果你以前是头脑简单,现在就是聪明大了,给个综合分,你短路了。这么馊的主意你也敢想啊,比我那个"乌托邦"还不靠谱,我那是积极阳光的理想主义,而且受众群不小,你这个就是落井下水的损人利己,唯恐天下不乱。

陆染一边去厨房看锅里的排骨一边说:我这个受众群也很大啊,现在放眼望去,离婚的同志遍地成群。就拿我来说吧,以前总觉得离婚是个天大的事,刚离那会儿也纠结,尤其是夜深人静时,总能想起和周傲以前的事。不过咬咬牙挺一挺,不也这么过来了,我这是鼓励广大女同胞,在逆境中要积极乐观地面对,是公益事业!

李纯跟进厨房,用勺子捞起一块排骨,放在嘴巴里,含混不清地接话:得,为了表示我对你宏伟事业的支持,这排骨我包了,小染姐,你手艺越来越好了,我都要被你养成小猪了。

而此时的赵米亚,正坐在床上,一脸愁容地看着面前的账单。

工商银行的信用卡当月消费4900元,建设银行的信用卡全部刷光,后来又在浦发银行和招商银行各申请了一张,按照蒋美颜的方法拆了它们补前卡,但很快这两张卡的账单又过来了,自己只能从薪水里拿出两千多块还进去。可圣诞节前各大商场都在争着抢着做活动,买300送600,买1000送2000,这种促销活动比比皆是。只要一逛街,米亚就忍不住继续刷卡,刷的时候心里总会想,没事,发了薪水再还上去就好了,大不了再申请两张,只要算好还款日,肯定万无一失。

就这么恶性循环下去,每天她都在刷了还,还了刷,不够刷了继续办卡的状态中苦苦挣扎着。

转眼,面前已经放了六张来自不同银行的消费账单,米亚感觉头痛欲裂,一脸愁容地坐在床上,仔细计算着还款额,不算还好,一算她更难受了,这六张信用卡基本上都被自己刷得差不多了,手里还有一张但里面只剩下不到两千块,这么算起来,这个月的最低还款额居然在7000块以上!

蒋美颜上班去了,偌大的空间里只剩下她一个人,环顾房间四周,堆满了最近这段时间的战利品,地上的两个袋子里,还放着没拆标签的衣服,一瞬间,她感觉烦躁异常,胡乱地将那些账单扫到地上,钻进被子里将头蒙了起来。

梦里,她看见自己被关在新光天地,周围全都是漂亮的包包和当季的新衣,她站在镜子前随意地搭配着,脸上挂着开心的笑容……

26.大牲口寓言

新年快到了,街头行人攒动,到处都洋溢着迎新气氛。

而李纯,仍在马不停蹄地找工作,这次面试她的,是一家中日合资服装公司,她应聘的职位是对外采购,李纯从小就眼光独到,加上这家公司经常有去日本学习采购的机会,她一直都想出国看看,苦于没有机会,一看到这家公司在招聘,立刻就发了简历。

采购部任经理坐在对面,仔细地端详着她的简历,又抬头看看她。这天,她着一条绿色短裤,黑色平底中性靴,上身同样是一件黑色短皮夹,系一条十分宽大的围巾,头发刚刚剪过,是当下很流行的蓬松短发。

任经理缓缓开口:李纯小姐,从你的简历来看,你完全没有本行业的从业经验。你的专业是舞蹈,之前的工作是房地产公司的文案,现在来我公司应聘对外采购,你凭什么让我相信,你能胜任这个岗位呢?

李纯答:凭我天生对服装的敏锐度,和我对本行业的一无所知。你一定比我清楚,任何行业做久了,都会进入一种固有的模式,被束缚住了手脚,这其实很不利于公司的发展。当今时代,大家都渴望不断的新鲜感,无论是从材质还是款式,都不喜欢一成不变。我是否能胜任,你完全可以当做一种投资,这种投资有风险,但无论结果怎样,都不会出现零回报率的情况,归根到底,您都是最终的赢家。

任经理面露赏识之色:本公司一向为新人敞开大门,我也愿意给李小姐提供一个平台,只是不知道你对薪资的要求是……

李纯回答:一介新人,岂敢提要求。

任经理看起来三十出头,平时为人也颇为幽默,他被李纯这句话逗得笑了起来:那好,按照实习工资,每月 1500 块,工作日每天十块餐费补助,如果没有异议,年后过来上班吧。

李纯原地立正,做了个敬礼的手势:是,长官!便笑着走了出去。任经理回到座位上,又拿起李纯的简历,对着照片端详了一会儿,便笑着将它放进了抽屉里。

吃完饭,两个人就收拾起回家要带的东西来。刚才回来的路上,陆染在电话里嘱咐她多买点塑封海鲜,买完海鲜,李纯又跑到玩具店给小傲买了个海绵宝宝。等把要带的东西全都装进去,两个人已经累得满头大汗。

提前好几天,李纯就跑到火车站去买票,队伍拉得好长,几乎快要排出门口,足足等了快一个钟头,终于有了跟售票员对话的机会,结果却被告知,坐票一律售空。没办法,陆染只好通过旅行社的关系,勉强拿到了两张大年三十下午到木棉的票。实际上,陆染是很不愿意欠这个人情的,好像自己很事儿妈的样子。不过为了能和父母、小傲相聚几天,她也管不了那么多了。

回家的当天,火车站挤满了人,火车一再晚点,李纯有点招架不住了,扯块破报纸,将行李放在脚边,就坐到了地上。陆染喊她:我们还是尽量往队伍前面挤一挤吧。李纯垂头丧气:反正有座儿,让我坐会吧,我都快要累死了。前面的长龙忽然移动起来,陆染赶紧催促:快点,动了动了,检票了。两个人赶紧将地上放着的大包小包东西提起来,拼命地往人群里挤。那天,仿佛大连市所有外地人口都出动了一样,有抱小孩儿一路飞奔的,有三五个学生组团儿跑的,陆染走在前面,身后背着一个双肩背包,旁边还斜挎一个,手里提着两大塑料袋海产品,李纯紧紧地跟在身后,拖着一个中号的拉杆箱,走到台阶处,恨不得变出翅膀。台阶上人山人海,两人不得不把箱子提起来走,一面还得看管着自己的包,年关,正是小偷们活跃的时候。

终于走下楼梯，看到车厢号码的时候，李纯倒吸了口冷气，面前正对着的车厢是三号，可口袋里的票分明写着28号车厢，这意味着她们上了车，还要讨人厌地走上一大段路程。因为人潮过于拥挤，不远处好像发生了踩踏现象，只隔着人群看了一眼，一个中年妇女坐在地上正努力地往起爬，她们也管不了那么多了，提着东西见缝就钻，终于挤上了车厢，一路就在"对不起，请让让"中狼狈地行进着，终于到了目的地，两人好像红军两万五千里见到革命曙光一样，把东西塞好后，倒在座位上大口喘起气来。

不一会，服务人员提着篮子朝这边走过来，里面卖的是李纯最喜欢的奶油雪糕，李纯浑身是汗，随口问：多少钱一个？对方答：三块。李纯赶紧摆摆手：不要不要了。陆染在旁边接过话：想吃就拿一个嘛，小染姐买给你。李纯还是坚持说不要了，目送那人走远，才假装在陆染耳边抱怨：简直是明抢，她卖的这个分明就是外面卖的小奶油雪糕嘛，活活翻了六倍，再说天这么冷，我就是随口一问，真要吃了不得感冒呀。

听着她的话，联想到自己目前的境况，陆染的心忽然酸酸的。

这段时间，李纯一直跟自己生活在一起，除了生日那天买了点自己喜欢的东西，也不过才两百多块，其他时间一直都不怎么花钱。有天陆染问她，明天吃什么呀。她想了半天回答，炒鸡蛋。陆染怕她亏了嘴巴，晚上九点多去超市买排骨，这个时间段的排骨虽然打折，但仍然很新鲜，买回来以后第二天放一些芸豆炖给她吃，李纯心疼了好半天，好像自己吃在嘴巴里的是金子一样。

吃完排骨，李纯就认真地嘟囔着嘴，对陆染撒娇道：小染姐，家里要是有只小狗就好了，还能吃剩下的骨头。

陆染说：得得得，你都要钻到钱眼儿里了，省钱也没这么省的，再说钱哪儿是靠省就行得通的啊，还得赚！

李纯点点头：那倒是，不过我还真希望自己能变成小动物，随便阿猫阿狗都好啊，吃得少，要求低，又不用穿衣服，不用交水电煤气，只要有吃有喝活着就好了,平时跟主人撒撒娇,日子过得多惬意。

陆染将碗里的剩菜倒进垃圾筒:那也得看是什么样的主人,万一摊上个虐猫的,看你怎么办。我倒想起一个故事来,给你讲讲?

李纯将腿叉在凳子上,连连点头。

陆染边收拾边说:有天上帝很无聊,就创造了一只骡子。上帝对骡子说,你要一天到晚不间断地工作,要驮沉重的货物,吃草,并且缺乏智商,你的寿命是50年。骡子一听吓坏了,赶忙摇头,这样活50年太多了,我求你让我活25年就够了! 于是上帝就同意了。

李纯听得津津有味,眼睛紧紧跟着她四处走动的身体。

陆染将盘子归位,又拿了一块抹布,边擦桌子边继续讲:上帝又创造了一只小狗,对它说,你要成为主人忠实的奴仆,保护他和他的财产,你只能吃到少量的食物,还要经常遭到拳打脚踢,你的寿命是25年。小狗一听当然不愿意啦,它求上帝只让它活上15年就好了,上帝点点头说,那好吧。接着,上帝他老人家又创造了猴子,对猴子说,你要像一个白痴一样在树上荡来荡去,你要让大家感觉你很滑稽,很可笑。你的寿命是20年。猴子害怕了,说上帝您行行好吧,我只活十年就满足啦。最后,上帝又创造了人,对他说,你是整个地球上唯一有理智的生物,你要用你的智慧去统治世界万物,你的寿命将是20年,人不满足啊,就求上帝,您把骡子拒绝的25年,狗拒绝的15年和猴子不要的10年都给我吧! 上帝同意了。

李纯一脸绝望:小染姐,我好像明白人为什么活得这么累了。

陆染点头:没错,这个令人绝望的寓言故事就是为了告诉我们,人只有头20年像个人一样活着,从20岁到45岁就只能像头骡子一样干活卖命,养家糊口,而45岁之后的15年里就像条狗一样守着自己创下的家业,吃儿女们剩下的残羹冷炙,而在人的最后十年里,也就是60岁到70岁,已经失去了理智,就像个猴子一样惹人笑。而这,就是所谓的人生。

李纯沮丧得要死:天,我那像人一样生活的前20年,还没品出个味儿来就一去不复返啦。小染姐，这么说的话，咱俩现在就是俩大牲口，只有不断地拉磨，才能实现自我价值！

陆染在后面追着赶她，在她的屁股上拍了一把：还不睡觉去，大牲口！

27.形式婚姻合同书

陈鸣这人一向谨慎得很，一拿到刘美丽托她哥从美国代购的包包，就立刻跑到专柜去进行对比，又上网反复搜索LV的真假对照帖子，还不解气，回到家后将她老妈所有LV都掏了出来，反复对照后，怎么看怎么像假的。她犹豫再三，也不好意思走到导购面前问人家到底是真是假，这种奢侈品专柜的导购拉出来一个都月薪上万，个个牛气冲天，好像你进的是他家里一样，恨不得拿眼神从头到脚把你一身行头的价格扫描清楚，如果科技有天能发达到这个地步，一过安检就能知道进来的客人身价多少，估计这些店员还得比现在嚣张上几十倍。

最后她还是把自己的疑虑在QQ上告诉了李佳佳，本来说给她，只是想让她给自己吃一颗定心丸，谁知道李佳佳发过来几个大字：你也觉得是假的？

一颗心差点没蹦出来。

转头看看刘美丽，正笑眯眯地跟谁聊着什么。

李佳佳的头像又在闪：我去LV发烧友论坛对比过了，很多可疑的地方，虽然包装上没看出什么，但这些东西想做假很简单啊，超A完全能达到90%以假乱真的程度。

陈鸣更紧张了：她最近买了好多衣服，不会就是羊毛出在羊身上吧？现在怎么办，就算拿到她面前，她也不会承认的，我们也没证据百分百肯定就是假的啊。

李佳佳说：真的假不了，假的真不了。如果她真敢糊弄我们，看我不撕了丫的嘴。

还没到午休，李佳佳就坐不住了，她从小就这种性格，快人快语，心里根本装不住事儿。三步两步走到刘美丽面前，说：刘美丽，为什么你哥帮我和陈鸣代购的包，连张发票都没有？好歹也让我们见识见识美国发票什么样啊。

刘美丽表情有点难堪：嗨，我还当什么事儿呢，发票啊，我哥肯定是忘记放了，等他回国的时候，我让他捎回来就是了，总不能为了两张发票再发个国际快递啊，一百多块呢。

陈鸣借机也走了过来，两个人齐齐地站在刘美丽身后。

刘美丽赶紧起了身，将声调提高：你们俩什么意思？啊，我算看明白了，你们俩这是在怀疑我了是吧？我好心好意想给你们省点钱，还给你们这些大小姐省出毛病来了？我明天就让我哥把发票寄回来，好了吧？

一时间，大家都把目光集中到她们身上。

刘美丽觉得面子挂不住，眼睛里含着泪，捂着嘴跑了出去。陈鸣和李佳佳互相看着对方，李佳佳喃喃地说：要么就是她演技太好，要么就是咱俩真的判断失误，错怪好人了。

接下来，连续三天，刘美丽都没在公司照过面，她们俩刚升腾起来的一点愧疚马上就被愤怒冲了下去，赶到楼下一问，刘美丽在三天前就跟人事部辞职了，当月的实习工资都领完了。

从此以后，陈鸣和李佳佳不约而同的，再也没有提过那只超A包，也不约而同的，没有再提过刘美丽这个人。

而此时，赵米亚感觉自己已经患上了严重的电话恐惧症，她已经记不清楚到底是什么行打来的电话了，里面的内容如出一辙：你当月消费多少多少,你这个月的最低还款额是多少,你什么时候能还款,我们马上就要结算了……赵米亚开始接起电话还礼貌性地客套几句,再找一些诸如最近实在没空你们行离我们公司实在太远了,我在外地出差啊所以没有及时还上的超烂理由,这种电话打得多了,她的头就开始疼了起来,索性不接了,直接把电话关掉图个清静,可这些债主又把电话打到公司进行狂轰滥炸,好多次她只要听到"赵米亚找你的"这几个字就毛骨悚然,当然也是假装过自己不在的,但假装的后果就是,客服会一本正经地转告给接电话的同事。

蒋美颜让她别怕,大不了再办几张卡,这两个月缓缓先少消费,实在不行就出去 A 男人的钱呗。赵米亚直到此时才觉得这样下去不是个办法,眼见利息越滚越多,傻眼了。办卡的时候蒋美颜完全没有告诉过自己啊,直到她跟客服查询利息怎么会这么多的时候,才知道从提款机里取钱,每天是要支付万分之五利息的,这么滚下去,将来要滚的就是自己了。

她怕得要死,尤其怕看苏俊的眼睛,上一次见他时,自己还很开心地为他展示了下最近的战利品,以此证明自己过得很好。可一转眼,就变成了这种境地,她实在不知道该怎么跟他开口。

跑吧,一走了之?刘美丽这种貌似有钱,实则永远也赶不上烧钱速度的空壳富家女都能为了几万块跑路,自己也没什么不可以的吧。可静下心来一想,她目前的局面和刘美丽完全就是两种情况,后者的踪迹对方一无所知,就算知道了也不能拿她怎么样,顶多把钱退回去就完了。可自己,拿什么来填这个窟窿呢?

头儿已经把自己叫到办公室里谈过了:你这样下去不是个办法啊,公司电话都成银行催款专线了。我也知道你们这些小姑娘喜欢 SHOPPING,但总得有个尺度是不是?尽快把事情解决,别影响其他同事办公。

米亚连连说是,头却疼得厉害。

蒋美颜是根本帮不上忙的,她是月光,李纯就更不行了,父母还指望自己接济,这个月的钱没寄,母亲在电话里的声音明显不高兴。每个人都在

追逐着自己的利益,让利益最大化,可是当自己的利益已经开始变成负数的时候,有没有人愿意将他们的分一点出来帮个忙呢?

最后,米亚能想到的人,只有苏俊。

这五万块对他来说,九牛一毛,可对自己来说,却比登天还难。她该以什么理由,什么关系问他借钱呢?

把他约到避风塘,米亚搅和着面前的奶茶不知道如何开口。

苏俊盯着她,用一种意味深长的眼神。

良久,他将一份莫名其妙的东西推到她面前。米亚接过来一看,是《形式婚姻合同书》。

她整个人都向后靠了一下,又直了直身体,用一种难以置信的语气问:这是什么?

苏俊直言:开门见山吧,我不想绕弯子。我可以救你出困境,你也可以继续住在那栋房子里,直到孩子出生。当然,你也可以不接受我的提议,但这意味着,你将一直陷在这种局面里无法自拔,你会因此丢掉工作,不停地被银行追债,一直无法清还的话,甚至要背负刑事责任,我也将收回这栋房子的钥匙,那样,你将失去你现在正拥有着的一切。

米亚整个人都傻了,思绪混乱,完全不知道该从哪句问起。还是苏俊把话接了过来:你一定很好奇,我是怎么知道这件事的吧,还有,我为什么会选择你。

他点起一支万宝路,看着她的眼睛,认真地说:我自幼出来打拼,见过太多人情冷暖,城市男女无非都是彼此有利可图,但仍然恬不知耻地打着爱的旗号。我见过了太多虚伪,到最后虚伪得想吐。既然大家都是各取所需,那就不妨抛开感情赤裸裸地拿到台面上说,这份协议写得清清楚楚,我会先给你十万定金,你可以拿这笔钱清理掉全部信用卡。然后,你要跟我回趟老家,摆一场酒宴,让我妈认为我们已经合法登记结婚,只有把她安抚稳妥,圆了老人心愿,我的事业才会更顺利。她一辈子活在乡下,却对我一无所求，只希望在有生之年能看到我成家立业。接下来，你要为我生个孩子，孩子生下来以后，我会给你 20 万，到时候你就可以拿着钱，彻底自由了。

米亚震惊地看着面前的这个男人，他的思路如此清晰，语气十分老练，那架势十分像一个敬业的谈判专家，可她仍然有种种疑问，定了定心绪，她问：为什么是我，为什么这个人偏偏是我？

苏俊忽然靠近她，用手指抬起她的下巴：因为我的事业喜欢你，因为命运齿轮告诉我，我需要你。

米亚有点想哭，她像想到了什么似的一跃而起：你这个想法，是从一开始就打算好的对不对？你接近我，让我搬到你家来住，一早就打算好了对不对？ 苏俊，你知道吗，你现在的样子让我十分害怕，这和平时那个温和亲切的男人根本就不是一个人！

苏俊笑了笑：一切都是命数，早就注定好的。何况，你又了解我多少？我说过，你可以选择接受，你也可以选择放弃。一时间，米亚只感觉天旋地转，一种被欺骗的情绪涌上心头，身体因为激动颤抖起来，她哭着问他：那我是什么？ 只是你苏俊坦荡事业中的一颗微不足道的棋子？ 有用的时候就借我往前走一步，一旦失去利用价值了就被一脚踢开？

苏俊在她的肩上拍了两下，拿起车钥匙：你以为，谁都有这个幸运会被选做棋子？说完，便潇洒地与她擦肩而过，只留下赵米亚一个人，呆若木鸡。

她连哭都找不到腔调了，只觉得头痛欲裂，事情何时便成了这般田地？

28.我拿青春赌明天

一进家门，小傲就迎上前来紧紧抱住陆染的大腿，陆染说了好多次：小

傲乖,让妈妈先把东西放下来。他都固执地不肯挪动一步,陆妈妈和陆爸爸只好把她手里的东西接过来放到旁边,又将她身上的包拿下来。陆染试图让小傲松手:小傲乖,妈妈不是回来了吗,妈妈给你买了好多你喜欢的东西,全都放在包包里,我们拿出来看看好不好?小傲丝毫不动,仰起小脸,将头摇得像拨浪鼓。陆染又问:你为什么抱妈妈抱得这么紧呀?小傲含混不清地回答:我怕妈妈飞!

晚上的时候一家人聚在一起包饺子,小傲坐在旁边的凳子上,拿着小面团捏着玩儿,玩着玩着嘴里就念念有词:不让我见妈妈不让我见妈妈,他们是坏人!陆妈妈边摇头边对陆染说:这孩子呀,动不动就能想起来,有时候睡到大半夜,整个人坐起来手脚比划着,边喊妈妈边哭。这段时间好多了,看到电视里好玩的动画片,也愿意跟着笑了。陆染的心一疼,看着小傲坐在凳子上,一边摇晃着身体一边捏着小人儿,稚嫩的小脸上还挂着一滴泪珠。她赶紧将沾染了白面的手在围裙上蹭了蹭,走到他身边一把将他抱起来,又递给陆妈妈一个眼神,示意自己抱他去客厅里坐一会儿,陆妈妈会意地朝她点点头,陆清见机也走到行李处,将回来时给小傲买的新衣服和玩具拿出来,递到小傲手中:小傲,看这是什么呀。小傲露出欣喜神情:维尼小熊。陆清哄他:喜欢吗? 你看维尼笑得多开心呀,小傲给小姨学一个它的表情好吗? 小傲止住忧伤表情,朝陆清和妈妈甜甜地笑了起来。

两姐妹会心地相视一笑。

稍后,一家人守在电视机旁看迎新晚会。一边等饺子下锅,一边跟着哈哈大笑。已经好久没有过这么开心的时刻了,陆染偎依在家人身边,感觉久违的快乐又回到了身体里,去年的这一天,她靠在周傲身边,当时在爆竹烟花中感受着爱人的气息,感觉自己是全世界最幸福的那个人。短短一年,今非昔比,自己的身边早不再有他的身影。

眼看着 12 点钟声即将敲响,家里的电话也开始响声不断,父母的脸上挂着笑,陆染陪着小傲在说着话。

而另一边,李纯却心不在焉地望着窗外,觉得有点寂寞,刚想着,电话连着进来两条短信,一条来自景佳:纯大美人,新年快乐,通报个不知是好是坏的消息,我要结婚了!李纯有些吃惊,再看第二条,是一个陌生的号码,只有四个字,新年快乐。不是句号也不是叹号,她望着这四个字发呆,怎么看怎么觉得,有一种欲言又止的意味。一查号码,是北京的号,难道是米亚?用家里的电话回过去,响了整整八声,对方没有接。又打到米亚的手机上,也是一片寂静,这个时候她应该在老家吧,也许爆竹声太响没听见。有点失落地放下电话,她给景佳回了条信息:你就别搂着了,心里乐疯了吧! 初七哀家返朝,到时候必将严刑逼供!

然后,跟着家人倒数:10……5……1……

新年快乐!

一时间,爆竹和烟花声更热闹地交织在一起。

李纯踩着爸爸的大皮鞋,从他手里接过半截烟,便跑了出去。家里在半年前知道自己吸烟,开始还劝她戒掉,后来慢慢就默许了,也就是从这一年开始,李纯发现自己已经被当成大人对待了,这也意味着,自己必须快些成熟起来,快点走进孩子们所不曾感知的成人世界。

她将爆竹点燃,一溜烟地跑远了些,二楼的玻璃窗上,映着父母慈祥的脸,她站在那儿,一瞬间恍若隔世,企图将这幅画卷完整地收进记忆之中,多年后,再拿出来翻阅,一定会为这一刻的美好感动得泪流满面。

此时,赵米亚躲在房间里,看着电话怔怔地发着呆。

她很想装作什么也没发生,接起李纯的电话说句新年快乐,顺便像以前一样跟她调笑几句。但此刻心情仿佛跌入谷底,她甚至有一死了之的念头。这一天,普天同庆,人人欢呼。蒋美颜在两天前也收拾好东西,拉着小皮箱回老家了。思来想去,她只能跟家里谎称加班回不去,才算逃过一劫。老妈等着她的年终奖金,家里及亲戚家那么多小孩,都以为她在北京混得很好,等着伸手跟她要压岁钱。年终奖加当月工资,全都还了信用卡,只剩下一千留做生活费。

自从那天和苏俊见完面后,两个人就再也没有联络过。撕破了脸皮,苏俊就再也没有必要对自己假装关心。她呢,直到现在也没办法给他一个确切的答案,她将自己关在房间里,连电视也没有开,开来干什么呢,看着合家欢乐触碰自己敏感的神经吗?

她难受得想哭,但挣扎了好一会,一滴眼泪都掉不下来。她又想起和苏俊当天在避风塘的对话,自己厉声问:你不是说过,有机会就包装我的吗,你说话不算话!苏俊缓缓地答:你真以为人人都能做基乐乐?我告诉你,在中国基乐乐只能有一个!直到那时,赵米亚才发现自己有多天真可笑,居然一心做着不切实际的白日梦,转眼两年时间就这样被自己蹉跎而过。

而现在,显然已经被逼到墙角。蒋美颜在那天听完她的叙述,便坐到她身边劝她:我以前就听过一个姐姐的故事,很是传奇。当年,她从农村老家去深圳打工,跟小姐妹一起进了夜总会,有时候人真不能不信命,当天晚上所有小姐都被点进包房,唯有她一个人,因为相貌实在太平凡,孤独地坐在那里。这时有个男人走到她身边,问她可不可以陪自己喝杯酒,她心想反正也无事可做,就随这个男人走到吧台边,两个人聊了起来。结果你猜怎么着?

赵米亚有气无力:嗯?

蒋美颜故意夸大动作:没想到这个男人竟是有名的玩具大亨,身价几十亿!按常理,男人都喜欢漂亮的女人吧,可这玩具大亨,阅人无数,莺莺燕燕早就看腻了,怎么看怎么觉得这姐姐另类,谈吐与众不同,当下就带出了场,包她做了小三。玩具大亨十分喜欢小孩,嗨,这姐姐也争气,一共才签了两年,就给他生了一对双胞胎男孩儿,当初说好的是一年200万,这下可好,增值了!短短两年啊,大亨就给了她5000万!后来听说她跑到上海,也干起了休闲会馆,现在早已是坐拥亿万的富姐儿了,今非昔比啊!

赵米亚看着她:是挺传奇,跟演电影似的,但这跟我有什么关系啊?

蒋美颜点点她的头:我说你是真不开窍还是假不开窍啊,我讲她的故事就是想告诉你,传奇就像鬼,相信的人多,见到的人少。你想想你自己还能有几年青春,30万是不能算多,但赵米亚,这北京城里有多少个女孩能像你一样,摊上这机会?机会来的时候你就应该紧紧地握住它,它跑你追,它在跑你在追,恨不得自己被拖地三尺,也得拼死把握住了!不过一年,生个孩子,钱就到手了,你有了这笔钱,完全能回老家或者换个城市重新开始,到时候你才24岁,你不说谁知道你有过这段儿经历?穿上衣服不还是清清白白?

穿上衣服清清白白,可脱了衣服呢?一旦走上了这条路,自己的灵魂,还有重新被清洗干净的机会吗?

她点起一支烟,又被呛得咳嗽了起来,一摸,脸上终于湿润了。

凌晨一点,她终于拨通了苏俊的电话,涩涩的:什么时候签协议?那边的声音仿佛志在必得:很好,你等我消息。说完,便挂断了电话,只留给她一串滴滴的声音。

赵米亚无力地垂下手臂,脑海里忽然闪出一句话:我拿青春赌明天。

她自嘲地笑了,在双眼模糊的空当想,蒋美颜说得对,不是人人都有机会去赌的。

29.月薪八千离异男

短短七天一过,李纯和陆染又马不停蹄地赶回大连。陆染特意赶在小傲睡着的空当,临走时,看着小傲熟睡的脸,几次强忍着把眼泪憋了回去,

小心翼翼地亲了亲孩子的脸,又摸了摸孩子的小手,眼看着时间一分一秒地流过,终于一狠心夺门而出。

李纯跟在她身边,安慰道:小染姐,再忍忍吧,十几个月很快就过去,到时你就又可以见到小傲了。

陆染将胳膊上的行李往上提了提,稍微将步伐放慢了一点:有时候,我真的很生自己的气,觉得做人太失败了!结婚这么多年,老公老公没留下,家混没了。朋友朋友没交下,身边的闺密都以为我现在单身防着我,生怕我跟她们老公多说一句话。父母呢,我更是没尽过一天义务,没赚钱赡养他们也就罢了,还让他们跟着操心。就是一直都当做心尖宝贝的小傲,现在也离得这样远,想见见不到,孩子无助的时候,我这个当妈的正躲在暖被窝儿里,一点儿都不知道。李纯,你说这世界上还有没有像我这么失败的人?

李纯心里一沉:小染姐,你可不能这么想啊,你记不记得,当初见不到小傲的时候,你觉得天都要塌了,现在不挺过来了嘛。好日子刚露头,你可不能气馁啊,真照你这么分析的话,我呢?我还不如你呢,刚工作就搞砸了,跟男朋友在一起四年,分手时却连他的面都没见到,现在还靠家里接济生活。你看你,看米亚,看景佳,哪个不比我强百倍啊。你省省吧,跟我比失败,你还差得远咧!

陆染被她逗得哭笑不得,挤出一个似笑非笑的表情,两人加快步伐朝车站方向跑去。

星巴客。

李纯坐在窗边,远远地看景佳朝这边小跑过来。这天,她身着红色大衣,头发弄得像个芭比娃娃,脚上踩着一双高跟皮靴。推开门,四处看了看,便朝李纯的位置走过来。一边将大衣脱下来,一边放好包,朝李纯说:哥们,行啊,我说你够速度的,我还以为得我先到呢,看样子你都到半天啦。说着便坐下来,又看到面前那杯咖啡,笑了起来:李纯,你不是中大乐透了吧,居然买大杯的焦糖玛奇朵给我。喝了一口又朝她说：正。

李纯催她：得了，你可别卖关子了，我这刚一到家就马不停蹄地赶着见你，就想知道到底是哪位仁兄这么倒霉，要跟景大小姐厮守终生。说到这儿，景佳脸色忽然有点难看：别提了，提到他我就浑身上下脑袋疼。

李纯不依不饶：那我倒更感兴趣了，到底是何方妖孽能把你为难成这样，真想见识见识。说吧，坦白从宽，抗拒也不能把你咋样。我就是想了解一下此仁兄身高体重年龄家庭成员薪资情况有无房车，你要是顺便把三围报了我也不介意。

景佳连喝咖啡的心情都没有了：好吧，那就听我痛苦地细细道来。你看见哥们今天穿的鞋跟有多高没？在这个基础上，能比我高这么多？景佳朝她比划着，大概能有个五公分的距离。

李纯安慰道：你这鞋跟儿怎么说也得六、七公分吧，照这么看来此仁兄好歹也有一米七五，算达标，做人别那么苛刻嘛，继续跟我八一八其他条件。

景佳又半死不活：眼睛吧倒不小，就是长得很像雪村，身材嘛倒也说不上胖，就是有点像熊猫盼盼，你想想一下熊猫盼盼的身体上架着雪村的脸，那场面能协调才怪。

李纯差点笑出声来：这也真够形象的哈！不过景佳，我觉得雪村不错呀，人家好歹也是一名星，再说了，熊猫盼盼多可爱，憨厚，你最关心的薪资情况呢？

景佳掏出化妆镜照了照，漫不经心地回答：刚过八千，勉强让我的婚后经济水平多出 150 块的消费额。房子不到 100 平，07 年购入，地段不算好也不算坏，人家发话说重新装修可以，但费用自理。也有车，但是老款宝莱，还是我最讨厌的蓝色！

李纯百思不得其解：听你这么说，这位仁兄的条件算不上十分合意，但也不至于十分恶劣。家庭情况呢，是独生子吗？

景佳继续半死不活地答:一父,一母,一狗,一前妻。

李纯分贝忽然提高:啊?

又环顾下四周,将音量调低,朝景佳凑过去,小声说:二手的?

景佳无比痛苦地点了点头。

李纯急了:你选择他肯定有你的道理啊?你到底喜欢他哪一点?

景佳一个字一个字地往出蹦:我——喜——欢——他——离——我——远——点。

李纯无奈:景佳!结婚这么大的事儿你可不能开玩笑啊!你不是跟我说日子都定好了吗,你现在后悔还来得及,这婚真要结上想反悔就不那么容易了,你看陆染那婚离得多费劲啊!

景佳忽然颓废地往后靠了靠:李纯,我累了,这些年看了那么多个相亲对象,看到最后连我自己都麻木了,哪有什么白马王子啊,就算真有也早让白雪公主给拐走了!你听听剩男剩女这词儿,从字面上想,那剩下的能有好的吗?我现在 26 岁,还有资格在一堆打折商品里拽出一个条件看上去还差不多的,将就着用一用。再过两年,我连扒拉着挑一挑的资格都没了,全都得等着人家挑我,最后还得嫌上一句太旧了。我可不想眼看着自己沦落到如此境地,到时候就真是身不由己,神都救不了我了。

李纯还不死心:你以前那些相亲对象,不都做备份了吗?实在不行就择优选择两个再联系着看看,我可记得有好几个比这位仁兄条件好呢。

景佳摇摇头:你还真当我是贵族血统限量奢侈品啊,这招我也想过,将电话打过去,要么对方早就不记得我了,要么就是委婉地告诉我已经有女朋友了,谁还能跟偶像剧似的真等你一辈子啊。

李纯不知道再说什么好,只能把手放在她的手上以示安慰。

玻璃窗下,两个女孩的脸陷进阴影里,谁都不再说话。

任兵将李纯带到部门向员工一一介绍,李纯的脸上挂着礼貌性微笑,脑海中迅速过滤着大家的姓名。

刚一落座，便给米亚发了条信息：哥们我终于从家庭宅女的身份中解救出来，又混上小白领啦！半晌，见那边没有动静，便回拨过去，里面传来熟悉的女声：您拨打的用户已关机。李纯心里嘀咕，奇怪，米亚已经快半个月没跟自己联系了，到底在搞什么东东？

见屏幕亮了起来，便搜索起QQ的踪影，想看看米亚在不在线。找了半天，都没看到，身后一个黑漆漆的脑袋不知道何时在自己的左方探了出来：嘿，找QQ哪？咱们公司不让聊这个，不过这也就是老总们一厢情愿，你赶紧下载一个，我教你怎么隐藏。李纯刚要搭腔，他便滑着凳子回到了自己的座位上。

这位仁兄，怎么看起来如此眼熟？

李纯不禁在心里思量起来。

原来他像的不是别人，正是前段时间风靡一时的熊猫烧香，想到这儿，她差点笑出声来。这熊猫好像后脑勺长了眼睛一样，又不知何时滑行着来到她身后：下好了吧？你按照我的提示登陆。等李纯登陆完又说：嘿，像这样，设置成透明的，任兵一过来什么都看不见，等他一走，你该聊聊你的。李纯心里感叹真是高科技，和领导斗其乐无穷哈。赶紧看了眼米亚的头像，黑黑的，又打开她的对话框，留了几句。一转身看到熊猫还在原来的位置上看着自己：美女，我帮你忙活这么半天，好歹也该给我个奖励吧？李纯赶紧应允：好好好，你想吃什么？熊猫调侃道：我都成什么惨样儿啦，还吃呢？方便的话，能把你QQ号码告诉我吗？

李纯有一瞬间的迟疑，和小白在一起的时候，自己曾在空间里记录了大量关于两个人的日记，分手后便再也没有触碰过，既舍不得删除，又不忍去看，QQ里呆着的都是和自己走得很近的人，空间一直就这么放着，也没上锁。李纯网龄数年，总结出这样一条定律：三等男人进空间，直接看照片；二等男人进空间，准四处乱转；一等男人进空间，关注的是心灵。据目测，像熊猫这种男性,能混上二等男人的头衔就不错了,于是便放心地吐出一组数字,熊猫终于心满意足地滑回座位去了。

给米亚留完言,又按照任兵的吩咐去了他交代过的几家大型网站,转眼就到了中午。三两个同事结伴往外走,熊猫又凑了过来:李纯同志,可不能这么废寝忘食啊,让哥领你抄小道儿迅速到达美食天堂,不知你意下如何? 李纯心想这熊猫还挺能贫的,嘴上客套道:不用了,我等会下楼买个碗儿面就行了。熊猫一听做出夸张的表情:让美女吃泡面? 简直是惨无人道,惨无人道啊!别犹豫了,跟哥走吧!李纯见他态度坚决,实在不好拒绝,便跟着他往楼下走。路过食堂,李纯脱口而出:咱们公司有食堂? 不如我们在食堂吃吧?熊猫一脸惧色:使不得,这可使不得。你是有所不知,我第一天来咱们公司,到了中午兴高采烈地跑到食堂点了俩菜,吃第一个的时候我震撼了,心想世界上还有比这更难吃的菜吗,吃第二个的时候我哭了,还真有啊。李纯被他逗笑了,两个人七拐八拐进了大盘鸡,熊猫立刻像投入组织的怀抱一样,对着菜单笑了起来。

30.婚姻聘用制

提前好几天,李纯就在李妈妈处先预支了 500 块钱,又跑到婚姻用品店选了一款十分可爱的红包,将礼金折叠好,小心翼翼地塞了进去。用黑色的签字笔在上面端端正正地写:李纯。又在右下角用很小的字补了一句:一定要幸福啊。

跟任兵请假,李纯忐忑不安,脑海里老是闪现出马大爷那张让人不寒而栗的大胖脸。谁知道任兵特别痛快地就应允了下来，李纯临出门时还听到他在身后嘱咐：帮我祝你朋友新婚快乐。这上司，要多体贴有多体贴，比马大爷好上不知道多少倍。又想到有一天大家坐在一起闲聊，说到打卡，熊猫便振振有词：嗨，这时代，一切皆有可能。网络游戏刚盛行那会儿，谁知道外挂是个什么东西，很快，外挂便层出不穷。为了还给玩家一个公平的游戏环境，很快各大游戏便推出了反外挂程序，嗯，刚出前几天是不错，但好景不长呀，搞外挂那帮人又开始反击了，破解反外挂程序一出，喜欢投机取巧的玩家又疯狂了。再说这打卡机，完全就是为了方便资本家剥削咱们这些劳动人民的产物吧。嘿，可谁想到这人能聪明到这个地步了，网上很快就有卖仿真指纹套的了，完全能代替真人打卡，一个才卖几块钱。等哥们哪天缺钱了，就各大公司找线人秘密兜售，一个涨它个五六倍，用不了多久咱就发了！

当时李纯一边跟着大家哄笑，一边不得不佩服熊猫的聪明头脑。心里想着这些片断，不知不觉就来到了富丽华门口，一进大厅，就看到景佳穿着白色的短款婚纱小礼服站在那儿，要多漂亮有多漂亮，也正是因为她太过漂亮，映得旁边的准老公更加黯淡。

李纯边走边假装打量景佳，实则早用余光盯起了那位仁兄：看起来年纪像是比景佳大出一轮，脸上架着一金丝边儿眼镜，在灯光的反射下严严实实地挡出了他那酷似雪村的大眼睛。李纯心想，叫仁兄看起来有些失敬，完全应该叫他仁叔才对。

景佳招呼完面前的客人进厅，转身看见了李纯，便兴高采烈地迎上来，给她一个熊抱。在李纯耳边小声说：怎么样，我没夸张吧？李纯一边朝仁叔礼节性地微笑，一边学着古代影片用唇语在景佳耳边小声嘀咕：你果然对得起我，一点儿水分也没掺，今日一睹仁叔风采，果然名不虚传！两个人又似没事儿人一样踱回仁叔附近，景佳一副小鸟依人做派依偎在他身边，李纯看得一愣一愣的。强忍着戳穿她的欲望，跟仁叔彼此寒暄一番，总算混进了场。

整个婚礼冗长无聊，台上的两人像两个活摆设任凭司仪差遣，轮到景佳母亲上台发言时，景佳忍不住哭了起来，只有李纯明白除去母女情谊，她的泪水中还有对母亲一直侩地想把自己嫁掉的委屈和埋怨。本来景佳打算让李纯当伴娘，但无奈表妹一直嚷嚷着要当伴娘混礼钱，景佳这才无奈地作罢。

李纯正百无聊赖，忽然被一只大爪重重拍了下肩膀，转身一看，马大爷正呲着一口大黄牙朝自己笑呢。李纯赶紧客套了两句，目送马大爷走到不远处，又看到曾经的同事正顺着马大爷手指的方向朝这边看过来，她便赶紧扬起手跟他们打了个招呼。

低下头看表，离下午一点还有十分钟，如果现在赶回去，还能赶上中午打卡。李纯赶紧寻找景佳，看到她正在不远处敬酒，便穿过人群走到她面前，将红包塞到她手里，小声说：哥们先行撤退，能多打一次卡就等于多赚一次钱，我现在算是充分理解什么叫打卡就是金钱了。景佳在旁边跟着笑，趁没人注意时问道：现在市价多少，还是一次50块？李纯神秘地笑了笑：新东家没那么黑，减半！

走到公司大楼前，就看见楼下停着一辆消防车。李纯快步走进门，刚好碰到保安，他神色匆忙地说：赶紧回去看看吧，咱们楼里有家公司着火了。李纯心里一惊，迅速跑到电梯处，刚准备将手指放上去，忽然想到防火知识讲座里说过要走楼梯，便一溜烟地朝楼梯处跑去。楼梯内已经烟雾缭绕，李纯掩面直上，走到四楼的时候别家公司的员工已经从楼梯上捂着脸撤退了。

跑进公司，同事们完全没感觉到发生了什么事，全都坐在原处忙着手里的活计。李纯直奔任兵办公室，迅速说明缘由，很快任兵便组织起本部门员工，又让其他部门负责人相互通知。员工们纷纷带着自己的物品从十楼一路跑了下来。

大家站在办公楼前,看着四楼某公司的火势正一路向上蔓延,消防车正奋力急救。

熊猫不知何时跳到李纯身边,手握成麦克风状:小姐你好,我是胡说八道 TV 的记者,请问能打扰几分钟,采访你一下吗?

李纯一愣,看大家全都朝这边看了过来,知道熊猫恶搞细胞又被激活了,索性配合起来:好啊。

熊猫一脸认真,俨然专业记者范儿:你刚才往回跑的第一念头是什么呢?

李纯脱口而出:打卡!我就是为了打卡才回去的!

众人哄笑。

熊猫假装窘态:呃……这位小姐,我们这里是直播节目,你看你能重新回答一次吗?

李纯重新回答:不好意思不好意思,我回答错了。我当时心里的唯一念头就是,我要救人!于是我噢噢跑噢噢跑噢噢跑噢噢跑,我跑啊跑啊跑啊跑……

熊猫抢镜到李纯面前,身体摇来晃去,假装面对观众说:多么伟大的女孩啊!虽然她身材渺小,但是内心却是如此的强大,在危难时刻,她首先想到的不是自己,而是还蒙在鼓里的同事们!

几名内部同事配合着鼓起掌来。

熊猫来劲了:这是什么精神?简直就是大无畏精神!原来在我们身边真有这样的平凡英雄。

李纯配合着点点头:不过我这么做,完全不是为了曝光率,我从来没想过要将自己的壮举公布于众。

熊猫会意地点头:我明白,要不是本台记者死命地非要采访你,此时你一定早已默默地消失在人群中……在节目的最后,方便跟大家介绍一下自己吗？

李纯配合起来：亲爱的观众朋友们我是……等等……记者同志，你刚才给我的草稿哪儿去了，我应该是谁来着？

熊猫一把将李纯推开，挡在她身前：观众朋友们，原来这位小姐在救人的途中被掉下的物体砸中了头部，有些短暂的失忆，我们先把她送到医院进行治疗，稍后本台记者会进行跟踪报道。

人们再次爆发出哄笑，俨然忘记了自己刚从火海中死里逃生。人群中，任兵站在不远处，正朝李纯微微地笑着，四目相对，又假装将目光移到别处，就像从未注视过她一般。

米亚长久地盯着天花板，一动不动。

她已经保持这个姿势将近一夜的时间了。

这晚，苏俊眼看着她签上自己的姓名，便一把将她抱起来扔到卧室的床上，单刀直入，姿势传统，时间短暂，像是程序般，很快便从她的身上爬下来，进了浴室。

从进这个门，到签协议，再到风一般离开，不超过一个小时。如今他们的关系已经明了到这般地步，就是多花一分钟在无用的事情上，苏俊也开始变得懒惰起来。

协议上，压着一张银行卡，如无意外，卡里应该有十万元现金。有了这十万块，赵米亚就再也不用担心那些银行账单，再也不用害怕在电话里听见那些催债鬼的声音，也可以光明正大地去公司上班了。可此时，她却一点都高兴不起来。

液体顺着大腿正向外淌，她厌恶地用纸巾擦干净，又狠狠地将这废弃物扔到垃圾桶里。

几天后，跟苏俊回老家，似摆设般陪他走街串巷，被那些没完没了的七大姑八大姨当做动物般观看。人前，她和苏俊俨然一对模范夫妻，他温柔体贴,她贤良淑德。苏俊母亲对此很满意,有一些时刻,她差点真把自己当成了那个农村老太的儿媳。但很快,便清醒过来,她和苏俊不过是形式婚姻,能支撑他们关系的不是感情,而是那30万。

傍晚,李纯和陆染卧在沙发上看电视剧,电话忽然响了起来,陆染顺手将电话提起,朝李纯看了一眼,说:她在,你等等。然后小声对李纯说:景佳。李纯一脸疑惑,景佳怎么知道陆染家的电话号码?来不及多想,那边的声音已经传了过来:李纯……他打我……呜呜。李纯大惊,从沙发上站起来:啊?景佳你先别着急,你人在哪儿呢? 景佳的声音被哭声搅得断断续续:李纯,你能不能跟小染姐说一下,我今晚去你们那边住好吗?李纯赶紧压住听筒,对陆染说:让她过来行吗? 陆染赶忙点头。

李纯刚放下电话,陆染便问:到底出什么事了?

李纯摇头:具体什么情况我也不清楚,只知道她那个雪村老公把她给揍了。

陆染叹了口气,仿佛想起曾经的自己,那个懦弱的一再忍让的自己。转身搬了把椅子进了卧室,从衣柜的最顶层拿出一床被褥,对李纯说:今天你们俩睡主卧,我睡小屋,等下我就进去看看书睡觉了,不然你们俩说话也不方便。

李纯站起来跟在陆染身后将被子接过来,点点头,又像想起什么似的说:小染姐,景佳怎么才结婚不到一个月就这样啊,看来婚姻这东西毒害性果然很强,腐蚀面过广,杀伤力很大。

陆染边往外走边道:以前啊我还觉得这是我个人问题,后来才发现婚姻在设计上就有诸多不合理的地方,老把两个人禁锢在一块儿,天天头对着头,脚挨着脚,就算跟吴彦祖结婚看两年也保准儿变成胡彦斌。要我说,婚姻啊,就该像现在找工作一样,实行聘用制。

李纯笑了:你没听过一句话吗? 哪有亲老公,都是临时工!

陆染继续说:想开了真就是那么回事,真该推出几款应对不同人群设

计的婚姻合同,感情还一般的就先签一年观察着看看,感情自认为还不错的完全可以尝试三年合同制和五年合同制,真对彼此自信过头的当然可以直接选择终身制。像景佳这种婚前对对方并不了解的,可以签试用期合同,试用期不过,就自动让他滚蛋!

陆染说得眉飞色舞,片刻后,才从书架上抽出本《瑞丽》跟李纯说拜拜:李纯同志,安慰已婚妇女景佳的重大任务就交给你了,我睡觉去喽!说完便得意扬扬地关了房门。

31.办公室恋情

景佳按照李纯给的地址打车过来,在门口按铃。

门刚一开,看到李纯便委屈地哭了起来,李纯赶紧把她让进屋里,安顿在沙发上,又倒了杯白开水,备好纸巾。景佳喝了口水,脸上的五指印还未消退,半晌才缓缓开口道:李纯,哥们我这次真的要废了。

到底出什么事了?李纯一边递纸巾一边问她。

景佳拿起纸巾在脸上抹了一把:我那本相亲备忘录,被他给发现了……呜呜。

李纯彻底明白了,别说他一个男人,就是自己第一次看见那东西,也被吓得不轻。她刚想厉声责怪她,又把话压了下去,几经酝酿后才脱口:景佳啊景佳,你让我说你什么好,那种带有毁灭性的东西就像定时炸弹,一不小心就能把你自己炸了。你不销毁想留个纪念也可以啊,放在娘家不就完了,非带去新房做什么呀。

景佳一脸委屈:前段时间一直在忙着装修,准备婚礼,我早把这事忘得一干二净。今天一下班我就冲进浴室洗澡,谁知道他心血来潮,非要帮我整理放在角落里的那个箱子,我在里面喊他说不用啦,喊了几声也没回应,我也没多想啊,还给自己做了个牛奶浴,围上浴巾走出来后彻底傻了,他正坐在沙发上怒气冲冲地看着我呢,旁边就放着那本我恨得咬牙切齿的——相亲备忘录!

李纯赶紧说:你跟他解释啊,把话说清楚不就好了!

景佳回她:我解释什么呀我?李纯,我现在彻底明白什么叫搬石头砸天了,这证据明晃晃地摆在这儿,我就是想狡辩都没有力气了。以前我总觉得找个比自己年龄大一些的是好事,知疼知热。现在才明白打死也不能找年龄差距太大的,真有代沟。听听他对我的形容词,什么水性杨花不知检点被我贤良淑德的外表所蒙蔽,俨然不像这个时代的产物!可不是知疼知热嘛,知道让我疼,顺便再给你来个买二赠一,送你个脸热!

李纯又问:那他人呢,你这么晚跑出来,他知道你来我这儿吗?

景佳一副豁出去了的架势:爱知道不知道,管他知不知道,人家打完我,摔门就走了,他不管我死活,谁还在乎他啊!

李纯看她一脸愤恨,觉得继续讲下去景佳只会更生气,赶忙将话题转移到别的地方,站起身来绘声绘色地讲:景佳,哥们跟你插播条广告,你知道吗,前两天真让我赶上了火灾现场,我心想,嗨,这种中大乐透的几率都让哥们赶上啦。以后真得买个便捷消防栓,随身携带,走哪儿喷哪儿,你不知道,当天的场面有多危险多刺激,我穿过人群一路小跑,差点没把鞋跑丢,我……

景佳的脸上终于浮现出笑容,从茶几上拿起一只橘子剥开,往嘴里塞着。

气温终于回升,走在大街上,李纯感觉整个人都不知不觉幸福了起来

刚进公司，部门同事就让她去任兵办公室一趟，推开门，任兵立刻感觉春风拂面，这一天，李纯穿了件红色的双排扣呢子外套，为了达到与众不同的效果，两排扣子全部是自己在小店淘来并手工缝制的。任兵上下打量了一番，感觉她这一身搭配十分得体，示意她坐到对面。

李纯，你来公司也有一段时间了，一切还习惯吗，有没有遇到什么困难？

李纯微笑：越是接触这个行业就越觉得自己实在渺小，不过我会努力学习的，争取早日跟上大部队。

任兵满意地点点头：最近公司有次去日本总公司交流学习的机会，每个部门拟定派两人，除去我这个名额，这次我想向上级申报你，你有时间一同前往吗，为期大概五天。

李纯惊得微微张开了嘴，朝任兵确认道：我？

任兵点点头：没错，就是你。

李纯慌忙说：可是任经理，我还是个新人才来公司不久，又在实习阶段，你跟上级领导申请让我一同前往，这合适吗？

任兵做出一个无所谓的表情：有什么不合适？你虽然资历尚浅，但对本行业很有天赋，相信多给你一些实战机会，你完全能在短期内进步飞速，对于本公司来讲，培养人才是义不容辞的责任，我看好你，也相信自己的眼光。

李纯终于放下心来，又拿出自己的杀手锏，原地起立跺脚敬礼：是，长官！

任兵笑着摇摇头，示意她可以出去忙了，看着她蹦蹦跳跳地走出门口。

回到座位上，熊猫便从身后探过头来：人逢喜事精神爽？有什么高兴

纯不理他，刚点开 QQ，就看到他的头像在闪：你今天下班

熊猫答：也没什么特殊的事，我家附近新开了一家牛排店，想约美女共尝美味。

李纯发了一个抱歉的表情：改天吧，我答应小染姐晚上回家吃饭。

那边不再说话了。

临下班前，李纯将要带的东西一股脑地倒进包里，无名指不小心碰到了桌上的玻璃，转眼就出了血，她用面巾纸将受伤的手指包裹好，便急匆匆地跑去排队打卡。

排在她身后不远处的熊猫眼尖看到了，挤到她身边：手怎么弄成这样了啊，我带你去附近的诊所包扎一下吧。李纯觉得他小题大做，连连摇头：不用了，小伤而已。幸好伤的不是打卡的这根，不然啊我这个月的实习工资就要全都贡献出去了。熊猫打趣她：没事儿，你要真伤到那根手指了，哥豁出去了买个指套，全天候24小时为你服务。

李纯打完卡便转身往下走，还没等她走出办公大楼，熊猫就在身后气喘吁吁地喊她：李纯，等会儿！一回头，便见他朝自己跑过来，将手里握着的创可贴递了过来：赶紧贴上，搞不好要感染的！有多久没被异性这么关心过了？李纯有几秒钟恍惚，只能怔怔地将创可贴接过，费力地用另一只手边夹着边撕扯着外包装。熊猫见状赶紧帮忙，刚巧被本部门经过的两个男同事撞到，其中一个阴阳怪气：哟呵，敢情你们在这儿现场直播办公室恋情呢！李纯一时紧张，解释道：你们别胡说。他们刚走远，憋得满脸通红的熊猫将音量提高：他们没有胡说！李纯，你真的一点都感觉不到我喜欢你吗？从第一次看见你我就喜欢你，你空间里的全部日记我都看过了，我知道在你的生命里曾经出现过一个对你很重要的男人，你是在刻意为他保留着位置，还是对我的喜欢装作一无所知？你可以不喜欢我，也可以拒绝我，但你不能拒绝我喜欢你，李纯，无论如何给我一个追求你的机会吧！

熊猫几乎一口气将这段时间一直埋藏在心里的话全盘托出，顿时感觉轻松多了。可面前的李纯却无论如何也轻松不起来,身体最深处的某些神经再次被触碰到,她恍惚发现原来这个位置已经被自己空了这么久,一直

162

不让人进来,是为了等一个人重新回到这位置上来吗?

回家的公车停在他们面前,慌乱中,李纯赶紧跳上去,只留给熊猫一句敷衍般的话:谢谢你的创可贴。便逃也似的跑到最后排,头都没有再回过。

直到感觉身后那个影子渐行渐远,她才终于松了口气,抚摸着那条还带有异性体温的创可贴,心里一暖。

一进家门,就看到陆染正从厨房往外端菜,边走出来边对李纯说:赶紧洗手吃饭啦,今天有你最喜欢的荷兰豆。李纯拖鞋还没换好,便跳着脚往餐桌边凑,用手指夹起一颗豆子放到嘴里咀嚼起来,又朝陆染嘻嘻笑着说:小染姐,你可真贤惠,手艺越来越好了。陆染将菜放下,一把打在她的手上:哎呀,别老像饿死鬼投胎一样,手接触一天电脑多脏啊,吃到肚子里全都变蛔虫。说完看到她手上的创可贴:呀,你手怎么了?要不要紧?李纯趁机装无辜扮可怜:陆染同志,你看我都要成残疾了,拿出你那观音菩萨再现的心肠,今天就饶了我,别让我洗手了吧!这招果然奏效,陆染拿了一包湿巾给她,便转身进厨房炒最后一个菜去了。

李纯正心中暗喜,放在沙发上的电话不合时宜地震动起来,打开一看,是米亚的信息:李纯,公司派我去法国学习,为期一个月,加上前段时间重感冒,一直都没跟你联系。我一切都好,一回国立刻就打给你。李纯一边嚼着荷兰豆,一边心想:行啊,米亚这小子终于在这家网站站稳脚跟了。赶紧把电话回拨过去,想亲口跟她贫上几句,那边又传来已关机的声音。

陆染将西红柿炒鸡蛋端上桌子,看见李纯正对着电话若有所思,问她:给谁打电话呢?李纯将电话放到一边,回到餐桌前:小染姐,我怎么觉得米亚最近有点奇怪呀,好像老在故意躲着我似的。刚才发信息给我说公司要派她去法国培训,前脚刚发完,我后脚再将电话打过去就关机了,她该不会

出什么事了吧?陆染觉得她有点神经过敏:你今天没吃药吧?我看你是疑心病又犯了,出国之前本来就有很多东西需要准备,既要办护照和相关证件,又要将手头的工作处理好,当然忙得要命,哪有空理会你这个天天衣来伸手饭来张口的超级闲人呀!

自从和陆染生活在一起之后,自己终于过上了"景佳式"的幸福生活,想到这儿,李纯搂过陆染在她的脸上啄了一口,陆染一边笑着一边假装擦口水,两个人有说有笑地打闹起来。

32.职场潜规则

米亚站在淋浴器下,将水流开到最大,狠狠地冲刷着自己的身体。此时此刻,她双手放着的位置,正孕育着一颗种子。今天清早,她用蒋美颜买给自己的试纸测试,上面清晰地浮现出两条明显的红线。这种号称怀孕24小时就能测试出是否怀孕的早孕试纸,被蒋美颜说得神五神六。

早就将自己床头的抽屉塞得满满的,每次只要苏俊一离开,她就会立刻跑进来,嘱咐米亚一定要记得测试,那语气架势仿佛比自己还要上心。每当米亚的话语稍微表现出一点气馁的架势,她便会在耳边立刻安抚起来。得知米亚终于怀孕,她就跟中了六合彩一样,先是替她将公司里的东西全都拿了回来,又替她去财务部领了次薪水。

日子便这样寂静下来。

其实她也不知道能将这事对李纯隐瞒多久,骗她说出国不过是缓兵之计,至于下一步怎么办,她真的还没想好,只能硬着头皮走下去。星期五,苏俊差人送来一些营养品和日用品，又单独交给米亚一张卡，每个月，她可以从里面支取5000元生活费。在未来的几个月里，她需要做的就是，定期去医院做产检，补养身体，静心等待检查结果。某一些时刻，她会有错觉，俨然觉得自己是被人疼爱着的女人，生活闲散，衣食无忧，甚至在心中生出假如这种日子能一直持续下去该多好啊的念头。

可现实一旦被还原，便会晃得她双眼生疼。前一刻自己还是阳光下那个和李纯嬉笑打闹的活泼女孩，后一刻就要背着亲人背着朋友背着全世界，在这个幽闭的私宅里为一个男人孕育美梦。

蒋美颜无数次举起手来，像模像样地跟她起誓：这件事只有天知地知你知我知苏俊知，你放心，无论如何我都不会把它公布于众，等孩子一出生，不管你选择怎么继续你的人生，我都会将这个秘密一直守在心里。

米亚听得眼泪汪汪的。

任兵一早就发来内部邮件，通知李纯上级对她的名额审核通过了，让她赶紧把工作往前赶一赶。李纯激动得差点跳起来，天哪，自己居然有机会出国啦？如果不来到这个公司，自己可能一辈子都没机会去日本看一看。她赶紧跑到走廊，跟陆染通报起来：小染姐，我通过啦！陆染连忙说：你这个HELLO KITTY迷到了日本还不得疯狂呀，别忘了打包个帅哥回来！护照方面需要我帮忙吗？李纯笑嘻嘻地说：不用不用，公司一手包办，我回家再跟你说。便匆匆收了线。

回到座位上，桌子上放着一只红彤彤的苹果，李纯下意识地往熊猫的座位上看了一眼，人不在。自从上次的表白事件之后，他再也没有跟自己说过喜欢之类的话，只是常有默默的关心举动，有时候是一杯牛奶，有时候是一块能量巧克力。李纯盯着面前这只苹果傻傻地看了一会，便赶紧投入到工作中。

回到家，陆染正在帮她整理衣服，将冬天的衣服收进柜子，又把春天要穿的衣服一一叠好。见李纯回来,便对她说:你呀,这衣服就跟人一样,简简单单,清清爽爽,清一色的黑白灰,数量太少。

李纯道:嗨,这叫重在质量不在数量,我虽然衣服不多但件件耐穿,再说我现在年轻完全不需要靠这个抬高品位。

过了会,李纯像个天真的小孩,歪着头又问:小染姐,坐飞机什么感觉呀,飞机什么样儿?

陆染笑:嗨,飞机能什么样呀,挺大个家伙,一边一个翅膀,原地跑到一定速度,唰地就飞起来了呗。

李纯又开始天马行空:假如将一辆汽车引到空旷的广场上,再给它装上翅膀,开到一定速度,它是不是也能腾空而起?如果我真的实现了此项壮举,定能被录入吉尼斯世界大全,哈哈哈,不行我得低调点,我说,名人该怎么笑啊,这样?这样?李纯一跃跑到镜子前,左照照右照照,脸上浮现出两朵红晕。

飞机腾空而起,李纯吓得连话都说不清楚,只能紧紧地抓住安全带。

为了近距离观看窗外风景,她特意跟任兵换了座位,如今却连眼睛都不敢睁开,只觉得头晕耳鸣,整个人向前倾斜着,不一会就睡着了。

前后左右都坐着本公司员工,小声地交谈着。飞机起飞十几分钟后,空姐来发飞机餐,任兵帮李纯拿了一份,前面两位男同事没吃晚饭,一会就将自己那份席卷一空,转过头看到任兵面前有多余的食物,不由分说地抢去,朝任兵说了句谢了。转眼,李纯的飞机餐就进了两人的肚子。

飞机遇见气流颠簸起来,李纯被晃得坐直了身体,看到任兵面前还放着一只小面包,肚子饿得咕咕叫了起来。任兵见状赶紧将面包递过去,李纯一边往嘴里塞,一边含混不清地说:任经理,你人可真好,哪来的面包呀?前面两位回过头来,其中一个说:任经理怕你饿,刚才在机场大厅买的。两个人相视一眼,哄笑起来。

近三小时后，飞机降落在东京成田国际机场，所有人都呈龙形向外缓慢移动，李纯站在队伍里，心想科技真发达，几小时前自己还站在祖国的土地上，一眨眼的功夫就来到了异国他乡。照这个局势发展下去，没准儿以后旅行社都会推出月球一日游，火星七天行的优惠活动。说不定，有一天时光隧道打开，人们可以在年份器上随便输入自己想要回到的那一年，甚至可以精准到某月某日某时某分。如果科技有一天真能发达到如此地步，自己会回到哪一刻呢？

她的心里忽然一紧，闪现出一个人的面容。

坐上总公司派来的车，李纯感觉神清气爽，一路上仔细地观察着外面的风景。这晚，他们下榻在附近的全日空机场酒店，领完房间牌，任兵便嘱咐李纯早点休息，又跟她交代了一下明天的日程。

一进房间，李纯整个人便呈大字型瘫倒在床上，双眼在屋子里四处扫射起来，心中暗想：这酒店和中国的也没什么区别嘛。不一会，便眼皮发沉睡了过去。

她开始做梦，梦中的人有一张明媚笑脸，他们手牵手，握得很紧，仿佛在细细地交谈着什么。顷刻，两人开始朝前奔跑，大汗淋漓，忽然面前只剩下笔直悬崖，那人纵身一跃，和自己挥手告别，她努力去拉对方的手，却只握到一片空气……

猛然惊醒。坐直了身体喘着粗气。

听到力度不大又持续的敲门声，李纯赶紧整理下衣服，边朝门口走边问：谁呀？

对方答：是我，任兵。

李纯赶紧走上前去，将门打开，任兵看起来十分清爽，似乎刚刚洗完澡的样子，还未等李纯开口，整个人便朝她反扑过来，不由分说将她的身体拖拽到床边，嘴巴在她的脸上胡乱吻着。李纯被这阵势吓呆了，用含混不清的声音说：任经理，你再这样我要喊人了！任兵听完这话整个人变得更放肆起来:李纯,你不是第一天出来工作吧,职场规则还用我教你吗？李纯想用缓兵之计:你已经结婚了有老婆有孩子,我也有男朋友,我们根本就不可能,请你对下属保持点起码的尊重,行吗？任兵愣了一下,随即笑着答道:谁想跟你长远发展？难道你一点都不寂寞吗？说着手开始肆无忌惮地在她身上游走起来,李纯像是使出了浑身力量,狠狠地挣扎着,又用腿胡乱地在他身上踢着,却被任兵一个反攻压得更紧。

看来想要挣脱他,只能智取,她开始假装软下来,对任兵的亲吻不再反抗,任兵心想,女人都是一个德行,又加大马力用舌头探开她的嘴,李纯趁机狠狠地咬住他的舌头,任兵痛得大叫起来,赶紧弹起身体站到地上。

李纯坐在床边,衣衫不整,眼神中充满了不容侵犯。任兵站在对面,良久说不出一句话,只能捂着嘴巴,仓皇而逃,临走时狠狠地扫了她一眼:算你狠。

他刚一离开,李纯便赶紧跑到门口,将门彻底反锁起来,又确认了好几次。这个本该美好的夜晚,被任兵的过火举动全部搞砸,她刚刚构建起对未来生活的美好向往,全部都随着他的肆虐灰飞烟灭。

李纯颓然地蜷缩在床上,怀抱双膝,泪如雨下。

33.全是哥业务

一切似乎都在情理之中,之后的几天,任兵看上去就像什么都没发生过一样。可李纯无论如何,都没办法让这件事过去,面对任兵的时候总觉得他人面兽心,十分猥琐。除了必要的工作交流,无论其他同事去哪里游玩,她都将自己反锁在房间里,不发一言。

她曾用蹩脚的英文问过前台怎么拨打国际长途，好不容易学会了，拿起电话的一瞬间却又没了心情，打给谁呢，陆染，景佳，米亚？打过去说什么，说自己被顶头上司非礼后心情不好到极点，甚至想一走了之？她说不出口，即使说出口事情就会有什么改变吗？何况，结账时被上级发现多余账单，于公于私都并不是好事。

只有最后一天在东京市区购物，她才总算开心了一些，跑到药妆店买了一些护肤品，没来这边前就在网上听很多女孩子说，来过药妆店的都想把它搬回家，这里简直是女孩子的购物天堂，东西不仅便宜，而且品种众多，直看得李纯眼花缭乱。

想了想又跑到附近的和服店给陆染买了件印有粉色荷花的简易和服，她把自己能使用上的语言加手脚，终于和老板沟通成功，花了将近三百块人民币把那件十分漂亮的和服拿下。直到后来李纯才知道，其实在日本，真正的和服十分昂贵，穿戴方式更是繁琐，一般女儿出嫁的时候，妈妈都会将它作为嫁妆，一件正宗的和服售价在几万元甚至十几万元人民币不等，听得她直咋舌。

返程的飞机上，李纯再也不似来的时候那般愉悦，仍然换了座位，这次却是和前排的同事，她坐在最外面，一路上微闭双眼。无论是窗外的云层还是前几日一直梦想着见到的樱花，如今在李纯心里都变得毫无吸引力，她只想飞机快些降落，赶快逃离这里，逃离那双赤裸裸令人头皮发麻的眼睛。

休息一日后，回公司上班。

熊猫看见李纯，不知死活地在 QQ 上问：东京好不好玩？去迪斯尼没有？

李纯只回给他冰冷的三个字：没兴趣。

稍后接到任兵的内部邮件，让她迅速去办公室一趟，她捏了把汗，让自己镇定了一下才迈着缓慢的步伐走了进去。

任兵一脸只谈工作不谈其他的表情：李纯啊，你来公司的这段时间，我个人对你的能力以及表现十分满意，尤其这次去总部的交流学习，在很多细节上你都处理得非常好，本公司十分需要你这种既有天分又肯吃苦耐劳的年轻人，我已经向上级申请让你提前转正，等下 HR 找你谈话，你一定要表明自己的立场，主动要求加薪。你涉世未深，可能对公司的情况还不了解，如果一开始不努力将基本工资提高，以后升职加薪对你来说都会是不小的阻力。

李纯朝他点点头，不肯开口。

他又接着说：这几天我一直都想找机会跟你说，上次的事儿很抱歉，我这人平时不胜酒力，那天晚饭喝了点酒，如果有冒犯的地方，希望你能原谅。

李纯心里一动，但仍是点点头，一句话都没说。

任兵挥手：好了，去吧。李纯，你是个不可多得的人才，祝你好运。

她在心中问自己，可以因为他这席话，就将他原谅吗？久久没有答案。

清晨，李纯正准备穿衣服出门，手机响了起来，她翻开一看，号码来自人力资源部，将电话接起，HR 礼貌又职业的声音传进耳朵：李纯小姐，你好，经过本公司近两个月对你的考察，认为你在实习期间表现突出，有较强的可塑性，提出的很多采购方案也很有建设性意义，本公司认为你将来会有更好的发展，经上级领导研究后决定，你未通过试用期。请于三个工作日内到财务部结算你的薪资，并将自己的物品带回，因本公司流动性极大，超过三个工作日将不再为你保管。

李纯简直不相信自己的耳朵，追问道：你没搞错吧？昨天任经理和我谈话的时候还告诉我，说我很适合这个职位。刚才你也说我对本公司做出了很多贡献，我很难理解，难道本公司一向都是如此对待你们眼中优秀员工的吗？

HR 继续回答：是这样的，因为本公司觉得暂时无法满足李纯小姐提出的薪资要求，所以才希望你另谋高就，假如还有什么不明白的地方请直接与你的部门经理进行交涉好吗？我这边还有很多工作需要处理，再见。说完，便挂断了电话。

李纯站在原地，恍然大悟，心中怒火燃烧，狠狠地踢了一脚面前的垃圾桶。

事情到了这个地步还能说什么呢？姜不愧是老的辣，任兵这一招，快准狠，杀人于无形之中。

李纯感觉沮丧极了，就像活生生吞进了一只死苍蝇，既屈辱又恶心。她无处发泄，在屋子里来回转圈，这件事当然不能告诉陆染，以她的性格必然会杀到公司跟任兵大闹一场。米亚此时已经身在国外，思来想去还是将电话打给了景佳。

趁午休时候两个人在景佳公司附近的茶餐厅小聚。

本来李纯并没打算把这件狗血的"潜规则"事件告诉任何人，想着自己忍一忍总会过去，纵使见面会有尴尬，但为了长远打算还是决定息事宁人。没想到任兵居然赶尽杀绝，她实在气结，胸口仿佛被放进了一颗炸弹，时间正以光速飞速前进，如果不马上清除就会将自己炸得粉身碎骨。

李纯一边迅速地搅拌面前的奶茶，一边跟景佳将事情的全过程复述了一遍。景佳一进来就看出她心情不好，直接坐到了她身边。听完她的叙述，拍拍她的肩膀，安慰道：哥们，不是我说你，人在江湖漂，哪有不被潜？现在这社会，不怕被潜，怕的是人家不爱潜，潜你，证明你有被潜的资本，有多少人想混个名额都混不上呢！

李纯没听出这是安慰话，更生气了：你存心挤兑我是不是？我就那么不值钱，为了个工作就任他摆布？这种事我干不出来。

景佳有点着急，话语脱口而出：身体是小，饿死事大！赤裸裸的现实问题摆在这里，生活永远是排在第一位的！生活质量都保证不了，你再有自尊再有骨气，喝西北风就能喝饱啦？李纯，不是哥们落井下石，你这性格若是往后倒退个十年八年，没准还能混个正直本分，可放在现在这个环境里很难游刃有余。要么你就牛叉点潜生活一把，没这本事就只能等着被生活潜。职场就像一个五光十色的大魔方，你永远不知道转到你这边的是什么图案什么颜色，无论给你的是什么，你都只能有两个选择，要么欣然接受，要么转身离开。

一席话说得李纯更加沉默，她停下手中的动作，呆呆地盯着同一个地方。

景佳意识到自己说得有点重了，赶忙将手放在她的身上摇晃起来：哎呀，李纯，你可能误会我的意思了，哥们说话一直不就这样嘛，你别往心里去，看在哥们舍身陪你让打卡去死的份上，你就别跟我一般见识啦！

听她这么说，李纯赶紧抬起手腕看看表，早就过了下午一点。心里有点难受：我不是生你气，我是在生自己的气，你说得对，人得学会适应这个社会，不能总等着让它来适应我。我是谁呢，凭什么让社会来适应我？这种感觉就好像在坐升降梯，一直把你升到最顶层，啪的一声，电梯坏了，根本不给你时间反应就急速下降，直接把你摔到地上。疼，真疼，疼得我连哭都找不到腔调。但是，景佳，我想我从地上爬起来看着面前的两条路，还是会义无反顾地选择自己认为对的那一条，然后坚定不移地走下去，这就是你认识的李纯，死性不改的李纯。

景佳怔怔地看着她，眼角泪光闪闪，她心里佩服她的勇敢，但却深知自己永远也成不了她。只能给她一个大大的拥抱，一切尽在不言中。

良久，李纯将她推开，又看了看表：好啦，咱们又不是在拍悲情剧，搞得苦大仇深的，反正这50块钱也没了，不如我们逛街去？

景佳点点头：去哪儿？

几秒钟后，两个人不约而同脱口而出：去胜利！

随即爆发出一阵没心没肺的笑声。

青春多好，永远可以在大哭一场之后，选择重新开始。

晚上刚进家门,熊猫的短信就跟了过来:病了吗,今天怎么没来上班?

将手中的战利品放到地上,思量着该怎么回复,想不出来要说些什么,索性把电话关了。陆染还没回来,李纯心血来潮,不如今天自己也当把大厨,为陆染服务一回?

说干就干,先去百度找了没做过的新菜谱,开冰箱,切菜,备料,又跑到楼下将家里没有的菜买齐,一切准备就绪。QQ上熊猫的头像又摆动起来:你已开通全是哥业务,拨打XXX可点歌骂人尽情发泄,你也可以发送短信到XXX上,进行全天24小时无时限肆意畅谈,更可以选择使用移动QQ,与资深帅哥可视聊天,亲密接触。李纯哭笑不得:别捣乱,油已开,李纯大厨正在挑战自我。熊猫赶忙追加一句:全是哥附加项目,可免费提供上门做菜业务,做完即闪。李纯被他逗笑了,将对话框关掉,又看了眼菜谱,直奔厨房。

一个小时后,陆染进家门,看到桌子上的"满汉全席"傻了眼。边脱鞋边往厨房处张望:李纯,你发工资啦,这么丰盛啊?说着便围着桌子反复打量起来。李纯将厨房打扫干净,穿着围裙跳出来:请陆染小姐做好心理准备,我要跟组织宣布两个消息,一好一坏,先听哪个?陆染洗完手,坐在餐桌前将一块西芹放进嘴里,露出欣喜神色:当然先听好消息。李纯站到她面前:那你听好了,好消息就是……我辞职了。陆染吓了一跳,一下子站了起来:啊?李纯把手放在她的肩膀上,压她坐下,安抚道:小染姐,你这心理素质也太差啦,等下还有更恐怖的你不得晕过去啊。说它是好消息,那是因为我在这条错误的道路上犹如迷途小羔羊,回头是岸,有句话说得好,人之所以痛苦,是因为选择了错误的东西。现在我彻底从苦海中摆脱出来了,难道不是可喜可贺吗?

陆染故作凝重地点点头:李纯,你超脱了,你可以出门右转直奔尼姑庵了。

李纯打她:讨厌啊你,你以为尼姑真那么好当,现在无论和尚尼姑都要求相貌学历,就我一个艺术生,人家能不能看上我还不一定呢!陆染像想到了什么似的,又站了起来:我这小心脏勉强承受住了你所谓的好消息,你口下留情,我实在抵不准当我听到下一个消息时还有没有福气咽下这桌大餐……李纯故意欲言又止,想了半天才说:就是,我为了慰藉辞职后饱经风霜的心灵,下午和景佳杀到胜利疯狂扫荡去了,不仅给自己买了三件衣服,还给我爸买了件衬衫,给我妈买了条丝巾,给你买了条裙子,给米亚买了顶帽子,还给小傲买了两件T恤……

陆染瞪大眼睛:这消息听起来也不是太坏嘛……

李纯缓缓地开口:坏的就是人活着,钱没了……

陆染放下筷子在她的肋骨上挠痒起来:让你跟我贫,让你跟我贫,赶快把战利品交公! 说完,便将她的手臂背到身后,押着走进了卧室。

里面传来两个人欢快的笑声,李纯细细地说着:小傲的T恤我故意买了大一号的,这样他可以再多穿一年,你不是一直都想要条黑色的蛋糕裙吗,今年很流行的,小染姐,你说我爸能喜欢这衬衫的颜色吗,会不会太艳了,什么时候我们一起回家看看吧,我都想家了……

34.外来者的可悲

熊猫从李纯走进公司收拾起桌子的那一刻起,就憋着气。在自己的座位上眼睛直直地盯着屏幕,不发一语。

李纯先去财务部将当月工资餐补结算清楚,又折回来取自己的东西,顺便和部门同事一一告别。走到熊猫身边，对着气鼓鼓的他说：熊猫，来公司这么久，一直这么叫你，你的名字我也没记住，谢谢你这段时间对我的照顾，我走啦。

说完便跟大家摆摆手，抱着东西往门口的方向走去。熊猫三步并两步追了上来，一把抓住她的胳膊：李纯，你真甘心就这么走了？她转过身笑笑，拿出手机对他晃了晃：没什么啦，反正我已经开通全是哥业务了，以后我们还会见面的。熊猫忽然拖起她的手把她往任兵办公室的方向拽：走，你跟我走！李纯死命地往外挣：你放开，放手。

挣脱，两个人尴尬地立在中间，所有人的目光都集中了过来。

熊猫眼中怒火闪烁：你不能就这么走了，这么走出门口，以后无论你去了哪里，都会心有芥蒂。你跟我进去，把话说清楚！

李纯环顾了一下大家，每个人的表情都变得意味深长。

她有些慌乱地说：我留不下是个人能力不够，真的不像你想的那样，我还有事，请你让开。

熊猫的音量再次提高：你真的是因为能力不够吗？又将目光对准部门的同事：在背后攻击一个不肯付出身体就被迫离职的女孩，真的那么光彩吗？你，为了得到自己想要的机会，主动献媚，光彩吗？你，为了获得上级的认可，不惜利用昔日的好朋友，偷换别人的创意，光彩吗？你，整天在背后搬弄是非，挑拨离间，光彩吗？你，为了稳固自己的地位，常常把大家的努力全都变成你自己的，光彩吗？你们真的觉得自己的所作所为，比你们面前这个因为不肯妥协而不得不离开的人光彩吗？

熊猫紧握拳头，满面通红，声音嘹亮。

所有人都将头压低。

李纯静静地看着他，一瞬间仿佛空气凝固。她有错觉，好像又回到了曾经和穆小白站在大街上，全世界都只剩下两个人的时候。

直到熊猫拉起她的手朝任兵的办公室走去，这一次她没有再挣脱。

　　几乎是用踹的，熊猫拉着李纯直接闯进办公室，以 185CM 的身高站在了任兵面前，窝在旋转凳上的任兵显得更加渺小。任兵一看这阵势赶紧站了起来：陈年，办公时间，你想干什么？熊猫直直地向他逼近：我想干什么？我想问问你，在日本的时候你想对现在站在你面前的这个女孩做什么？任兵仿佛恍然大悟般点着头道：哦，我说嘛，李纯，他就是你口中的男朋友？你早说嘛，早说这种事情就不会发生了，我和陈年私下关系那么好。又假惺惺地拍了拍熊猫的肩膀：是吧。

　　熊猫不解地看了眼李纯，心想从来没听说过她有男朋友啊，在任兵面前又不好问她，只能厌恶地将他的手拿开：少来这套，跟你这种人面兽心的家伙沾上关系好，我嫌恶心。今天你必须给李纯一个交代，必须跟她道歉！说完，便拽着任兵的衬衫领子往大厅拖去，李纯紧紧地跟在身后，看到任兵被拖得左右摇晃，拉拉熊猫的袖子：要不我看还是算了吧。熊猫坚决地摇摇头，直到把任兵拖到大家面前才放开手。

　　任兵尴尬地理了理衣服，在下属面前不想丢了脸面，便将声音提高：陈年，我看你也不想干了是吧，郭峰，叫保安！说完给旁边的男同事使了一个眼色。熊猫的目光直直地向那同事逼近，对方坐在原位上没敢动。

　　任兵出了办公室就不再承认，随即又把目光对准熊猫：道歉？我有什么歉好跟她道？陈年，如果你再满口胡话，信不信我可以立刻让你离职？

　　熊猫冷笑：此处不留爷，自有留爷处！你不道歉是吧，今天我就当着所有人的面替天行道了我！说罢，便一拳直击在任兵的脸上，任兵被他打得眼冒金星，鼻口出血。同事们立刻向门口散去，不一会，保安就接到了通知往楼上赶来。

　　和熊猫平时关系还不错的一个男同事往这边跑来：熊猫，赶紧撤，保安上来了，等一下被他们抓到了就麻烦了，快撤！

　　熊猫对被打倒在地上还捂着鼻子的任兵说：不用你赶我走，爷现在就给你干炒河蟹，这个月工资爷也不要了，赏给你当医药费！又转身对那同事说：哥们谢了！

说罢，潇洒地拉起李纯往安全出口跑去。

直到跑出公司很远，两个人才气喘吁吁地停下来。

李纯有些愧疚地看着满头大汗的他：早知道今天我就不来拿东西了，现在害得你也丢了工作。

熊猫一拍胸脯：傻丫头，说啥呢？哥生来就满腔热血，路见不平就是吼，该出手时必出手。这个任兵，我早就看他不顺眼了，仗着自己职位高老欺负弱小，今天哥这是替天行道。

李纯被他逗得一笑，不好意思地低下了头。

熊猫想了想说：现在咱俩都成了无业游民，闲散人员，不知李纯小姐能不能赏脸吃个饭？说完在她面前优雅地划了道弧线，做了个请的手势。

李纯见天色还早，连日来胸口堵着的大石也被挪了去，只觉心情畅快，便一口应允了下来。熊猫高兴得手舞足蹈，像个孩子一样在她面前跑着，嘴里喊着：哦！哦！成功喽！

李纯随他往要去的地方走，七拐八拐来到一栋居民楼，心里狐疑：我们去哪儿？熊猫犹豫了一下，有点不好意思地说：其实我上次说的那个新开的牛排馆，就是我家……我新学了法式牛排的做法，你愿意尝尝吗？李纯有点犹豫，但很快就冲他点了点头，不知道为什么，对面前这个大男孩，她忽然生出了一种莫名其妙的信任感。

一进门，才发现这是个五十几平的单身住所，李纯问他：熊猫，原来你一个人住，你父母呢？熊猫一边倒可乐给她，一边回答：当然在他们该在的地方啦。李纯站起身来四处参观，看到面前的大书架上摆着上千张电影碟片，惊讶地说：想不到你也是个电影发烧友。真羡慕你，你一个人搬出来住，父母都不管吗？熊猫从冰箱里拿出新鲜的肉料，对她说：谁告诉你我家是大连本市的啦？我就是个农村孩子，充满了乡土气息，啊，长江，啊，河流……

他又从冰箱里拿出一根黄瓜，夸张地在她面前比划起来。李纯边笑边说：我怎么从来都不知道？熊猫走进厨房，转过身故作神秘：你不知道的东西还多着呢！又嘱咐李纯，让她先随便挑个电影看，晚餐马上就好。

李纯在书架前仔细地看起来，居然在第二层发现了自己最喜欢的导演，熊猫几乎收集了目前他执导的全部影片，她兴奋地冲进厨房，熊猫正系着一条白色围裙切菜，那条围裙跑到高大的熊猫身上立刻像缩了水一样，李纯不禁笑出了声。熊猫低头看看自己的样子，也跟着笑了起来：去去去，赶紧回到客人应该坐的位置上去，厨房禁地非熊猫勿入！李纯将手里的《BIG FISH》拿给他看：你也喜欢蒂姆·波顿？熊猫连连点头：别告诉我你也是。李纯跨前一步：同志！熊猫配合：可算找到组织了！

两个人大笑起来。

窗外，天色愈见浓稠，暗黄色灯光下，李纯仿佛嗅出了久违的味道。

李纯刚一进门，陆染就从窗帘处一脸坏笑地凑过来：说，刚才送你回家的那个男孩子是谁？李纯顾左右而言他：小染姐，你在收拾什么呢？陆染不依不饶：少转移话题，赶紧招供，不然我洗衣粉伺候！李纯假装叫道：来人啊，有人要谋财害命啦！又转头看陆染：我说，能换成奶粉不？甜！

说完便朝卧室跑去，一把将门关上，陆染在外面抵着，两个人笑嘻嘻地闹了起来。还是李纯先告饶：好了，我笑得肚子疼，我招，我招还不行吗？陆染跨进卧室，得意洋洋：快招！李纯吞吞吐吐：我公司……同事。陆染步步逼近：真的只是同事这么简单？李纯跳上床，钻进被子：他……在追我。说完便蒙上头。

陆染站在她身边笑起来：李纯啊李纯你也有今天，也知道羞答答的玫瑰静悄悄地开啦？这孩子好像挺高，能有180CM？李纯缓缓地将被子拿下来：185CM。陆染哇了一声：天呢，姚明表弟？李纯笑：小染姐，你能不能别乱扯，人家姚明两米多呢。再说我和他就是一般朋友，没你想的那么敏感。

陆染撇撇嘴:少臭美了,我完全是八卦细胞作怪,还真以为我关心你的婚姻大事啊?说完又邪恶地笑笑:改天,领回来看看?李纯把手放在她肩膀上,故作严肃:同志,把你那颗93年的心保持下去,打听太多,少女不宜。陆染"切"了一声,转身走出卧室,继续蹲在客厅的地上整理她那些乱七八糟的东西。

李纯见状也走了出来:小染姐,你要出差?

陆染点点头,嗯,接了个四川的团,我得抓紧时间多赚钱,争取早点把小傲接过来,这一天天过得多快呀,再过一年就该上小学了。

李纯心里有些难受:小染姐,你是不是觉得我很没用啊?我毕业都快三年了,按理说应该能帮你分担一些了,就算分担不了也该自食其力了,可我总是在迷茫迷茫再迷茫中徘徊着,本来对这份工作很有信心,现在也搞砸了,真想和我妈商量商量,让她老人家再把我吞回肚子里去。回到老妈肚子里,就不会这么累了。

陆染哭笑不得,想到小时候陆清曾经问她自己是从哪儿来的,要么就说她是外面捡的,要么就说是妈妈有天吃坏了东西把她吐出来的,只要陆清一淘气,必然拿出杀手锏,说一些类似再让妈妈把你吞回去的话,吓得陆清好长一段时间一看到妈妈就大哭,直说有大灰狼。后来她把这个段子给李纯讲过,当初只是几句玩笑话,没想到李纯居然记住了。

她把一件纯白色的衬衫放进行李箱,对她说:李纯同志,请你不要高估自己的消费指数,就你这个小身板,能吃下去几个钱?再说,这房子空着也是空着,多你一个人不多,少你一个人,却等于少了整个世界。她忽然有些伤感,接着说:其实不是我照顾你,一直都是你在照顾我,如果没有你,那段时间我也挺不过来,你知道吗,有你在身边,我就想啊,就是天塌了也有你陪我撑着,这么想着就感觉没那么怕了。还有,别把时代的错归结到你一个人身上,这么舍生取义干吗?没听过一句话,工作有风险,投资需谨慎吗?再说,你才多大,如果你爸在这儿,非得狠批上你一夜,他怎么说来着,年轻人，把目光放得长远一些，不要动不动就是钱钱钱，俗不俗！

李纯笑了，陆染总是有这样的魔法，能让自己的心情多云转晴。没工作以前，自己也曾是视金钱如粪土的愤怒小青年，可随着年纪一天比一天大，她渐渐明白了一个道理，那就是：没有钱，自己就只能过这种憋屈的生活。没有钱，就得被人压在身子底下欺负，欺负完了，还要害得无辜者也丢了工作。没有钱，就得将梦想压在心的最底层，只能茶余饭后偶尔拿出来晒晒，为什么晒？怕梦想有一天也长了毛，连压在心里的权利都没有了——这就是在城市里生活的压力，外来者的可悲！

李纯不想再继续这个话题，随口找了句话问陆染：去几天？

陆染将收拾好的箱子合上：六、七天，多挣点钱，以后日子好过些，哎，对了，我不在这段时间，你可别糊弄自己，身体垮了就什么都没了，我刚才去超市买了很多你爱吃的东西，全都放在冰箱里，有些方便食品放在微波炉里热一热就能吃，还有……她又诡秘地笑了起来：某些人要是偷偷带男朋友回来过夜，我也是看不见的哦。李纯跳起来，一边笑着一边打她：说了不是男朋友，你还说你还说！

两个人又在屋子里互相追着跑了起来，笑得十分快乐。

35.伤心往事

日上三竿，李纯猫在被子里懒懒地伸出手臂，似猫一样舔舔嘴唇。一转眼，自己又恢复了"家庭宅女"身份，蓬头垢面地在厨房里热东西吃。现在对她们这种人又有了新的专有名字，号称干物女，就像晒干了的蘑菇一样没有水分，看起来生活很是无趣。

李纯喝着方便粥,正好看到一小块蘑菇,拿筷子夹起仔细地端详起来,心中问自己,很像吗?

陆染一大早就拖着行李出门了,临走时又对半梦半醒的李纯嘱咐了几句,她只记得陆染穿了一件浅灰色运动裤,带了一顶同色的鸭舌帽,看起来充满活力。吃完东西,来到客厅拿起遥控器,伸手将电视打开,调了一圈台,没一个可看的节目,心想现在的电视台都怎么了,一点技术含量也没有,便怏怏地关掉。

正百无聊赖,熊猫的短信适时地过来了:小姐,需要全是哥业务吗?

李纯回:最近有开通的新业务吗?

熊猫发来:今日加新,全是哥业务推出特惠活动,发现王国一日游,括弧,有帅哥进行全程陪护,提包买水加捶腿,机不可失,失了还有,以上活动全部免费。

李纯看到短信哈哈大笑,推开窗户看到外面天气很好,大有走出去游山玩水的冲动,发现王国开了这么久,自己还没去过,想了想便回给他:负责接送吗?

熊猫乐开了花,手指都颤了起来:必须接送!便乐颠颠地朝衣柜方向跑去。

30分钟后,一只焕然一新的熊猫站在楼下。

这天,李纯穿了一条白色的碎花裙,白球鞋,外面随意套了件开衫,将头发高高地挽了起来。熊猫一看到她就惊呼:哇靠,你非主流!

李纯很不服气:你才非主流呢!

熊猫笑嘻嘻地说:逗你呢,你哪有非主流特质,别侮辱非主流了好不好?你只身残,不脑残。说完下意识地抬起她的手指:好多了,嘿嘿。

天气很好,李纯提议散散步,有30分钟怎么也到车站了,反正时间还早,两个人便有一搭没一搭地聊起来。

觉得哥怎么样?熊猫挤眉弄眼。

不怎么样。李纯故意逗他。

熊猫急了:就哥这质量,这智商,这身高,放眼全中国,只有哥一个。

李纯打趣他:你呀,除了身高,其他都不高,自我总结挺到位,你这 IQ,中国难找。

熊猫也不生气,用手臂撞撞他:说真的呢,考虑考虑哥。

李纯撇撇嘴:还是算了,你太高,咱俩加在一起就是羊和骆驼。

熊猫拍拍胸脯:哪怕什么呀,你要哪片树叶?跟哥说!再说了,以后你这就是站在巨人的肩膀上看世界,哥罩你!

李纯问:那,你什么星座的呀?

熊猫答:水瓶座。

李纯看他一眼:PASS。

熊猫一脸委屈:为什么啊?就因为我是水瓶座的就 PASS 我?

李纯点点头:这个星座的人,太花心,再说,咱俩犯冲。

熊猫不死心:谁说的?又是网上那些东西吧,那些不能信,都是忽悠小孩的!

李纯想了想,又问:那,血型呢?

熊猫把嘴巴围成圆圈:O。

李纯摇摇头:没个性。

熊猫急了:李纯,没你这么拒绝人的啊,你要是不喜欢我可以直说,当然,就算你不喜欢我也改变不了我喜欢你这一事实。但你拿这些小儿科的东西就想让我离你八丈远,根本不可能!你别把我看扁了,我陈年也不是吃素长大的,把我逼急了我就,我就,我就……

李纯笑嘻嘻地看着他:你舅怎样?你舅妈帮忙不?说完快速往前方跑去。

熊猫这才反应过来:好啊李纯,你涮我是不是,我让你跑!

两个人气喘吁吁地在售票口对着笑。

卖票的阿姨说:你俩别笑了,票还买不买,后面人都排着呢!

熊猫赶紧掏出钱来:买,买,我们这就买。说完又憋着笑看了眼李纯。

杀完价,上了去发现王国的旅游车,两个人坐在最后排,一路摇摇晃晃。

李纯想到自己失业了还这么没心没肺地出去玩,心情顿时有点失落,靠在座位上不再说话。熊猫看她忽然沉默,就赶紧问她:谁惹你了,哥替你收拾他去!李纯摇摇头:陈年,我是不是挺没用的,自己丢了工作不说,还害得你也跟着倒霉。熊猫忽然很认真地看着她:李纯,这可是你第一次叫我名字啊,我真后悔怎么没带录音笔,早就应该准备这手,24小时开着,把你对我说的话都录下来,回家搁在耳朵边儿上反复听。你没听古人怎么教育我们的?红颜祸水!你以为谁都有本事让人倒霉的?那得拥有像李纯小姐这样天姿的,才有资格。

李纯苦笑了一下:我这也算天姿?也就勉强能混上中人之姿,整天素面朝天的,连妆都不会化。

熊猫把话接过来:哥就喜欢你这点,脱俗,好,鼓掌!说完自己在一边拍了起来。

李纯终于被他逗笑了:不说我了,给我讲讲你的事儿吧。认识这么久,还没听你说过自己的事呢。

熊猫点头:好,那一问一答式,怎样?

李纯应允:你以前是学什么的?

熊猫指了指自己的穿着:有没有听过一句话?远看捡破烂儿的,近看美术学院的。看哥这穿着,就能猜出哥是学画画的。

李纯有点吃惊:呀,你学画画的?以前我可一点都没看出来,哪个学校的?

熊猫答:中央美院。

李纯将他上上下下打量了个遍：失敬失敬，看不出你还有两下子，居然是从那么高端的学校出来的。怎么没留在北京，跑大连来干吗？还有还有，你一个美术生，怎么在采购部任职，以你这种学历，应该不难找对口的工作呀，我混乱了……

熊猫的脸上闪过一丝不易察觉的失落：我对北京不感冒，一直都向往有海的城市，毕业后没多久就过来了，其实对我来说，做什么都一样，能养活自己，混个温饱就成。

李纯看着他的表情，摇了摇头：你不是，一个那么喜欢蒂姆·波顿的人，注定是既孤独又理想至上的人，驳回你的谎言。

熊猫有点惊讶，想不到她的洞悉能力这么强，几乎一下子就要将自己看透，他有些害怕这种感觉，怕她真的将自己看个仔细，然后像所有人一样将自己遗弃。他不再说话，将身体往后靠去，又将头转向窗边，假装在看风景。

李纯见状，随口说了句：不公平，你偷窥我，却不准我走近你。

熊猫赶忙将头转向她：我偷窥你？

没错，我的秘密你全都知道，我的伤口你都看过，你了解我所有感情，却不准我了解你，你真自私！李纯装作生气了。

熊猫慌了，急忙解释道：李纯，不是你想的那样，我跟你不同，你说得对，每个人都有伤口，但我这个无关感情，有关自尊。我刚才不想告诉你，是怕你听完之后觉得我不纯粹，觉得我太复杂。好，现在我就告诉你，我来大连之前，一直住在798，那时候我很单纯也很快乐，后来发生了一件事，让我不得不离开那个群体，整整三年，我没有再拿过一次画笔，没有再回过一次北京……

从熊猫的讲述中，李纯大概了解了事情的经过：那时候，熊猫还在读大二，和两个同样充满理想功底很好的同学在798租下一个画室，在里面谈未来谈理想，一起画画，一起吃饭，一起睡觉。很快，他们带的那批高中生就

能独自临摹了，宋庄画家村和潘家园有几家画商很喜欢他们临摹的蒙娜丽莎，向日葵等，订单一下子大了起来，画室的生意越来越好，三个人忙不过来的时候，也会叫学生帮着临摹，但仍然赶不上画商要求的数量。就在这时候，熊猫想到了一个办法，用分解式画图临摹，说白了就是一个人只画头或者只画手，画完以后交给下个人继续进行，这样无论画多少张都是同一个样子，画商既挑不出纰漏，速度又能快速提升。果然，更多的订单开始源源不断。这个画室不仅为他们带来了梦想也带来了财富，但与此同时，也带来了噩梦。

没有不透风的墙，周围的艺术家开始眼红起来，纷纷上门与他们理论，认为他们这种方式玷污了艺术，不配在798继续住下去。几次交涉未果，便一个电话打到了北京市税务监督中心，举报他们漏税。其实在798里，这种情况并不止他们一家，但他们成了开刀菜，被狠罚了一笔。两个合伙人开始抱怨他，如果没有他的主意，画室也不会走到这步。很快，由于两个合伙人的撤股，画室也没有办法继续下去了。那段时间，他陷入了深深的自责和绝望中，每天都把自己喝得不省人事，甚至真的怀疑起自己的初衷，到底是不是为了办画展才变得如此利欲熏心。

毕业后，他立刻远离了北京，彻底将自己这一段不光彩的过去尘封起来，避开所有和画画有关的工作。那些艺术家成功地将他们赶出798后，便纷纷效仿起他的创意来。钞票，梦想，荣耀，这些词汇都与他再沾染不上关系，他甚至已经忘记了自己还是个拥有过梦想的人。

如果梦想还在原来的轨迹上奔跑，说不定他早已经有了自己的画展。那些画，被他永远地锁在父母家的地下室里，整整三年，没有再触碰过，他想让过去的那个陈年彻底死去，越彻底越好。

听完他的叙述，李纯不再说话。车到站，停在了发现王国正门口。

熊猫一个人朝前走，垂头丧气，能把这些讲出口，他早就做好了被李纯再唾弃一遍的准备。

他的背影看起来很忧伤，李纯停在原地，看他渐渐走远，便在身后大喊：喂！

熊猫回头，和距离几十米的她四目相对。

李纯将手做成喇叭状，朝他喊道：永远都别放弃自己的梦想，因为它从未放弃过你。还有，你真的很特别！

熊猫整个人傻在原地。阳光下，被幸福袭得天旋地转。

36.汶川大地震

赵米亚正在发飙。

镜子前的自己皮肤粗糙，脸色极差，几乎吃什么吐什么，只想吃酸的东西。

蒋美颜在身边安慰她：姐们儿知道你难受，再忍忍再忍忍，再挺个十天半个月的，肯定就没这么难熬了，大不了姐们儿陪你绝食还不成吗？酸儿辣女，你这罪不能白挨！

米亚心头一热：美颜，我真是有点儿挺不住了，你知道吗，我现在特别后悔，真想拿刀砍个地缝钻进去，而且必须现在此刻马上钻，我怕过两个月肚子大了，想钻都钻不进去了我！

蒋美颜忍着笑：我的姑奶奶哟，别再摔自己的东西了，哪样不是钱买的呀，咱们现在养着肚子里这个小的，还不是因为它能创造价值？你这边创造着那边消耗着，到时候烦的还不是自己呀？

自从怀孕后，自己整天待在家里，白天还好，至少还有蒋美颜在身边说说话,一到晚上,寂寞就像无数只虫子侵蚀着她的身体,要多难受有多难受。加上孕期种种反应,她发现自己变得越来越丑,常常睁着空洞的双眼就到了深夜。有一天,她从床上起来,看到枕头上沾了大把脱落的头发,那一刻,她变得烦躁异常,直接捞起身边的电话,朝门上摔了去。

那只可怜的小东西很快就被她摔得粉身碎骨,为了做到随时让她和苏俊保持联系,蒋美颜百般无奈又跑去商场给她买了个N95,一边付钱一边在心里骂娘,心想不用你现在美得欢,老娘也就再忍你一段,以后谁还认识你贵姓。

她心中自有自己的如意算盘,百般忍让,不过是为了获取属于自己的那份利益。

赵米亚完全蒙在鼓里,现在对她来说,蒋美颜就似过去的李纯,有这样一个人在身边,自己就不会觉得孤立无援,她本来就不是那种有主见的人。苏俊已经不露面了,这个男人对自己来说形同虚设,她觉得像是被锁进了一个华丽的牢笼,心中百般滋味。起初还会委屈得掉几滴眼泪,后来连眼泪都懒得掉了,蓬头垢面地坐在窗台上看着楼下偶尔经过的人群。

她开始怕阳光,怕在小区院子里散步时看到的那些笑脸,更怕别人看出她的真实身份,这种自卑的情绪不断扩大,到了最后,她只能将房门关起,将窗帘紧闭,在那个密不透风的房间里强迫自己睡觉。

一旦睡着,什么烦恼都不见了。醒来,又得面对一切。

恶性循环。

尤其害怕做产检,不仅要忍受陌生且冰凉的器具进入身体,还要忍受那些有男人陪在身边的幸福表情。她怕,怕这些幸福灼伤眼睛,怕正视自己,更怕,思考这已经偏离轨迹很远的人生。

耳边是医生冰冷的声音,腿张开,张大。她赶紧摇头,让自己不要想。

是电话里苏俊应付式的口吻:在忙,不是说过没特殊的事不要打电话给我吗?

她再次摇头，让自己停止回忆。

是镜子里蒋美颜一张无懈可击的脸，转过身问她话：我穿这件衣服好看吗？

她疯狂摇头，想让自己忘记。

是李纯兴高采烈的短信：我就知道你能行，多拍点法国的照片，你知道我爱死了那里！

她摇头，摇头，整个人缩在角落里。

是母亲略带责怪的语气：怎么这个月寄钱又晚了？你爸爸的病拖不得的……

她不断摇头，摇头，不断地撕扯着自己，嘴里绝望地喊着：不，不，不，不……

一起床，李纯就感觉自己喉咙发干，赶紧开了冰箱门倒了杯冰水，喝下去才感觉好了很多。

昨天，两个人在海盗船上几乎喊到声嘶力竭。

休息的空当，接到陆染下机短信：一切安好，勿挂念。和明弟约会没有？李纯看了眼身边正在喝水的熊猫，那时他正直视前方，盯着身着小丑鱼服饰的欧洲男子傻笑着。赶紧回：等你回来看我怎么收拾你！

很快就到了巡演时间，这就像个童话王国，李纯看着在面前翩翩起舞的花仙子，有些感慨地说：真想永远住在这里。

熊猫看着她：那我们就躲在里面，永远不出去好了。

李纯笑笑：哪有这么简单？很快就会被人发现的。你看他们多开心，每天只要跳跳舞，无忧无虑多自在。熊猫像忽然想到什么似的：哎，李纯，你以前不是学跳舞的吗？你为什么不来这边应聘试试看呢？

李纯摇头：你没看见这里都是老外，就我这正宗的中国脸，还想浑水摸鱼？要是外面的世界也能这样该有多好。熊猫听得有些心酸，但为了逗她笑,只好现场改编,跑到她身前边跳边唱起来:外面的世界很精彩,外面的世界很可爱,要想开怀又自在,赶快到哥的怀抱来。

李纯刚酝酿起来的忧伤小情绪就这样一扫而空。

他们去吃烤羊肉串,熊猫一边龇牙咧嘴,一边问她:刚才你在门口说的话是真的吗?

李纯问:哪句?

熊猫有点不好意思,停止咀嚼:就是你说,我很特别的那句。

李纯点点头:当然,我觉得艺术根本就不需要形式主义,一个人画一张画就是艺术,十个人画一张画就不是艺术了吗? 我觉得那些所谓的艺术家完全在玩概念,偷换主义,没劲!

熊猫感激涕零:李纯,你知道吗,你是第一个这么对我说的人。为了感谢你,从此哥生是你的人,死是你的死人! 李纯赶紧打他:去去去,谁要你,赶紧买瓶水来,我快被辣死了。

下午,又进入无所事事的状态,只好打开电脑,上网看泡沫剧。挂上QQ,又切了盘水果,盘着双腿坐到椅子上,QQ新闻忽然发过一条消息:2008 年 5 月 12 日 14 时 28 分 04 秒,汶川县发生 7.8 级大地震,死伤人员正在进一步统计中。

李纯心里一震,赶紧将消息关掉。最怕这种灾难性新闻,她太了解自己的承受能力了,小时候家里养的小猫意外丢失,她都足足哭了快一个月,何况这种关乎生死的报道。

心情陡然转差,再也看不进去了。熊猫的头像暗着,人不在。

忍不住开机,想看看他在做什么。

电话打开,陆染的短信进来:已到北川附近的旅游景点,勿念。

李纯忽然想起刚才的新闻来,汶川,北川,为什么这两个名字如此相似?

地理知识极差的她赶紧来到电脑前百度,结果显示,它们同属四川省。如今,北川也已受震严重。

她眼前一黑,几乎从椅子上跌落在地。稳了半天,才有勇气拿起电话,重新翻看陆染的短信,时间显示为 5 月 12 日 13 点 56 分。立刻拨她的电话,连续打了整整 11 遍,耳边响起的只有一句:您拨打的电话不在服务区……

她蹲下来,告诉自己不要乱想,绝对不可能有事,稳住,一定要挺住,眼泪却不受控制地掉下来,她一面继续拨打电话一面强忍着泪水,一遍遍在心里喊,陆染接电话,求求你接电话,回应她的只有机械的女声。终于撑不住了,双手颤抖着拨通了熊猫的号码,在他接起电话的那一刻放声大哭:陈年,陆染出事了!

熊猫赶来时,门没有关,顺着门缝推门而入,李纯整个人缩在桌子底下,浑身发抖,泪水大滴大滴地往下掉,还在一遍遍拨打陆染的电话。他的心痛得厉害,赶忙蹲到她身边,将她拽出来,抱到床上。

她紧紧地箍住熊猫的脖子,好像一松手连他也会消失般。三个小时过去,仍然联系不上陆染,她双手僵硬,熊猫把电话抢过去,安抚她:乖,我帮你打好不好,你放心,陆染一定不会有事的。将她的双手塞进被子里,像拍孩童般哄她:睡一觉,一觉醒来陆染就找到了,我保证不骗你。她根本信不过,死死地盯着他打电话,眼泪控制不住地往外涌。

一会喃喃自语:陆染肯定找不到了,以后我该怎么办啊。一会又摇着头:不可能的,陆染怎么会离开我,她从来都没骗过我,她说过五六天就会回来的,对不对?

熊猫连连点头说:对,对,一定会没事的。

她又泪流满面:你骗我……整个人近乎晕厥。

直到天色黑暗,哭到虚脱才睡了过去。熊猫赶紧在李纯的手机里找到陆染所在的旅行社电话,确定了本次出行具体人数和北川县那边的旅游局电话,便马不停蹄地搜索起来。旅游局的电话一片忙音,他又赶忙跑到电脑前,去百度留言:车上一共有35人,两名导游,一名司机,32名游客,目前困于北川县附近景区,请当地知情居民告知震况。

忽然听见李纯悲痛欲绝的哭声,他赶紧跑回卧室。

李纯捂着脸,身体剧烈颤抖,他只能将她拥入怀中,差点也跟着哭了起来。过了好久,李纯才稍微平静下来,含混不清地跟他说:陈年,你知道吗,我刚才做了一个梦,我梦见陆染被压在一片废墟里,身体完完整整地被埋了进去,只剩下一张脸和一双手,我站在废墟里怎么找也找不到,忽然被她抓住了脚腕,我低下头一看,她满脸是泪,用微弱的声音对我说,你怎么不救我?我刚想跟她解释,那双手便消失了,什么都没有了,没有了,什么都没有了……

她整个人又崩溃起来,倒在他的肩膀上放声大哭。

冷静之后又喋喋自语:一定是那边的电话都没信号了,或者是陆染的手机没电了?

几分钟后,再次陷入疯狂,拿起衣服挣扎着往外冲,熊猫拦腰将她往回抱,她疯子般大喊:放开我,放开我!陆染还在等我去救她,你放手,让我去,放手……让我去救她……声音越来越微弱,泪如雨下。

熊猫只能趁她昏睡的空当,浸湿毛巾给她擦擦脸,看到她这样,自己心痛得快要死掉。但在她面前一滴眼泪都不能掉,他若也乱了,她就彻底没希望了。

37.天堂冷不冷

直至凌晨四点,仍无音讯。

陈年靠在李纯身边，依然反复用手指拨打着陆染的电话，一刻也不敢睡。

李纯每次哭到昏厥，十几分钟便会再次醒来，醒来后的第一句话就是：陆染？找到她了吗？

他真想点点头，真想告诉她找到了，真想快点拨通那个号码，真想赶紧让李纯好起来。可是他只能摇摇头，眼见着李纯的目光暗淡下去。他熬粥给她：你多少吃一点行吗，你这样下去，陆染回来看到了会担心的。她一动不动，目光呆滞。

他拿水给她：身体里没有水分人是会死的，一口，就一口，李纯，我求求你了，就一口！

她仍一动不动，泪流满面。

他也快崩溃了。

百度那边除了几个好心人象征性地安慰两句，根本没有确切的消息，时间一分一秒地过去，希望却越来越渺茫。李纯又喊他：不可能的，陈年，几天前，陆染还在这儿，对，就你现在站着的这个位置，她还在这儿跟我开玩笑，她还挠我痒痒，她还说等她回来我们就一起回家，陈年，她不会就这么丢下我的，是不是？

过了一会，又紧紧地抓着他的衣服：你别走，你会帮我把陆染找到的对不对？他只好拍着她：我不走我不走，我肯定帮你把陆染找回来，你睡觉，睡着了陆染就回来了，天一亮，她就会站在窗前喊你，太阳公公照屁股喽，不骗你。李纯像个无助孩童，睁着红肿的双眼问他：真的吗？那我现在就睡，只要陆染能回来，让我睡多久我都愿意。

说完，便认真地躺好，用被子蒙住头，整个人止不住地颤抖。

等她不再动了，他小心翼翼地将被子拉低，跑到阳台上将快要掉下的眼泪狠狠地逼回去，又燃起了一根烟。

如果一切能时光倒流，该有多好？

一个月后。

木棉坟场，一个带着墨镜的清瘦女子，在某个墓碑前静静地放上一把雏菊，又坐在旁边，用双臂擦去上面的浮尘。

大约半小时后离开。墓碑上的女子照片，目视前方，笑靥如花。

来到陆染家，楼下几位阿姨热情地打招呼：李纯回来看陆阿姨哟，真是女大十八变，越变越漂亮啦。

她淡淡一笑，转身上楼。

其中两位开始谈论起来，一位说：哎，老陆一家也真可怜，白发人送黑发人，换了我哟，都未必能挺得过来。另一位附和：说的可不就是，尸骨无存，连放骨灰的机会都没有，只能心里安慰般建个墓碑，看着都心寒！

李纯刚一进门，小傲就扑了个满怀：李纯小姨！

她赶紧将包打开，拿出一包糖果，又拆开一块放到他嘴里：好不好吃？

小傲连连点头。

陆染出事后，周傲曾经要求过将小傲接回身边，每个人都想赶紧抓牢身边对自己最重要的人，怕一转身就会再度失去。李纯对他说，陆家父母刚刚失去女儿，如果这时候再将小傲接走，怕他们很难承受得住。周傲便不再说什么，陆染离开后，他似一夜之间成熟了许多，再也没有了曾经的痞性。

李纯无论如何都没办法继续在那栋房子里住下去，总是会梦见陆染忽然从门口走进来，自己却一动都不能动，也不能开口说话。她就静静地在李纯身边看上一会，便消失得了无痕迹。

醒来，她又止不住失声痛哭。

陆家父母商量了一下，决定将这套房子卖出去，将来用钱的地方越来越多，陆染的后事也是一笔开销。两位老人又打电话给周傲，征求他的意见,当天晚上周傲便带着 30 万现金找上了门。

现在我只能凑到这么多,家里需要钱,你们先拿回去,房子不用过户,我直接搬过来住,有一天爸、妈、小傲,你们愿意回来,这个家永远欢迎你们!

陆家父母痛哭。

几个人紧紧抱在一起。

李纯处理完在大连的一切相关事情,又和景佳、熊猫一一告别,便踏上了回家的火车。经历了这么多,她只想回到那个安全的壳里,让自己快些痊愈。

一路上,李纯回想起来大连的这些年,仿佛像过电影般,那么多情节,却又那么不真实。

夜里,她留在陆家,小傲紧紧地贴着她的身体,睁着天真的大眼睛问:李纯小姨,妈妈去了哪里?

李纯强忍着泪:不是告诉过你很多遍了吗,妈妈去了一个美丽的国家,离这里好远好远,等小傲长大,妈妈就会回来看你了。

小傲摇摇头:你骗我,妈妈不会回来了,她去了天堂。

李纯呆住了,一时之间不知道如何应对,几秒钟后才心虚地问:谁对你这么讲的?

小傲答:我已经快七岁了。

她败下阵来,如今,一个近七岁的孩童已经没办法哄骗了。

良久,小傲又开口问:天堂冷不冷?

李纯紧紧地抱住他的身体,哽咽得只能摇头。

38.七岁孩童的深沉

怀孕 16 周后,苏俊陪赵米亚做产检。

一路上两人沉默不语,她将手放在腹部,肚子里这个正在孕育的小生命,是死是活,是去是留,谜底即将揭晓。

直奔吕教授的私人诊室,见苏俊到来,吕教授赶忙出门相迎,将他们请进自己的办公室。苏俊与吕教授算是旧识,他这里的器材先进程度在北京同类诊室里也是数一数二的。死去的艺人生前曾有过两次意外怀孕,全都由吕教授帮忙解决,既没有被狗仔追到新闻,又将艺人的身体伤害缩到最小。对他来说,这里既私密又安全,吕教授守口如瓶,完全不必担心日后会爆出丑闻。

吕教授简单地了解了下赵米亚目前的身体情况,便转身对苏俊说:B超是通过超声波穿透人体软组织,直到碰到密度高的组织后返回声波引触探头得出影像的一种检测方法,并不是医生直接肉眼看见,再先进的仪器,再高明的医生也不可能保证 100%的准确。而且,恕我直言,像这类检查,可能受到胎位、胎儿手脚阻挡、关键部位模糊等情况影响,单从影像分析,很难给你们一个满意的答案。

苏俊面色凝重,赶忙问:还有没有别的办法?我急于知道结果。

吕教授想了想:办法也不是没有,但要看赵小姐是否愿意配合。

苏俊看了赵米亚一眼,替她决定:没问题。

吕教授点点头:现在我们可以利用孕妇末梢血,也就是毛细血管血,在她的耳垂上采血,会有些轻微刺痛。又问米亚:你曾经有过贫血的状况吗,血糖情况如何？

米亚一一回答：贫血，血糖较正常人低很多，常常头晕。

吕教授略微迟疑，随即道：苏俊，以她目前的身体状况，做这个测试可能会导致身体受损，虽然百分比不高，但一旦影响到，对她日后的身体恢复很不利。

苏俊完全不顾她的死活，仍然坚定地说：请吕教授进行吧。

赵米亚的心一颤。

吕教授点头：好，采完血后，我会制成血涂片，经过特殊染色，利用细胞形态学的技术，来鉴定胎儿的性别，准确率在95%以上，稍后我会将结果派人送到你处。

米亚从小就怕血，对尖锐物体更是恐惧得不行，活了二十多年，记忆中连针也只打过几次。她强忍着疼痛和心中恐惧，任凭吕教授在自己的耳朵上直直地刺了进去。

而身边的苏俊，眼睁睁地看着，面无表情。

回家的这段时光，李纯天天陪在父母身边，经历了这么多，仿佛一夜之间成长起来了，再上体重称时，连自己都吓了一跳，指针稳稳地停在40KG。

自己是何时消瘦到这般地步的呢？

这期间，熊猫和景佳给她打过很多次电话，这两个人好像商量好了一般，都绝口不提陆染，只在电话里不停地讲新段子给她听，有时候，她也会跟着里面的情节不由自主地笑起来。时间果然是最好的医师，会将一切伤痛抚平，她渐渐感觉心不再那么疼了。

人生就像一个巨大的游乐场，在这个五光十色的世界里，可以随意选择自己感兴趣的事物，吃美食，穿华服，看美景……而在生命结束的那一刻，灰飞烟灭的瞬间，是不是就像 *BIG FISH* 里的爱德华一样，去了下一个游乐场，继续下一场华丽的游戏呢？每当思考起这些问题，她就会觉得陆染也许只是去了另一片广阔世界。就像玩网络游戏，只是暂时和自己不在一

个服务器而已,但她到了另一个世界的时候,一定也会很想念亲人,很想念她们曾拥有过的所有片段。

她曾在 Q 上问熊猫:陆染在别的服务器会做什么职业?

熊猫犹豫了一下回答:也许她正在另一个服务器过着在这个服务器里曾经梦想过的生活。

她又会问:那她在那边开不开心?会不会寂寞?

熊猫宽慰她:可能她所处的世界,根本就没有痛苦,寂寞。如果她能看到现在的你,一定也不会希望你痛苦,寂寞。李纯,我们在这个游乐场都还没玩儿够,我们都有太多的梦想没有实现,你可以选择躲起来舔伤口,独自承担。但推开这扇门,你还有另一种选择,那就是回到我们身边,我和景佳都盼望你早日回归大部队。

李纯泪光闪闪:回想起我这二十几年,一贫如洗,全无成就,最大的财富就是你们这几个赶都赶不走的忠心死党。可是我总觉得,快乐能够分享,唯有痛苦不能。何况,这段时间我已经想得很清楚了,放心吧,我也根本离不开大部队的温暖怀抱,再过几天我就回去。

熊猫在另一边高兴得手舞足蹈:你可以暂时先住在我这儿,你睡床,我睡沙发,我代表全是哥业务向你保证,我们之间上演的肯定是 18 岁以下儿童可观看的互助励志片,中途不改剧本不加戏!

李纯无奈:这又是你的新加项目吗?让本宫考虑一下。

熊猫发过来一个连连点头的表情:我若为王,你必为后,全是哥业务誓为李纯小姐服务到底。

李纯笑着下线,走出网吧,温暖的阳光撒在身上,她轻轻闭上眼睛,伸出手,想握住一缕阳光,再摊开,一场空。

像自嘲般笑笑,朝陆家的方向走去。

陆妈妈正跪在垫子上,双目紧闭,右手有节奏地打着木鱼,嘴里念着经文。

听见李纯的脚步声,她缓缓地从地上站起来:陆染离开已经快两个月了,多念些经文超度她,希望她下辈子能托生个好人家。

李纯听得心头一紧:阿姨,这边坐。她扶着陆妈妈坐到沙发上,握住她的手继续问:阿姨,人真的有下辈子吗?

陆妈妈点点头:我相信有,不过下辈子是记不得这辈子的事的。你小染姐生前没过过什么好日子,从小就跟着家里受穷,几乎没穿过什么新衣服,全都是大人穿剩的衣服给她改一改。稍微长大点,又有了陆清,家里什么都紧着妹妹来,她连口零食都舍不得吃。结婚后日子过得也一直不如意,马上又有了小傲,她这辈子,苦啊。说完,满眼是泪。

李纯心里难受,但不能在妈妈面前流露脆弱,她抱住陆妈妈:阿姨,你别这样,都说好人进天堂,小染姐现在一定在享福呢,吃得饱穿得暖,你看啊,咱们前段时间给她烧了那么多纸钱,她肯定收到了。过两天我再给她烧一些,肯定让她过上好日子,阿姨,你别担心她了,倒是你的身体,过两天我回去了,你一定要好好照顾自己,还有叔叔,别让他老喝酒,我回大连后很快就能找到新工作,到时候一定多赚点钱孝敬你们,在我心里,你们就像我的爸爸妈妈一样,一定要保重身体,别让我担心啊。

陆妈妈擦了擦眼泪,搂住她:我知道你心里难受,你不说阿姨也知道,如今小染我是再也疼不到了,你回去以后别太辛苦,钱不够花跟我说,阿姨这有,别为了钱累坏了身体。还有,上次那个男孩,要真合适的话,你就考虑考虑,你也不小了,总得为自己找个依靠找个归宿,阿姨和你妈妈都不能永远陪在你身边,看着有人照顾你,我们才放心啊。

李纯点点头,紧紧地抱住她:阿姨,我真想回到小时候,往大人怀里一躲,什么事儿都不用想。你放心,我会走好每一步的,好好地过下去。不管到底有没有下辈子,我都会把这辈子过好的。阿姨,如果真有下辈子的话,我给你当女儿,让陆染给我当姐,行吗?

陆妈妈连连点头，两个人抱在一起，泪水再也控制不住。

去幼儿园接小傲，远远地就看他走了过来，目光中没有欣喜，只有不属于他那个年龄该有的平静。两个人慢慢地朝回家的路上走，夕阳把他们的影子拉得好长，一大一小，一高一矮。

李纯故意逗他：小傲，今天跟同学在一起开不开心？

小傲平静地拉着她的手：感觉不到。

路过玩具店，李纯停住脚步在透明的橱窗前指着一件玩具，故意夸张地说：好大的海绵宝宝，比你们家里的那个大好多是吧？不如小姨送给你。

小傲摇摇头：不用了，一个就足够了。

李纯只能拉着他继续往前走，他忽然缓缓地开口：李纯小姨，你觉不觉得，人活着没什么意思？

李纯吓得说不出话来，低头看着他，努力确认，这句话真的是从这个小小的躯体里发出来的吗？一瞬间她不知道如何是好，她急于找到一些安慰他的词语，却又什么都找不到，只能停下来蹲在他面前，想搞清楚他的真实想法：小傲，为什么这么说？

小傲盯着地面，慢慢地吐出几个字：永远都在重复前一天。

李纯舒了一口气，她多怕自己听到的会是"我想妈妈，我要去天堂找她"之类的话。她不敢深究下去，作为80后的自己小时候常常期望着快些长大，总觉得很多事情长大后就会变好，90后的孩子思考问题会比她们更复杂一些，可她真的没想到，00后的周小傲，一个不到七岁的孩童，思维已经如此不受自己控制，她不能再用讲童话的方式给他描述这个世界，是不是谎话，他一听就能听出来，或者，她应该换个方式跟他交流，也许用一种面对朋友的方式更奏效。

她将背在肩膀上小傲的书包往上提了提，摸着他的脸，耐心地说：你说得对，我们看起来的确是在重复前一天，见一样的同学，一样的老师，见姥姥姥爷,见李纯小姨,写那些好像永远写不完的作业。可是小傲,不知道你发现了没有。她指了指天上:上帝爷爷给我们这些看起来一摸一样的、无数个的一天,是为了让我们有多一些机会,改正前一天的错误,有多一些机会,去见我们想见的人,有多一些机会,多吃几次棒棒糖,多看几集动画片。如果你觉得作业太多,我去跟你们老师讲,以后只写其他同学的一半,好不好?

小傲的眼睛一亮:你说真的?可是姥姥姥爷告诉我,要努力学习,我马上就要上小学了。

她点点头:当然是真的,小姨只希望你能健健康康,快快乐乐地生活,学习好不好,并不是最重要的,重要的是,你能好好地活下去,明白吗?

他紧紧地牵住她的手:嗯!又朝身后的路看去,有些不好意思地说:李纯小姨,那我们能回去把那个大个儿的海绵宝宝买回来吗?

李纯疼爱地摸摸他的头,拉起他快跑起来:没问题,我们走!

刚进家门,电话就响了起来,李纯惊讶地看着电话屏幕,显示的名字居然是:米亚。

她兴奋地接起来,没等开口,对方的哭声便传了过来:李纯,救我……声音中全是绝望,她赶紧把小傲让进屋里,嘱咐他先写作业,然后便回到自己房间里,将房门关上:小米,你怎么了,到底出什么事了?

米亚整个人的声音都在发抖:李纯,你不帮我,我真的活不下去了,你赶快来救救我吧!

李纯感觉自己整个人都要碎了,她只能握着电话不住地点头,这种即将失去什么的感觉搅得她心神不宁,此时此刻她最好的朋友、最重要的人正在以绝望的姿态向她求救,她必须赶快到她身边,因为这一刻,米亚需要她,因为这一刻,她还有机会选择珍惜。

39.身陷绝境

一下火车,李纯就立刻给熊猫发信息:我正站在你最怕面对的城市里,临时发生些意外,不知道何时才回大连,麻烦告知景佳,我会和组织保持联系的,请她不要挂念。

80后的年轻人相处总是很快,自从上次在医院见面后,熊猫和景佳一下子便熟络起来,景佳还说会在暗中帮熊猫使使劲儿。不过以李纯现在的状态,熊猫觉得自己再表现出什么就太不人道了,典型的落井下石乘虚而入,所以连忙跟景佳表达了自己深明大义的观点,遭到景佳好一顿鄙视。

李纯按照米亚的指示站在火车站门口,不一会便看着她朝这边走过来,面容憔悴,眼睛略微有些红肿,但看到她仍然绽出笑容,紧紧地抱住她:李纯,我快想死你了!

李纯站在人潮中拍着她的背,又摸摸她的头发:没事啊,有我呢,我们先出去再说,听话。

六月的北京阳光灿烂,米亚挎着她的胳膊紧紧地依在她身边,心里有无数的委屈想要诉说,两个人站在路边,米亚朝路边摆摆手,一辆出租车停了过来。上了车,李纯对她讲:北京打车应该很贵吧,下次别这么浪费了,我还没坐过地铁呢,你下次带我坐地铁就行了。

米亚摆摆手:地铁不行,你往那儿一站,左边的人呼啦一下就朝你挤过来了,人数多得根本数不清,再看右边,人又呼啦一下过来了,那阵势就跟小日本儿进村似的,人被震得直打晃儿,好不容易挤进去了,又得不停地转站,你肯定坐不惯的。

李纯吃惊地说:这些人活得可真累,我在大连就够纠结了,没想到北京人更纠结。

米亚还没等开口,司机的目光就从后视镜里瞄了过来,边瞄着她俩边得意洋洋地说:北京人? 我们北京人且幸福呢! 坐地铁的全都是你们外地人,没有一个是我们北京人,我们北京的孩子且幸福呢,一个月赚5000块,省下3000块房租钱,吃好喝好住好的,还我们北京人纠结? 纠结的全都是你们外地人!

李纯有点生气:哎……我说你这个人怎么……话还没说完,米亚就拉拉她的衣服,示意她不要再说下去,过一会见司机不再说话,米亚便在她耳边悄悄地说:你别理他,北京人都这样,以为自己牛气冲天的。李纯笑了笑,也就没再和他较真儿,细细地打量起米亚来,忽然注意到她微隆的小腹,有些震惊地看着她。米亚看了看司机,表情有些难堪:我的事等会再跟你说。倒是你,人怎么瘦成这样,是不是工作压力太大? 李纯,这么长时间没见你,我就好像少了主心骨一样,现在看你回到我身边,感觉好多了。你可不能再瘦了,我看着心里难受。

李纯叹了口气,不知道该怎么跟她描述最近发生的事情,只能点点头:放心,无论发生什么事,都有解决的办法,把你的事情解决好了我再走,说到做到。你现在还跟那个女孩在一起住吗?

米亚点点头:嗯,蒋美颜人不错,你见到她肯定能跟她处得好。不过最近她很少回来了,说是交了个男朋友,我已经三四天没看见她了。

出租车停稳,米亚掏出100块人民币,司机赶忙说:哟,你出门怎么都不带零钱呀,我这儿跑了一上午了,零钱早就换出去了,你跟旁边的姑娘凑凑,一共是63块。

李纯看看计价器,心里纳闷,明明上面写的数字就是62啊。米亚与她心有灵犀,知道她在想什么,跟她说:北京就这样,无论走到哪儿,都多出一块钱。李纯点点头,翻包,零钱凑来凑去都不够,看到路边有家小超市,便对米亚说:你在这儿等会,我去换零钱。米亚赶忙摇头:哪能让你花钱,你等着,我去。李纯坚决地摇头,看看她的肚子:你就别争了,好好在车里呆着。米亚只好点点头。

司机又说:你可快着点儿,我这还等着交班呢,你们这些外地人,一点时间观念都没有。

李纯气结,又不想跟他争吵,转身进了超市,买了包烟,结账的时候,忽然灵机一动,对收银员说:能帮我换63块钱的硬币吗,全都要一块的。收银员犹豫了一下,这个时间超市没什么人,便给她数了63个硬币。李纯把剩下的30块纸钞放进包里,又问她要了一个方便袋,一口气把硬币装进去,提着走了出来。

米亚随即下了车,见她手里提着的硬币一脸疑惑。

李纯走到司机处,将方便袋顺着窗户递给他:叔叔,你拿好了,别一不小心把自己砸到。

说完,便拉起米亚朝前方走去。

司机在身后气急败坏地喊:你们这些外地人,什么素质! 回来,给我回来!

两个女孩笑出了声,将他远远地抛在了身后。

一进门,李纯环顾四周,心里一沉,她怕米亚目前的状况跟自己所思所想一样,只能假装平静,在心里做好准备。

米亚还沉浸在刚才的欢乐气氛中:李纯,我爱死你了,以前一被出租车司机欺负,我连句话都不敢说,生怕人家拒载,站在路边连个车都打不着。刚才你那招,帅,我顶我赞我狂支持你!

李纯笑笑:以后你也硬着点,你一硬,他们自然就软了。一个人在外地,要把自己保护好,这本来就不是我们的世界。

米亚听出她话里有话,转身去冰箱里拿了一盒橙汁,递到她手中:李纯,我知道你心里不高兴,你现在是不是特别看不起我? 她低头,用手抚摸了下自己的肚子,表情像是被打回原形的妖怪,无处遁形。

李纯站起身,走到她身边,把她拉到沙发上:无论到什么时候,我都不会看不起你的,记住这点,我喜欢你是因为你就是你,无论你做了什么事,对的错的,那都是你的选择。当你需要我的时候,站在你身后把你接住就好了。你还记得咱们刚上大学的时候,军训中教官带咱们做过一个游戏吗?你闭着眼睛向后倒,直接倒进我的怀里,现在你还愿意这样选择吗?

米亚泪凝于睫,连连点头。

李纯渐渐了解了整个事情的经过:苏俊一拿到报告,就递到了米亚的面前。她看到报告整个人都傻了,测试结果显示,肚子里孕育着的小生命性别为女,苏俊几乎是面无表情地告诉她将孩子打掉,现在孩子已经近五个月,只能去医院做引产手术。米亚听完后吓得大哭,苦苦哀求他,他纹丝不动,完全铁石心肠,执意要扼杀掉她肚里的婴孩,并带来合同,上面清清楚楚地写着,如果初次孕期检查结果为女孩,将自愿额外支付给米亚十万元,直到米亚诞下男婴后合同才算正式终止。如果米亚不同意苏俊的提议,自行将孩子生下,视为违约,将一次性支付给苏俊30万元赔偿金,下面是陈志忠律师事务所的公章。她整个人都傻掉了,当初签订协议的时候根本没有逐条仔细查看,而且苏俊一开始就跟她玩了障眼法,将这些补充内容插到中间偏后的位置,上面全都是密密麻麻的小字,她哪有心情逐字查看呢。何况,合同只有一份,一直稳稳地握在苏俊的手中,就算他后期找人更改,她也完全没有办法。苏俊走后,绝望中她只能拨打蒋美颜的电话,关机。她知道再也没办法对李纯瞒下去了,这个时候以自己的微薄力量根本没办法将事情解决。

虽然李纯早就做好了心理准备,但听完整个事情的经过,还是替她捏了把汗。她根本没想到米亚和苏俊竟然是这样一种关系,更没想到事情已经复杂到了这个地步。定了定心神,她开口:你先别着急,有几个问题,你要如实地回答我,这很关键。

米亚像抓住了救命稻草,连连点头。

李纯问:第一,苏俊为什么一定要选择你?

米亚答:别看他现在光鲜,但十几岁他就从农村老家出来打拼了,你不知道,我跟他回过一次家,他们那儿的人思想十分落后,迷信得不行。苏俊早些年曾是廖冰的经纪人,廖冰自杀后,他的事业开始一蹶不振,他找人算命,说只要遇见命中注定的旺夫女,给他生个儿子,事业便能像以前那样平步青云。这就是他选择我的理由,很可笑是吧?但我也是后来才知道的,等知道的那一刻,已经上了贼船,无路可退。

李纯觉得不可思议:天,他以前居然是廖冰的经纪人?我实在无法理解,他这样一个看似辉煌的人,居然能迷信到如此地步,生个男孩就能改变他的命运?改变不了呢,你的人生谁来负责?

米亚无奈:其实我也很难理解,可能就跟咱们迷恋星座是一个道理,我的人生,他们这些有钱人哪会在乎我的人生,我对他来说,只是一场交易,只是一场花几十万就能改变命运的交易。

李纯继续说:还有一个问题很关键,你一定要想好,到底要不要这个孩子,现在做引产手术不仅有危险,而且很难保证会不会造成不孕。小米,你现在这么年轻,以后还有很长的路要走,你不是跟我说过,一直都想跟自己心爱的人生一个女孩吗?

米亚再次陷入混乱中:李纯,我真的不知道,我想不好,我想了很多次,都觉得自己现在无路可退,我想过继续在这条错得离谱的路上走下去,把孩子打掉,给他生一个男孩,咬牙挺挺,因为我实在想不出别的办法,上哪儿去拿30万给他?我也想过离开这里,可他神通广大,什么人都认识,我根本逃不了,被他抓回来就真的没活路了。我害怕,真的害怕,万一我下次怀孕又是女孩呢?不敢想。有时候我问自己,人生怎么一下子就变成这样了?都给不出自己一个答案,糊里糊涂的。李纯,我还有路可选吗,还能回头吗?

李纯心乱如麻,但仍坚定地说:能,当然能!你既然知道它是错的,就不能让自己一错再错,就像你说的,这次把孩子打掉,下次万一再是女孩呢,这是一个可怕的迷宫,你如果一直在里面徘徊,会越陷越深的。这件事,除了我还有谁知道?

米亚止住泪,想了一下道:蒋美颜,蒋美颜知道整个事情的经过!

李纯点点头:她会替你守口如瓶吗?

米亚坚定地回答:会,李纯,你不在我身边的时候,她真的帮了我很多,是个特别仗义的人。

李纯拍拍她的肩膀,宽慰道:好,你只管好好养着身体,我有办法。

40.永不原谅你

米亚熟睡后,李纯陷入了深深的思考中。

其实李纯在说这句话的时候,根本毫无头绪,但在米亚面前,她只能表现出镇定自若的样子。

初步打算,明天一早便直接杀到苏俊的公司跟他交涉,这种有头有脸的人物,往往最怕在人前失了面子,这是陆染生前告诉她的。如今,自己必须坚强起来保护米亚,就像当初自己被陆染保护那样。

第二天一早,她对米亚说了自己的想法。

米亚露出胆怯的神情,面对苏俊,她总是心有余悸。李纯看出了她的紧张,对她说:你不用害怕,只要把我带到他们公司门口就行,我一个人进去,你在门口等。

米亚这才点点头。

两个人收拾妥当,立刻打车前往苏俊的公司。

一路上,米亚都紧紧地拉住李纯的手。车才行进十几分钟,李纯的电话

就响了起来，号码显示熊猫，接通：需要全是哥业务吗？

李纯没心思跟他贫嘴：陈年，我现在有事儿，你先别闹了。

熊猫那边很嘈杂：全是哥业务新项目，路况播报，亲爱的听众李纯，我现在正位于北京地铁五号线，此时人山人海，举步维艰，请李纯同学今日出行勿乘坐此地铁，播报完毕。

李纯差点叫了出来：你在北京？

那边回答：是。

一瞬间她差点落下泪来，为什么每次当她遇见难题，他都会在第一时间出现？

她脸上的细微表情，米亚全都看在眼里，虽然不知道对方是谁，但能感觉出李纯急于见到对方。她在旁边小声地说：要不我们晚点再去找苏俊，他这个时间也不一定在，先跟你朋友会合？

李纯竟脱口而出：好！说完才感觉到自己竟然已经如此依赖他。

三人约在吉野家门口会合。

李纯和米亚先到，米亚问：李纯，招吧，是你男朋友？

李纯连忙摇头：不是你想的那样，但对我来说，他很特别。

米亚疑惑：怎么个特别法？

李纯想了想：就像夜礼服假面，每次在我遇见危险或者最需要他的时候，这个人就会出现。

米亚很羡慕：传说中的守护天使，我怎么就从来没遇到过？

李纯一把拥住她：你很没良心啊，我不就是？

米亚笑了：可惜啊，你是个女的。

李纯逗她高兴：我不介意拉拉。

正说着，米亚看到不远处走过来一个人高马大，身材适中的大男孩，仔裤，T恤，身后背个大包。她赶紧用胳膊碰碰李纯：我说，你的夜礼服假面好像到了。

李纯朝那边望过去,一种很奇妙的感觉瞬间袭来,是感动,感激,渴望,想念?连她自己也说不清楚,她只能站在原地,仿佛周围所有事物都静止般,就那样傻傻地看着他朝自己走来。

而此刻的熊猫,两眼中也只剩下她一人,李纯瘦得仿佛一张纸片,让他看了心酸。

站定后,还没等他开口,她便说:你怎么变得这么瘦了?

熊猫连调侃都透着心疼:李纯同学,你好像抢了我的对白。等下进去,必须给我狠狠地吃上两碗,这是全是哥业务强制条款!

米亚在一边默默地看着,十分羡慕,想到自己的境遇,又很心酸。

熊猫直到这时才想起米亚,礼节性地朝她笑笑。李纯见状赶紧介绍:这是我最好的闺密,也是我老婆,赵米亚,你可以叫她小米。又对米亚说:这位就是传说中的夜礼服假面,陈年,你可以叫他熊猫,不过这只熊猫现在看上去有点儿营养不良。

熊猫一头雾水:夜礼服假面,莫非是赏赐给我的新外号?还有,你们俩什么关系,再这么暧昧有人就要受尽委屈了。两个女孩笑起来,李纯拉开吉野家的门:好啦,先吃饭,今天我请客,米亚消费,熊猫买单! 气氛一下子变得好了起来。

李纯和熊猫两个人都叫了牛肉饭,米亚来了份双宝,三个人边吃边聊。

熊猫把自己的牛肉夹到李纯碗里:不退不换,拒绝人情往来。

李纯怕米亚失落,赶紧分了一些给她:吃别人的肉,让别人没肉可吃。

看米亚并没有流露出被忽略的表情,才转过头问熊猫:你什么时候到的?熊猫放下筷子:接到你的短信,组织是左思右想,彻夜难眠,怎么想怎么觉得让你一个女同志前来京城执行任务,惨无人道,组织内另一名女成员跟我一拍即合,于是就派我前来支援了。说完,便继续埋头吃饭。

李纯答:景佳? 她最近还好吗?

熊猫边往嘴里扒拉饭边点头：好，好得很，和她雪村老公日久生情，相亲相爱。

米亚在旁边听得一头雾水：你们俩讲的是哪国语言，我怎么一句都听不懂啊？

李纯笑笑：我们俩说的这是组织内部暗语。

米亚又半开玩笑道：什么条件才能打入组织内部？

熊猫假装认真地看了看米亚：哎，别说，这位同志很符合要求嘛，直系亲属VIP闺密通通优先。又像模像样地问李纯：领导，你觉得呢？李纯配合地点点头：赵米亚同志，欢迎你加入组织，从今以后，享受内部成员待遇，大家有福同享，有难他当！说完，把手指对准熊猫。

米亚心里暖暖的，有朋友在的感觉真好，被他们一逗，她再也不觉得自己孤立无援了，前几天那种恨不得一死了之的想法，此刻荡然无存。

李纯感觉自己好久没有这么吃过东西了，食欲上来，面前食物一扫而光。熊猫看着她，露出安慰的笑。李纯看看表，想到还有正事要办，便对熊猫说：等下你去哪儿？熊猫没听出她话里的意思：当然得紧跟领导步伐，哪里有领导哪里就有我。李纯想了想说：别了，等下你去别的地方先转转，我和米亚有事要办。熊猫看到她表情严肃，便不再说话，故作委屈地点了点头。

米亚心中忽然有了个想法，迟疑了一下对李纯说：要不，让他一起去吧？

李纯吃惊地看着她，如果让他一同前往，就等于又多了一个人知道这件难以启齿的事。米亚看出了她的顾虑：你一个女孩子独自上去，万一出了什么事我都帮不上忙，看熊猫人高马大的应该很能打，何况，他是你的夜礼服假面，今天就让他体验一把英雄救美吧。她故作轻松，实则李纯还是能看出，米亚做这个决定，是花费了很大的勇气。

熊猫忽然感觉出事态的严重，连忙说：别吓我，到底出了什么事？

李纯朝米亚点点头，她心里知道即使熊猫知道事情的真相，也不会有半点看不起米亚的想法，反倒会正义感泛滥，出手相救。于是她朝对面一脸紧张的他笑笑:撤,收保护费去!

新星经纪公司办公大楼前。

李纯又嘱咐熊猫:具体发生了什么事,我和米亚以后再慢慢告诉你,等下上去见机行事,你只要站在旁边装保镖就好了。熊猫连连点头:谨遵领导教诲。

她又转身对米亚说:你在对面的咖啡店里喝杯东西,等我们下来。米亚忽然摇摇头:我跟你们一起上去。有你们在,我不那么怕了。说完,朝他们笑了起来。

李纯一想也好,反正有熊猫在,自己也能保护米亚,怎么也伤不到她,便点头同意了。

三人乘电梯来到 12 楼,前台小姐道:你们找哪位,有预约吗?

米亚刚要开口,李纯赶紧拽了她一下,镇定地回答:我们找苏俊,昨天预约过,他在办公室吗?

前台小姐低头翻看记录:在的,你们稍等,我查一下。

李纯朝两个人使了个颜色,立刻向里面冲去,熊猫和米亚反应过来,紧随其后。苏俊的办公室,米亚曾经来过一次,那时候两个人刚认识不久,苏俊为了彰显身份特意在某次饭后带米亚来开过眼界。她引路,三人很快来到苏俊办公室前,前台小姐在后面喊:哎,你们不能这样子……但为时已晚,熊猫推开门,李纯随即进入。

她在心中设计了千万句遇见苏俊时要说的对话,也计划了无数个应对版本,可是在进门的瞬间,她犹如化石般怔住了。

前台小姐抱歉地看着苏俊:对不起,他们硬要闯进来,我……

苏俊看到米亚,朝前台小姐摆摆手,关上了门。

沙发上,坐着一名身着黑色紧身 T 恤,黑色休闲长裤的女子,中性气息,妆容精致,正是基乐乐本人。而她身边的男子,同样穿着一身黑,品位考

究,相貌和她十分相配。李纯忽然觉得天旋地转,一句话都说不出口了,米亚也呆在一旁。只有熊猫,不明所以地望着她们看。

李纯觉得自己一刻都不能待下去了,失去理智夺门而出。

而坐在基乐乐身边的男子,忽然起身追了出来。

留下的所有人都被这戏剧化的一幕看傻了眼。

只听见米亚自己喃喃地说:穆……小……白。

李纯拼命往下跑着,刚要乘电梯下楼,穆小白就追了上来,一把抓住她正在按按钮的手腕,她甩开,朝楼梯处跑去。穆小白紧追在身后:李纯,你等等我,李纯……

李纯往下跑:我永远也不想再见到你!你滚!他仍然一节一节楼梯追赶:李纯,你听我解释!

她不停,固执地往下跑,一直跑到大门口,穆小白追上来,紧紧抓住她的手腕:李纯……

她终于泪流满面,但不肯转身。

穆小白也眼中含泪:李纯……你瘦了这么多,这几年你好不好?

李纯擦了把泪,转过身,表情立刻变得强硬且无所谓:我过得好不好,有差别吗? 你关心吗?

一字一句犹如针刺痛他的心。他强忍着:我知道你恨我放下你一个人走,但我有我的苦衷,当初那件事几乎要将我彻底摧毁,我不想再继续拖累才会离开你,李纯,这些年我一直都在想你,我想过回去找你,但我混成这样真的没脸……等我终于有脸的时候,已经身不由己,我现在所拥有的一切都是她给的,基乐乐根本就不可能放过我! 我一直都想亲口跟你说句对不起,对不起,我辜负了你!

两个人都控制不住地掉眼泪。

李纯绝望地将他的手从自己的身体上拿开:不必了,不需要了,你现在混得这么好,有了这么耀眼的明星女友,又何必跟我这样的无名小卒说对不起,你以为对不起能改变什么,你以为一句对不起就能彻底弥补你当年对我造成的伤害吗?

曾经,穆小白是她唯一相信的人,是她全部的世界,是她固执认为会相守一生的人。可现在,他对她来说,再也不是那个不可替代的唯一了。

熊猫和米亚跑出大楼,看到他们对峙的一幕。熊猫看到李纯止不住地掉眼泪,心疼得要命,一把将她拉到自己旁边,将她和穆小白隔开。穆小白看到他,有点意外,随即像受到伤害般问李纯:他是谁?你男朋友?你不是说过你永远只爱我一个吗?不是说过就算有一天我离开你,你也会一直等下去,直到我再次出现在你的视线里吗?李纯,你不用再假惺惺地谴责我,你和我比起来,有什么区别?

她的心,轰然碎裂,她从来没有想到,曾经自认为那么了解的一个人,会流露出今天这副令人厌恶的表情。她忽然很想让穆小白生气,她走到熊猫身边,装作亲昵地拉起他的手臂:对,你说得没错,我就是你口中那个道貌岸然的骗子,我就是那个不信守承诺的无耻之徒,你说得都没错,他的确是我的男朋友,你想知道为什么吗,因为在我最需要你的时候,陪在我身边的那个人是他,不是你!

她再也无法控制自己,再也无法做那个头脑清晰、思路分明的李纯了。她崩溃地靠着熊猫的身体,一字一句地对穆小白说:当我坐几十个小时的火车跑去你家,找不到你,在回去的路上哭到近乎昏厥的时候,你在哪里?当我因为去找你,回来后被老板大骂几乎被开除的时候,你在哪里?当我在陌生的国家,陌生的酒店,被一个陌生的男人差点强奸的时候,你在哪里?当我一次次在深夜里无助到想死的时候,你在哪里?当我换灯泡,修马桶,几乎强悍倒像一个男人的时候,你在哪里?当陆染在地震中遇难,我痛苦到快撑不下去的时候,你在哪里?穆小白,你给我听好,我永不原谅你,永不!

李纯向北跑去,熊猫比给他一个"杀"的手势,拽起他的衣领警告他不要继续过来,便快速地朝李纯跑的方向追去。

米亚整个人呆在原地,脑海中反复思考着关于陆染遇难的话,又看了看旁边的穆小白,此刻的他整个人蹲在地上,看起来十分无助。她只能拍拍他的肩膀,便朝两人的方向大步追去。

41.当红明星做小三

李纯扑在熊猫怀里大哭,他发现自己变得如此愤恨,愤恨每一个伤害着她、令她悲痛欲绝的人。

过了好久,才从他的怀里起身,抹了抹眼泪,努力挤出一句并不好笑的玩笑话:在你心里,我是不是特别像一条鼻涕虫?

熊猫疼惜地摸摸她的头发:傻丫头,疼你是哥的义务,让惹你哭的人疼是哥的责任,哥势必会打倒那些欺负你的恐怖分子,还你一片只有白雪公主和小矮人的童话世界。

他总是有逗笑她的本领。

这里,曾经是他经常回来小坐的地方,大学四年,几乎每个星期都要过来吃饭,仔细去找,还能看见墙壁上自己曾经留下的字:为了梦想,努力奋斗!下面紧紧跟着当初一起办画室兄弟的签名。

三年过去,物事人非。

李纯忽然发现他的目光,紧紧地跟了上去,看到那些硕大的黑字,心里很感动:这个城市是你最害怕的,这个地方应该也是你最怕来的,为了陪我……谢谢你。

熊猫摸摸脑袋:嗨,这算什么,你没听过一句话吗?在哪里跌倒就要在哪里爬起来继续跌！人不彪悍枉少年，何况，当我真的再站到这里的时候，才发现这个世界上根本没有什么事情是过不去的。

李纯坐直身体，很有感触道：陈年，你知道吗，他刚离开我的时候，我想过无数次我们重逢的场景，我觉得无论他因为什么原因离开我，无论我再次见到他的时候他有多潦倒，我都一定会原谅他，会让他回到我身边。可是直到今天我才发现，原来我是那么恨他当初把我一个人丢下，我根本就没有自己想象中的那么伟大，或者说，我已经没有那么爱他了。

熊猫点点头：理解，刚才在楼下看你那眼神儿，我吓坏了，心想这下完蛋了，男主角正式出现了耶，后来看你决绝甩头将他一个人丢在瑟瑟冷风中，帅！对于这种背信弃义反咬一口自私自利唯利是图的叉叉小人，就该如此查办，今天领导起了很好的带头作用，小的十分佩服，并且内心暗爽，只要你一天不回到那个鸟人身边，就证明小的还有一丝希望能留在领导身边誓死效忠。

李纯感觉心情好多了：我就是觉得苦了你，你这种前路漫漫遥遥无期的等法，最终也不知道等来的到底是黎明还是黑暗，又凄又苦，前途未卜。

熊猫无所谓地撇撇嘴：你平时怎么教育我来着？拒绝形式主义，对不对？能不能成你的正牌男友，只是个形式而已，只要能一直陪在你身边，哥就算等一辈子又何妨，这比中大乐透还刺激，李纯，谢谢你让我的人生如此跌宕起伏，充满崎岖！

两个人仿佛已经忘记了刚才发生的不愉快，开心地笑了起来。

忽然，李纯好像想起来什么似的一拍头：坏了，米亚！

返回米亚处，一进门，李纯就急急地跟她讲：小米，对不起……对不起我……

米亚赶紧做了个嘘的手势：你什么都别说，我明白。

李纯跟熊猫摆手：谢谢你送我回来，路上小心。他又跟米亚打了个招呼,刚要转身,米亚在身后喊:哎,你去哪儿?不进来坐坐?李纯看着米亚:苏俊不是说过,不让陌生人进来吗,这样没事?米亚耸肩:都到了这地步了,还管他高不高兴? 老娘破罐破摔了!

三个人坐在沙发上。

米亚给他们俩拿饮料:随便喝,不喝白不喝。

一想到米亚被晾晒,一个人打车先回的住处,李纯心里就很是不舒服:我今天实在是昏了,身经百战哪儿想到遇见这场面?完全乱了,直到后来打电话给你听你说已经到家了,我这一颗心才算放下。

米亚连连摆手:李纯,你跟我说这个就见外了啊,咱俩也不是第一天认识了,我还不知道你什么德行,人一乱就涣散,只能记住一件事儿,这事来得这么突然,你都够镇定的了,换成我,早不知道怎么办了。又像想到什么似的说:不过我就纳了闷了,穆小白什么时候跟基乐乐扯到一块儿去了?他现在是她助理?

李纯有些无力地靠到沙发上:不止,还是她男朋友,能看得出来,他现在混得不错。

米亚有些惊讶:额滴神哪,这个世界真小,不过也没什么可奇怪的,你们听过那个六人理论吧,这世上无论哪一个人,都能通过六个人的牵导认识对方,换句话说,人人都能认识比尔·盖茨。

熊猫在一边插话:基乐乐? 就是他边上那个女人? 挺有"拉"的气质。

米亚有点惊讶:我说猫兄,你是真不知道还是在这儿拿我们开涮啊?基乐乐是谁你不知道?

熊猫一头雾水:不知道,犯法吗?

米亚彻底无语:猫兄,我彻底知道你是何方神圣了,58年出土文物,鉴定完毕。

熊猫看着李纯,不解:莫非我 OUT 了?

李纯点点头。

米亚开口:这么说吧,就连我们家门前菜市场的大妈都会唱两句基乐乐的新歌,可见她的知名度已经普及教育到什么程度了。猫兄,她现在特别热,热得发烫了。

熊猫明白了:谢谢你给我上了人生中最重要的扫盲课,看来她真的很红。可见,哥们是个多么优秀,多么有培养价值的同志,两耳不闻明星事,一心只追李纯姐,把大把时间全都贡献在如何取悦领导身上了,哪有时间理会这等高攀不起的人物。

李纯坏笑:我算明白你为什么死追着我不放了,原来是因为难度低,中奖率以及回报率都很可观。小米,你这有高跷没有,我即刻踩起让他爬不上来,摔个半死。

熊猫赶紧做捶腿状:小的该死,小的甘愿受罚。

李纯看看米亚,怕她难受,赶紧对熊猫说:好了,趁现在天色还早,赶紧商量下小米的事吧。

米亚假装撇嘴:没事儿,我都晾习惯了,要不你俩再亲热会?

李纯拍她的头。

大致给熊猫讲了下事情的经过,李纯口干舌燥,转身去开冰箱:小米,你给再给他扫扫盲,我先准备晚饭。米亚点点头,等李纯进了厨房,她小声问熊猫:你不会觉得我⋯⋯挺那个的吧。熊猫赶紧摇头:嗨,我在你眼里就那么充满低级趣味?你顶多算是个迷途小羔羊遇上了大灰狼,放心,哥一定把你引回羊圈,其实这件事儿很好解决。

米亚赶紧凑了上来:你有办法?

熊猫振振有词:他们这种人最怕什么?最怕的不是自己,而是艺人的负面新闻名誉受损,像基乐乐这种发展正热,刚火起来没几年的明星,最怕传恋爱绯闻,你想啊,她这一稳固恋爱,粉丝不得急疯啊,男人们个个黯然神伤,女人们又会觉得一朵鲜花插在化肥上,像王菲和李亚鹏就是典型的例子。我有两个哥们也在北京,嗨,刚好做的就是娱记,简直是犹如神助,只要把文章写得夸张点,再配上两张图片加强说服力,不出两个回合,苏俊准会败下阵来,只是……

米亚赶紧问:只是什么?

熊猫往厨房的方向看了看:只是,要想灭其气势,必然会牵扯咱们领导,这事儿,毕竟属于她个人隐私,还不知道她愿不愿意。米亚点点头:这么做挺不人道,小白刚离开李纯那会儿,她过得特别不好,她这人只要一遇见大事,就习惯把自己藏起来独自舔伤,如果咱们真用这个办法,就等于在她快要愈合的伤口上重新撒把盐,要不我看还是算了,再想想别的办法?

李纯忽然从厨房里走出来:不用想了,就这么办。你们俩真以为把音量调小我就听不见啦?只要能帮小米渡过难关,领导一定要起表率作用,让暴风雨来得更猛烈些,可我一个人践踏吧!

米亚看着她,心酸,眼泪汪汪。

李纯赶紧走过来把她拥入怀中:傻丫头,我没你想的那么脆弱,倒是你,小心再这样下去,生出个爱哭鬼来!熊猫看着她们,也受感动。这一天,三个人都喝了点酒,倒在沙发边,睡得一塌糊涂。

第二天一起床,三个人便分头行事。李纯负责杜撰电话内容,熊猫负责联系那两名狗仔兄弟,米亚在角落里反复练习等下要打给苏俊的电话对白。

一切准备就绪。

自从昨天李纯和熊猫回来后,米亚就赶忙将电话关上,害怕苏俊的质问。李纯跑出去后,穆小白也消失,坐在沙发的基乐乐脸都白了,苏俊便厉声质问米亚:你们到底在搞什么?米亚不知如何是好,还是熊猫反应快,急忙拉着她先走了。苏俊也来不及管他们,只能先把基乐乐安抚住。

看着手里打好的草稿,米亚又跟着念了两遍,转身对他们说:我准备好了。

熊猫和李纯不约而同做了个胜利的手势。

三个人围在一起,米亚将电话拨过去:苏俊,你给我听好,我要生下这个孩子,你必须按照原合同支付给我20万,如果你不肯认养她,我会独自将她抚养长大,由你提供六成赡养费。我要求一年后与你终止合同,我们之间的一切都将结束。如果你不同意,我马上就会采取措施,将你的丑闻公布于众。

她几乎是念完这段话的,但气势足够。

苏俊听完她的话,先是愣了一下,随即冷笑道:采取措施,将我的丑闻公布于众?就凭你?我告诉你,赵米亚,少拿你那些三脚猫的本领吓唬我。终止合同,好啊,你现在拿得出30万,我立刻放你走,别忘了,你现在吃的穿的住的,都是我给你的,你离开我,能活得下去吗?我劝你,乖乖地听话,赶紧把肚子里的孩子打掉,少浪费我的时间!

米亚又开始心里发毛,不知道如何是好,熊猫眼疾手快,赶紧切断了电话。

苏俊对着挂断的电话大骂:神经病!

第二天,知名报社用了头版,大标题赤裸裸地映入他的眼帘:《当红歌星基乐乐竟为小三,被包养助理疯狂上演劈腿恋情》。内文有根有据,甚至详细记录了穆小白和前女友旧情复燃的细节。

苏俊一字不露地看完,差点被气到爆炸。一个电话打给主编:姜舟,你手下的记者搞什么名堂,简直是胡说八道,你再发这种不负责任的东西出来,小心我不客气!那边急忙堆笑解释:哎哟,你真是误会了,我现在还在外面出差呢,这件事我完全不知道啊,咱们是什么关系啊,你放心这件事我肯定会查清楚的,我……还没说完话,苏俊就气急败坏地挂断。放下电话,姜舟赶忙对手下的人说,等下苏俊打到办公室,你们就说我不在。

那边,基乐乐正在跟穆小白大闹,苏俊电话打过去:乐乐,你起床没有?别忘记今天要去新光那边签售,你赶紧准备下,我两个小时后过去接……

基乐乐对着电话大吼:不去!

挂线了。

苏俊气得踢向垃圾桶。

基乐乐现在正是顶峰时刻,脾气又暴躁,从来都得顺着安抚,自己的未来全都跟她捆在一起,当初她把穆小白带来的时候,苏俊就从她的目光中看出了端倪,试图反对过,但基乐乐态度坚决,不用他做助理,就一副彻底罢工的架势,甚至不惜毁约。

苏俊只得默认了两人的关系,只能嘱咐她一定不要在公共场合被狗仔拍到亲密照,基乐乐也肯配合,加上穆小白有助理身份作掩护,一直都没有引起狗仔的怀疑。没想到千算万算,居然被赵米亚那个小妮子钻了空子,苏俊开始在心里盘算起来,如果不尽快将此事平息,基乐乐肯定会越闹越凶,舍不得孩子套不住狼,他索性一狠心,将电话拨了过去。

42.真心话大冒险

而此刻,基乐乐正泪流满面,将一只枕头准准地砸到了穆小白的头上。

穆小白一动不动,一言不发。

基乐乐大哭:穆小白,你不就是仗着我喜欢你吗? 你以为我不知道,我要是没有今时今日的地位,你连看都不会看我一眼。我知道你从来就没有喜欢过我,我只是装不知道,你真以为我傻吗?

穆小白仍然一动不动,任由她发泄。

她说的一点都没错,当年的穆小白以理科成绩第一名考进常德一中,头顶巨大光环,暗恋女生无数,而基乐乐就是最为平凡的那一个,她长相普通身体普通学习更普通,永远坐在班级里最后的角落,只敢用余光偷偷打量最前排的他。她所有的青春期都用在了暗恋穆小白上,个中滋味与痛苦她自己最懂。后来大家毕业，自己凭着从小学萨克斯的唯一特长，通过叔叔的关系进了军艺学声乐。常常在电脑前，点开班级 QQ 群找到穆小白的头像，呆呆地看，一看就是好久。夜深人静时，因为好奇闯入他的 QQ 空间去看，他和那个满脸幸福的女孩照片，让她不知道哭过多少个晚上。后来，阴差阳错，自己仿佛被巨大力量推动，一路被推到这个位置，而心里的那个位置呢？从遇见他的第一天起，就没有再更换过别人。

直到从其他同学那里听说了他的事，她才鼓起勇气寻起他来。那段时间，穆小白躲在北京某个相熟的高中同学处，胡子拉碴，变得人不像人鬼不像鬼，为了维持生计，卖盗版碟，送外卖，20 块在外面冻上一天当群众演员，在最苦的时候，基乐乐寻到他，问他愿不愿意留在自己身边，给她做助理。她把话说得如此动听：我实在找不到任何可以信任的人。他犹如抓到救命稻草，急于上岸，连连点头。

人生最刺激的地方，难道不是因为无法预测下一秒会发生怎样的事吗？穆小白当然可以借她的力量上岸，因为他不爱她，不爱一个人的时候，尊严就变得不那么重要了。他花她的钱，住她的家，在最好的餐厅刷她的卡，一下子就认识了那么多的名牌。他不再贫穷，但与此同时，他也失去最重要的东西了。

三个人击掌而鸣：耶！

苏俊终于在熊猫的计策下败下阵来，这一晚，他们杀到超市疯狂采购，李纯和熊猫下厨，米亚打下手，中途李纯又怕她太累，赶忙把她推到了客厅，让她看电视，过过伪少奶奶生活。

刚把电视打开，有人按门铃，米亚一开门，蒋美颜提着两个购物袋站在了门口。

进了门便开始脱高跟鞋：我亲爱的最爱的狂爱的小米宝贝，想我了没有？姐们这段时间逍遥坏了，喏，这包是给你的，美白效果特好。说完便把其中的一个袋子塞到米亚手里。米亚打开一看，是套雪肌精，赶忙问：你这段时间跑哪儿去了，电话也不开，我都发生悲剧了。

蒋美颜一屁股坐到沙发上：不是跟你说我新交了个男朋友吗？温州人，特有钱，就是个矮，还没我高呢，他带我去香港转了一圈，别提多来劲儿了，我现在基本住他那儿了，别看人家年纪大，身体倍儿棒，有时候一晚上得折腾两次，搞得我烦死了。絮叨了一堆，才想起问她：悲剧？是不是检查结果下来了？

米亚刚要回答，李纯端着盘子从厨房走了出来，蒋美颜一愣，随即迎上前，跟米亚说：哟，家里有客人呀？又转向李纯：我知道你是谁，你是李纯吧，今天总算见到活的了，美妞，正！李纯朝她笑笑：你是蒋美颜？她连连点头：正是本姐。李纯将菜放到桌子上，朝厨房喊：熊猫，领导给你权力，荣升你为大厨，接下来的任务就交给你啦！说着就将身上的围裙解下来扔了过去，熊猫一把接住：谢主隆恩。

蒋美颜听见厨房还有别人，赶紧跑了过去：哟，这还有一个男活物，失敬失敬。

几个年轻人马上熟络起来，在三个人接力式的描述中，蒋美颜听完了事情的大概，一拍大腿，假装说：这苏俊人模狗样的，可真不是东西，看不起我们女人怎么的，没有我们女人哪有男人？干得好，就得让他看看，我们也不是好欺负的。活帅哥，我敬你，谢谢你把我们小米宝贝救出苦海！说完，便先干为敬，熊猫一看自己也不能怠慢了啊，随后也干了，又把杯子倒置给她看看。

米亚站起来，杯子倒上绿茶：我就以茶代酒了，正好今天大家都在这儿，有几句话我一直想说，李纯，谢谢你，我知道你不爱听我说这两个字，可我今天必须得说，在你最难受的时候，我没做到跟你患难，为了不让我难受，小染姐的事儿你都没告诉我。李纯，你知道吗，我赵米亚长这么大，最快乐的事儿就是能遇见你，有你这么顶我，以后无论发生什么我都不怕，咱俩一起顶。猫哥，虽然才认识你几天，但我知道你是个好人，谢谢你让我过了一把夜礼服假面的瘾，以后有什么事，只要我赵米亚能帮上忙的，我一定不让你失望，无论你和李纯以后怎么样，咱俩都是好兄弟。美颜，来北京这么久，我就你这么一个朋友，在我心里，你漂亮，仗义，没有你我在北京也呆不到今天，谢谢你让我在这个城市里见了这么多风景，虽然有苦有泪，但我赵米亚，觉得值了！

她仰头把杯子里的水一饮而尽，给大家鞠了个躬：谢谢你们。

三个人全都听得热泪盈眶。

李纯一把拥住她：傻丫头，我们大家做这些不是为了让你感谢，而是希望你真的能够幸福，只要你过得好，不跑偏，养好身体生个健健康康的小宝宝，我们看着也高兴是吧？

熊猫和蒋美颜跟着连连点头。

为了缓和气氛，熊猫站起来说：不如咱们玩转酒瓶子吧，真心话大冒险怎么样？今天我们应该高兴才对，拿出你们疯狂的潜质来，我们今天彻底玩HIGH它！

蒋美颜拍巴掌：太好了，好久都没这么开心过了，小米，高兴点！

游戏开始，首转从李纯这边，瓶子稳稳地停在熊猫面前，李纯得意洋洋：说吧，真心话还是大冒险？熊猫想了想：傻子才选大冒险，真心话。李纯点点头：行，先来个简单的热热身，随便说件你来到大城市后发生的糗事。

熊猫一拍大腿：嗨，哥就擅长这个，出糗在行啊。刚来北京上大学，有次我们系里来了个名家讲课，轮到我们班了，我一看名家啊，这可得赶紧占个好座儿，一大早我就到教室占了个前排，刚一落座导员叫我去他办公室，给名家泡杯茶，说茶就放在他办公桌上。我到了办公室一看，桌子上果然有个四四方方的小盒儿，我把小盒儿打开，拿出一个四四方方的小包儿，又撕开那个四四方方的小包儿，里面还是个四四方方的透明小包儿，哥们一看茫然了，这小包儿上还带着根儿线，百思不得其解啊。想了半天，哥们笑了，心想简直是天才啊，这么复杂的用法都被哥们破解了，我一拉线儿，将茶包一撕，把里面那些粉末往杯子里一倒，开水一冲，兴高采烈地给名家端去了。结果，名家的讲课内容就变成了，我们都知道油画和国画有着本质的区别，呃，油画较国画的色彩更为，呃，鲜艳，呃，和国画，呃……他就那么呃了一堂课，之后哥们被导员训得哟。

三个女孩哈哈大笑，蒋美颜更是夸张地捂着肚子，好一会才缓过来。轮到熊猫开转，正好转到了蒋美颜面前，她不再笑了：哇靠，真是人笑人不如人，这么快厄运就降临到老娘头上了，那我强烈要求也选真心话，跟猫哥一样也讲个出糗的段子，他刚才说的时候我就想起来了，自己一想都雷得不行。

大家同意。

她还没等开始讲自己就笑起来，笑了半天才缓缓地说：跟一个也是从小地方出来的姐们去咖啡店，两个人都是第一次去啊，心想可得装优雅点，可别被人看出来是第一次来，那步子恨不得迈到天上，落座以后服务生过来了，还拿过来一个餐单，我和那姐们面面相觑，心想喝杯咖啡还得配菜？我一看这不行啊，可不能多说话，多说话没准儿就穿帮了，赶紧对服务生说，给我们俩两杯咖啡。人家服务生开口了，两位小姐你们想点什么咖啡呢？我心想坏了，咖啡也分口味？但面上不能慌啊，便镇定自若地回答，我要巧克力的，她要柠檬的。服务生愣了，吓了一跳，赶忙说，对不起小姐，我们店里没有这两种咖啡。我当时一头冷汗啊，赶紧又问，那你们店里有什么咖啡？服务生的脸拉得老长，说你们可以试试卡布基诺，小姐们没听清，重复了一句，卡了啥呢？服务生差点没笑死，咖啡可下上来了。我们两个又犯愁了，里面放了个小勺，小得什么都盛不上来，这可怎么喝呢？那个咖啡店生意不太景气，根本就没有别人，我思考了一会，做了个决定，像模像样地拿起小勺，一勺一勺地盛着喝了起来。我们俩整整喝了四个钟头才走出那家店,以后我路过了都绕着走,根本不敢靠前,生怕被当年那个服务生给认出真面目!

大家笑得一个比一个夸张,米亚蹲在地上,李纯扶着桌子,熊猫狠狠地拍着大腿,还补充道:不求最雷,但求更雷,你这个真是青出于雷啊。

蒋美颜又拿起瓶子,轻轻一转,瓶子直直地停在李纯面前。李纯哈哈笑道:我今天就来把美特斯邦威,让你们无路可走,我要大冒险!蒋美颜一脸坏笑:哈哈哈,我让你不走寻常路,我们要看你和猫哥激情舌吻!

李纯顿时脸红了,米亚和蒋美颜在边上起哄:舌吻!舌吻!舌吻!

熊猫也害臊起来。

两个人就在灯火辉煌中慢慢地站起身来,将头凑到一起,看见李纯闭上眼睛,熊猫直直地吻了下去,犹如过电般,那应该是初恋才会有的感觉。

43.梦想照进现实

年轻的时候总喜欢把话说死,例如"我以后再也不会爱了","我再也不会相信任何人了"或"深爱只有一次,那种感觉我再不可能体会了",活到24岁,李纯才知道自己有多可笑,也许慢慢变老的标志,就是学会不再把话说死,永远给自己留一条后路。

她渐渐适应了在北京的生活,不再觉得他们的话刺耳难听,习惯下来发现这个城市也有它的可爱之处,白天她照顾米亚的饮食起居,晚上便去阜成门那边摆摊儿,卖点小饰品和自己手工缝制的小玩意,倒也能混个温饱。熊猫大肆宣扬他那哪里跌倒哪里再跌的理论,跑到植物园门口给人画肖像,一张20块,有时候生意好,一天能画四、五张。晚上便过来找李纯,帮

她吆喝，收摊儿后买点儿烤串啤酒，三个人聊天看电影，蒋美颜的大款老男友一出差，她便会凑过来，米亚状态好的时候，几个人打打通宵麻将，日子就这样被消耗下去，转眼就到了秋天。

这期间，景佳来过几次电话，李纯说自己想留在北京，暂时不想回去了，景佳在电话中无比失落：你可真没良心，就这么把我给一脚端了，你要真决定在北京发展，哥们肯定朝思暮想，以泪洗面，但为了不耽误李纯同学的大好前程，我也就只能半夜咬被角，哭也不出声，泪撒星海为你祈祷了！

每个人的状态都很好，好像都找了自己的位置，过上了梦想般无忧无虑的生活。蒋美颜非要给他们的组织起个名字，起了好多个，一个比一个土，什么北漂之家，战在北京，北京攻略，熊猫听得直咋舌：你走的完全是80年代广播风格，什么小喇叭为你广播啦，没指望你能引领时代，但你至少得跟上时代的脚步吧。

蒋美颜撇撇嘴，米亚在旁边接话：哎，要不叫迷失北京的小羔羊吧，这名儿多应景。

李纯摇摇头：没创意，我看不如叫重生梦想四人帮，咱几个都是伤过心绝过望，在生死线上挣扎过又活过来的人，符合咱这状态。

熊猫一拍脑门：还是咱领导想法好，重生这词儿，听起来多有力量。但小的建议领导把四人帮改改，改个像F4那样的，既朦胧看起来又能糊弄住人的。

蒋美颜看看米亚：得，我看咱俩就该哪儿凉快待哪儿去，两人又在这起腻了，一唱一和的，存心挤兑我们是不是。一个发话，还有一个捧臭脚的，想把谁酸死啊？

熊猫随手拿起一瓶饮料，咕咚咕咚灌了进去，忽然无限感慨：不幸是什么？不幸就是你想喝美年达，喝到嘴里的却是可乐！不幸是什么？不幸就是咱们这代人个个都貌似祖国花朵未来希望，真正洒向广阔的土地时，大部分却因为养分不足只能活活把自己掐死！十几年前，老师让写作文儿，那个洋洋洒洒呀,啊,等我以后长大了,要当个科学家,到时候我会坐着宇宙飞船去外太空做实验。啊,等我长大以后,会成为一名医生,做个对社会有用的白衣天使。啊,等我长大以后,会成为一名消防队员,保卫祖国安康人民安全。结果呢,瞧瞧咱们这一个个的,活得多拧巴。

米亚陷入了回忆中:是啊,我小时候最想当明星,明星多风光啊,大家都喜欢你,每天都有漂亮衣服穿。蒋美颜说:我小时候最想当模特,当空姐,当老师。熊猫接过话:现在呢,现在你们还有梦想吗?蒋美颜想了想:梦想?我现在最大的梦想就是趁还年轻,多赚点钱,以后能过上衣食无忧的生活。

米亚无奈地摸摸肚子:我就希望孩子出生后,别活成我这样。

熊猫看了看李纯:领导,你呢?

李纯叹口气:起初,我的梦想在脚上运气,一路漂浮向上,就在它将要破茧而出跑出一半儿的时候,我又活生生把它咽下去了。

蒋美颜吃惊:太深奥了,完全理解不上去。

李纯问他们,你们想听吗,大家点头。

她又把自己胎死腹中的烟吧梦想讲了一遍,描绘得那叫一个五光十色,倾倒众生啊。

几个人目瞪口呆。

熊猫站起身来:别动,我好像看见那个潘多拉梦想盒的方位了,对,就在这儿!沙发,对,还有投影,没错,成排的高脚杯发出丁丁东东的响声,到处都坐满了人,有在沙发上坐着的,沙发上坐不下的就直接坐地上,站着的,大家在里面谈音乐,谈电影,谈人生,谈死亡,谈所有感兴趣的话题,每个人都像老朋友一样,好像随时可以交谈,又好像随时可以离开。李纯,我们一直都在寻找理想的生活状态,理想的生存方式,到现在我终于找到感觉了,我很来电,真的,电力十足。

蒋美颜用无比崇拜的眼神儿看着她:我说乖乖,这也太有才了。咱要是真弄这么一个酒吧，就开在后海，必火无疑啊，你想啊，这舞蹈演员都是现成儿的，咱们三个跳得都不赖，人要是不够，我回烟色现拉几个都成啊。酒吧设计，猫哥啊！他学了那么多年美术，肯定不是吃素的，咱们这队伍，这阵势，这创意，绝了！

米亚也附和：李纯，原来你说的烟吧就是这个样子的啊，我以前还以为是烟酒批发呢，完全没当回事儿，今天听你一说，简直太神了，你怎么不早点把这个想法说出来啊。

李纯笑了笑：我早说晚说有什么区别啊，没资金谈什么都白搭，小地方开不起来，大地方钱又不够。

蒋美颜急了：谁说没资金啊？咱们四个大活人，还能让钱憋死了？实在不行再找投资商赞助商！

米亚和熊猫也连连附和，这个晚上大家都热血沸腾，仿佛一下子找到了未来前进的动力。最兴奋的当然是李纯，她就听大家七嘴八舌地说着，无论成不成，这都将是永远无法忘记的一幕。

2009 年 1 月 4 日，赵米亚在人民医院诞下一名男婴，除了略微有些营养不良，一切正常，母子平安。

这个结果令所有人大跌眼镜。

首当其冲的当然是苏俊，他在电话中跟吕教授对峙：报告显示明明是女孩，你差点把我害死了！吕教授振振有辞：报告上写得清清楚楚，只有95%的准确率，你当时没仔细看清楚吗？苏俊哑口无言，差一点，自己就将这个朝思暮想的婴孩扼杀掉，他一身冷汗，幸好幸好。

经过这么多事，米亚整个人也变得强悍起来，直接跟苏俊开条件：孩子抚养权归你，但每个星期，必须有一天与自己独处的时间。苏俊不敢得罪这个看似单纯、实则颇多心计的姑奶奶，连忙答应下来，又在协议上签好自己的名字。

蒋美颜自然得到了自己应得的那部分，她知道在苏俊身上也再难捞到更多的好处，一拿到钱态度就来了个180度大转弯，反正现在有老男友养着，她已完全不把苏俊这人放在眼里。米亚更夸张，在提款机前看到"2"后面跟着一串零，差点没喊出声来，赶忙用手将屏幕挡上，警惕地看着大街上过往的人。

过完地狱式的一个月，米亚的身体逐渐恢复了，外加也没胖上几斤。这样的结果，人人皆大欢喜，苏俊得到了他想要的，米亚也得到了自己的第一桶金，各取所需。

一解放，她就像刚走出监狱的人一样，直接拉着李纯去西单血拼。

李纯劝她：你呀，小心恢复本性，20万看起来不少，但一不小心，就会挥霍一空，控制，要控制。米亚朝她笑笑：你以为我还是曾经的我吗，现在站在你面前的这个容光焕发、貌美如花的女人，焕然新生，立志走勤俭持家的路线。

两个人一路嬉笑着往前走，忽然看见基乐乐的大幅广告牌，李纯站在原地，呆呆地看着。

米亚也停下来，问：你还会想他吗？

李纯摇摇头：不是想，而是想起，就像现在，看到某一个跟他有关联的人，就会觉得恍如隔世，原来这个男人曾在自己那么青春的时候出现过，深爱过，憎恨过，后悔过，那种感觉很奇怪，就好像某天忽然看到的一本小说，你跟着哭跟着笑，但看的完全是别人的故事。

米亚点点头：感同身受，完全理解，李纯，你彻底超脱了。

两个人一路血拼，但买的都是小玩意，赵米亚已经彻底不再是当初那个迷失在物质欲里的无知女子了。

米亚正式从那套房子里搬出来，三个人在北四环外租了一个两室一厅，虽然偏了一点，但租金便宜，好好收拾一下，到处充满了温馨的感觉。环境不再奢华，但心里却着实感觉如今的落脚地，才更像一个家。

一安顿好，大家便开始正儿八经地仔细研究烟吧的事。

蒋美颜的老男友王宝贵在后海附近有套商住房子，一百多平，之前干的不是酒吧，是美发，楼上楼下，是个小跃层，大部队跑过去看了一次房子，地点适中，上家合同马上到期，正好可以租给他们，蒋美颜使出撒娇本领，一磨二泡三胡闹，老男友终于同意以月租金一万的价格租给他们，几个人喜出望外，当下就拍板决定，签了三年合同。

一切就跟做梦一样，回去的路上熊猫忍不住掐了把自己的大腿：哦买噶的，果然有痛感，我们的乌托邦之梦真的就要实现了吗？

蒋美颜得意洋洋：那当然，这叫什么，这就叫天时地利人和，时来运转，咱终于要转运啦！

米亚也一脸憧憬：你们说，但凡有事业的人，是不是都这么混上的呀，我怎么感觉一切进行得如此之快，都没给哥们缓解下的机会，就跑上轨道啦？

只有李纯还活在现实中，她清醒地说：迷途的小羔羊们，现在高兴还为时尚早，一个艰巨的任务摆在面前，我们的启动资金到现在还没凑够，接下来该怎么办？

熊猫宽慰道：那句话怎么说来着，船到桥头嘎嘎直，领导能解决的问题，交给小的办，领导解决不了的问题，更要交给小的去办，不然如何能体现出我辈价值？李纯仍不踏实：万一赔了怎么办？这可是我出的主意，到时候你们纷纷兴师问罪，我怎么担待得起啊？

大家赶紧呸呸呸，说她乌鸦嘴。

熊猫摇下车窗，窗外一片蓝天，他缓缓地开口：我从来都没觉得自己的人生像此刻这么靠谱，对，十分靠谱。李纯，你要时刻记得，人生就是个巨大的游乐场，醉生梦死就一回，别怕，摔成馅饼哥也接着你！

一片笑声。

44.是非成败转头空

前期投入至少50万,这是他们系统计算过的数字,米亚拿出15万,蒋美颜也紧跟其后投资梦想,也拿出15万来,李纯跟家里借了5万,景佳和雪村现在感情和睦,也愿意出资入股,说是总算混了回老板当当,这样又是5万,加上熊猫的存款,又跟家里拿了一部分,凑够15万,全算下来,还差5万。

大家决定这笔钱从装修里省,能手工的坚决不请人,买了灰色涂料,自己动手丰衣足食,屋内所有挂画,均来自熊猫原创。过年的时候李纯又回了趟老家,将自己收藏的那些宝贝烟盒放进大行李箱,全都带了回来,父母看到李纯神采飞扬,好似又活了过来,全都大力支持,虽然不知道她究竟在北京折腾的什么,但仍然给了莫大鼓励。

几个人站在屋子里,手拿滚刷,一边刷墙一边天马行空,熊猫一下跳到桌子上,高声畅谈:同志们,很快在咱们的优秀队伍中,即将诞生一名伟大的画家,他将在这里举办首次个人画展,到时候场面必定人声鼎沸,好评如潮,身价立刻成百倍上涨,随便在纸上画两条线,人家都会说,嘿,真有艺术感,不愧出自名家之笔!

米亚也跟着起哄,跑到舞台中间:哥们决定彻底为艺术献身,以后走性感路线,直追蔡妍李孝利,赶超少女时代,天天NO BODY,夜夜GIGIGIGI,顷刻,街坊邻里就得传开,以我们三个这姿色,这气场,很快就能成为中国最红的少女组合,成打的歌迷舞迷围追堵截,就为了等着要一个签名儿,这给哥几个苦恼得呀,恨不得带防毒面具出门,就怕被人逮个正着!

蒋美颜边拿着刷子在墙上蹭来蹭去,边说:小米宝贝,低调低调,咱必须低调,真不想这么红,但没办法,嗨,人要是红想绿都不行,生意不要太好哟,光是这些粉丝,就得把门槛挤破了哟。李纯实在听不下去了:吹牛可以,但咱得本着上税的原则呀,就咱们几个马上要人老珠黄的,哪个不长眼睛的公司愿意以美少女的形式包装啊,一经推出,吐血一片,雷死万千少男少女。

熊猫笑了:哎,我说现在还真没有美少女阿姨组合,你们倒可以在这条路线上一路狂奔,反正以后会越来越符合的嘛!

米亚和蒋美颜从梯子上跳下来,追着他满屋子跑。

李纯抬抬发酸的胳膊感叹道:我现在算是知道了,偶像剧里那些小情侣刷墙的温馨场面全是骗人的。

几个人站在原地,一字排开,朝她点点头,异口同声地回答:你说得太对了!

天天日夜赶工,跑建材,跑市场,买沙发,打柜子,就连窗帘都是几个女孩手工缝制的。为了扩大宣传,又租了几套玩偶服,在各大商业街发了好几天宣传单:抽支烟吧——别让你的梦想灰飞烟灭,北京首家80后视觉创意烟吧,欢迎所有有梦想的人回家。很多年轻男女一拿到宣传单就问起具体位置,几个人不厌其烦地重复介绍,并反复强调开业当天所有女士免单,所有男士消费均打五折,试营业期间一律八折消费。

5月6日下午,正式开业,烟色的小姐妹们统统跑过来捧场,熊猫也通知了昔日的几个同学哥们,加上前段时间的传单效果,一时间站满了人。大家纷纷交头接耳,有啧啧称赞的,也有表示不太理解的,大部分都感觉很有共鸣,尤其是一进门的大条幅:“别让你的梦想灰飞烟灭”,仿佛内心最深处的梦想又被唤起,有很多二十出头的年轻人很快就找到了感觉,伸手翻着杂志,像在自己家里一样随心所欲。

这一切,李纯都看在眼里。她环顾这个在自己内心里孕育了太久,终于找到出路的梦想,眼看着它照进现实。在25岁这年,她的身边有一个坚贞不渝,誓死追随的男人,有自己生命中最重要的朋友,有梦想,会发光,并且最终得以实现。

在这个游乐场里，她终于找到了让自己愿意为之驻留的风景。

她在心里轻轻地说：陆染，希望你在另一边，也找到你属于你的幸福人生。

六个月后，酒吧终于开始走上正轨，月盈利超过了两万元。

有一群高中生，从下午开始就跑进来，在这里抽烟，看漫画，有时候自己带几部日本电影，画面残忍，镜头血腥。李纯在吧台前擦杯子，歪着头对熊猫说：咱们这算不算助纣为虐啊？这个时间他们应该老老实实地待在教室才对。

熊猫耸耸肩：每个人都有在游乐场自行选择游乐项目的权利，领导，你不要剥夺年轻人的个人喜好，要尝试用宽广的怀抱包容每一个迷途小羔羊，总有一天，他们的灵魂会迷途知返的。

李纯盯着他看：你现在越来越有神父范儿了。

熊猫把嘴凑过来，在她的脸上啄了一下：来，给神父香一个。

李纯一把将他推开：你这臭和尚，还想近女色？

熊猫一脸委屈：人家外国的和尚不兴这个，照样娶老婆生孩子，你推我干吗？你再这样我一头撞死了！

李纯冷笑几声：你敢死一个我看看，你信不信你前脚死我后脚就把你逼活了？

熊猫认真点头：我完全相信你有这个本事，跟你在一起，就等于长生不老，死而后生。

日子就这样波澜不惊过下去。

这天，米亚从外面买水果回来，递给李纯，有些奇怪地对她说：你有没有发现，美颜已经五天没露面了。李纯点点头：我打过她手机，但联系不上，没准又跟她那老男友去国外腐败了吧！这几天，因为人员不足，一直都没有舞蹈表演，李纯连续唱了几天自己写的歌，效果倒也不错。

两个人正说着话，忽然走进来几个中年男子。

米亚狐疑地看看李纯，心想这个年龄段的人，不应该是客人啊，但仍然礼节性地迎上前去：几位先生，欢迎光临，喝点什么？站在最前面的男人摆摆手，打量起米亚来：我找负责人，谁是你们这里的负责人？李纯一看来者不善，赶紧也从吧台后走出来，边走边说：我们就是，有什么事跟我们说吧。男人从包里拿出一叠文件，递给李纯，李纯看完后脸色大变，看着米亚，一时间不知道如何是好，米亚赶紧接过来一看，这是一份房屋转让文件，也就是说蒋美颜的老男友在他们毫不知情的前提下，把这间酒吧以 400 万的价格彻底转让给了面前手持合同的男人。

李纯赶紧给熊猫打电话，让他速回店里，又让米亚联系蒋美颜，自己在这边硬着头皮应付着：几位哥哥，这当中一定有什么误会，我们是跟房东签过租赁合同的，为期三年整，他不可能在这种情况下连知会都不知会我们，就直接把房子卖给你了呀。

男人摆摆手：我就是跟房屋所有者王宝贵签的房屋买卖合同，当天一同前往的还有一名年轻女孩，你们赶紧跟他们联系一下，尽快搬走，合同上写得清清楚楚，限原商户十日内搬离本店。

这时米亚跑过来：联系不上，一直关机。

李纯快崩溃了，但仍强顶着：我们知道了，你放心，和房东把事情搞清楚后，我们会给你一个满意的答案的。

这群人才像龙卷风般离去。

熊猫赶回来，了解完事情的经过后赶忙给王宝贵打电话，说明了情况。

气氛沉重，谁都不再说话。

半个小时后，王宝贵开着 Q7 赶来，一脚刹车歪歪扭扭地停在门口，差点忘记锁车，又赶紧转身按锁，这才推门进来。还没等众人开口，便自己说道：那个小贱人，我杀她全家！老子千算万算日防夜防，真是日防夜防家贼难防，她拿着那 400 万跑路了！

三个人马上就明白了事情的经过：蒋美颜背着王宝贵把房产证偷了出来，又花钱雇了一个和王宝贵年龄相仿，长相很相似的男人，伪造完假身份证,便带着这个山寨王宝贵去和买家谈判去了。等王宝贵发现房产证失窃的时候,蒋美颜早已将自己的全部东西带走,带着那400万,又卷走了他的两块金表,彻底消失了。

米亚傻了,她完全没有办法相信,自己朝夕相处几年的好姐妹居然会做出这样的事情,她诈骗的不仅仅是那400万,还有所有人在经历伤痛之后,好不容易才支撑起来的最终梦想。

而现在,它坍塌了。

北京机场。

一名戴着黑色大墨镜的女子拖着行李箱,急匆匆地往里走着,机场人员问:去法国旅行?那边有亲人吗?她行色匆匆,连忙摇头:是的,没有亲人。又被追加了几个问题,刚要过安检,几名男子朝她走过来,拿过她的护照:你是蒋美颜? 此刻,她再也没办法否认,只好在众目睽睽下点头。

你涉及一起房屋诈骗案,请跟我们回去调查。

她木然地往前走着,只差一步,自己就能逃离这个城市,去另一片国土过上自己梦寐以求的生活。

另一边,三人坐在那个刚刚构建起来的幸福天堂里。

米亚的眼泪啪啦啪啦往下掉:都怪我,如果不是我,也不会把你们害成这样。到现在我都没办法相信蒋美颜能干出这样的事,如果还有机会见到她,我一定要当面问她,除非她亲口跟我说,这事儿是她干的,不然你们叫我怎么能相信啊!这下倒好,我一个人倒霉也就算了,一条鱼腥了一锅汤。

李纯连忙把她拥进怀里:没有我的提议,大家也不会跟着往里跳,如果要怪,责任也在我这边,跟你有什么关系呢?

熊猫赶紧宽慰两人:你们俩啊,就别争了。对了又怎样?错了又怎样?赢了又怎样,输了又怎样? 重要的是我们曾经拥有过,我们敢把梦想变成现实,而没有选择让它胎死腹中,有多少人一辈子都在心里梦想着另外一种生活，但一天都没有实现过，这样的人生，即使大富大贵，又有什么意思？你们看，这里，当我们有一天老得走不动的时候，可以抱着自己的子孙吹牛皮，你爷爷我曾经在京城最火的地段折腾起一家完全按照自己想法设计的PUB，这是你爷爷我此生最 HIGH 最牛的经历，你行吗？

说完，他一把搂过她们俩，三个人紧紧地抱着彼此，亲如兄弟。

45.那个叫木棉的小镇

根据《中华人民共和国刑法》第二百六十六条"诈骗罪"，一审判决如下：诈骗公私财物，数额特别巨大或者有其他特别严重情节的，处十年以上有期徒刑或者无期徒刑，并处罚金或者没收财产，鉴于被告人认罪态度较好，并积极退赃，依法判处五年有期徒刑。

蒋美颜站在被告席，木然起身，被两名法警带着缓缓向法庭门口走去。经过他们身边时，深深地看了米亚一眼，那目光中，有愧疚，有愤怒，有委屈，或者，还有悔恨。

出了门口，熊猫帮李纯把大衣扣子扣好，又转身嘱咐米亚将衣服拉链拉上，三个人缓缓朝前走去。

初冬的北京已有瑟瑟冷风，李纯看着身边来来往往的人潮，忽然吐出一句话：我们都是追赶时光的人，却都被时光远远地抛在了身后。

一瞬间，熊猫和米亚无言以对。

是啊，回想这几年，每个人都那么努力地想在城市里站稳脚跟，拼命挣扎，努力奋斗，到最后却回到了原点，一无所有。

米亚先回住处，李纯和熊猫手牵着手，不知不觉便来到了万达门口，看到正在上映的《2012》巨大广告牌,未来将会发生什么事?两人不约而同很想寻找点精神寄托,便买了票进场。

直到开演,李纯才一点点发现,这是个关于人类灭亡的预言灾难片。可是此时此刻的她,面对那些黑暗的时刻,再也没了想逃的欲望,而是直面相对,勇敢地盯着屏幕。

原来,时光真的可以改变一个人。

黑暗中,屏幕上的人们苦苦挣扎着逃亡,在临死的瞬间和情人紧紧偎依在一起,拥抱着迎接死亡,直到被海浪席卷,被崩裂的岩石吞没。她紧紧地拉住熊猫的手,忽然觉得死亡是这样靠近,而到生命终结的最后一刻,自己会想陪伴在什么人身边?

瞬间,陆染被压在地下的画面席卷了她,她仿佛看到她正在挣扎。

画面还在震撼着,李纯忽然站了起来,笔直地站了起来。

后面开始有不满的声音:有没有点儿影德啊,你在这儿站着我们还要不要看了?

她一时手足无措,只能朝门口跑去,熊猫紧紧地追了出来,她又躲在他怀里哭了,将所有的无奈,所有的委屈一股脑地化作眼泪,统统丢给这个让自己安全到可以随时随时大哭一场的男人。

那一瞬间,她想起木棉的天空,永远那么蓝,她和小伙伴在蓝天下追风筝,跑啊跑啊,一直追出很远很远。原来她一直苦苦追寻的乌托邦,就是很久前曾拥有过的幸福画面,那时候,她拥有幸福,但毫不自知。回想这些年,一直远离父母在城市里过着自己并不喜欢的生活,如果明天真的要灭亡,连亲人最后一眼都看不到,这样的人生真的是她所追求的吗?

米亚去北京市监狱两次,蒋美颜执意不肯见她。后来,米亚在心里一点点原谅了她,来这城市的每个人,都像是淘金者,蒋美颜只是用自己的方式多争取了一些想要得到的东西,有错吗?如果真的有错,那就是她错在不该用这种方法,这世界从来就没有捷径可走,也从来就没有不劳而获。

李纯临走的那天,她跑到火车站去送行,像是最初见到她那般,两个人站在原地不说话。良久,李纯开口:有一天实在待不下去了,记得买张票,去一个叫木棉的地方,你在那里永远有一个家。米亚拥抱她:你好好保重,真的不打算告诉陈年吗? 李纯放开她的身体,点点头:每个人都有自己的选择,我不能把我的选择强加在他的身上,只要记住曾经拥有过的感觉,对我来说就足够了。

两个人再次拥抱,李纯渐渐消失在进站口。

提着箱子上了火车,便拿出一本杂志来。身边响起一个好听的声音:小姐你好,需要全是哥业务吗?

李纯惊讶地看着面前的熊猫,此刻的他气喘吁吁,身后背着来时的破旧大包。

人们行色匆匆,火车还未开动。

李纯认真地对他说:你真的愿意放弃一切,远离亲人,跟我回木棉过一种最原始的生活? 我的家乡没有大超市,看不到 3D 电影,不能去 KTV,甚至没有咖啡店,没有 KFC,更没有麦当劳,你很快就会感到厌烦,你现在觉得爱我,可到时候你会恨我耽误了你的人生,我们会因为琐事争吵,我会变老,身材会发胖,会站在菜市场上为了一根大葱跟人家吵架,我会数落你没本事赚不到很多钱,会因为你多看两眼电视上的女明星而吃醋,某天早上你会在枕头上发现我的白头发,那个时候,你还能保证你爱我吗?

熊猫耸耸肩膀:我是保证不了,因为所有长远的承诺都像是一句空洞的谎言,我没有办法保证明天会发生什么,没有办法保证下个月我们还会不会在一起,更没有办法确定 2012 年地球是否真的会灭亡,但我至少能保证,当下一秒火车开动的时候,我会站在你身边。既然我们都没办法预知未来,你愿意跟我打一个赌吗? 赌本是青春,赌期是永远,赌注是,一辈子在一起。

火车开动,人声鼎沸。

而窗外,又是艳阳天。